MINECRAFT

저주받은 바다로의 항해

저주받은 바다로의 항해

MINECRAFT
마인크래프트

제이슨 프라이 글 | 손영인 옮김

MOJ ANG STUDIOS
OFFICIAL PRODUCT

MINECRAFT

주목할 만한 작가이자 사상가이자
이야기꾼인 샘 존스에게

세상을 바꾸고 나면 그때 내게 글 하나 남겨 줘.

차례

1장 바닷가 어느 집_09

2장 평범했던 마지막 날_13

3장 방문객_22

4장 화재와 잔해_40

5장 미지의 세계로_49

6장 '불행의 바다'로_62

7장 궁지에 몰리다_73

8장 건축 프로젝트_79

9장 바다가 준 선물_83

10장 다시 바다로_90

11장 위험한 여행_94

12장 밤의 감시자들_106

13장 새로운 방향으로_112

14장 카라반_118

15장 텀블스 항구_137

16장 흥미로운 세 명의 인물_150

17장 광산 안으로_161

18장 이상한 인물들_172

19장 불운의 광산_187

20장 사고_199

21장 스텍스, 다시 시작하다_206

22장 어둠 속에 숨어 있는 괴물들_222

23장 탐험_228

24장 챔피언에게 가는 길_242

25장 챔피언, 드디어 만나다_255

26장 파탄노스에서 마주친 위험_265

27장 카람헤스에서 만난 사람_276

28장 산꼭대기로_293

29장 푸지 템프로의 포로_308

30장 산꼭대기 요새의 남자_315

31장 결투_325

32장 해안 두 곳_335

1장
바닷가 어느 집

#스텍스 스톤커터와 그의 충실한 동료 셋 #나만 고양이 없어

바닷가 어느 집에 한 청년이 살았다.

잠시 후 이야기의 주인공인 이 청년에 대해 들려주겠다. 하지만 그 전에 이 집에 대해 알아야 한다. 청년만큼 이 이야기에서 중요하기 때문이다.

집은 궁전이 아니었다. 대저택으로도 볼 수 없었다. 그래도 집은 컸고, 이 집을 본 사람들은 모두 아름답다고 했다. 건물은 검은색과 흰색 점이 박힌 섬록암과 분홍색 화강암, 유리로 지어졌다. 윤을 낸 섬록암과 화강암 위로 아침의 첫 햇볕이 내리쬐면 집은 마치 안에서 불을 켠 것처럼 밝아졌다.

흰 자작나무를 점점이 심은 초록색 언덕에 지어진 이 집은 풍경의 일부처럼 잘 어울렸다. 집 주변 땅 역시 보기 좋게 정성스레 모양이 다듬어져 있었다.

바다에서 이 집을 찾아온다면 양쪽에 자작나무가 줄지어 서 있는, 넓고 푸른 잔디 끝에 배를 대고 내려야 한다. 배에서 내리면 오른쪽에는 장미, 모란, 튤립, 국화, 데이지 등 갖가지 색을 띤 꽃으로 덮인 낮은 언덕이 있다. 왼쪽에도 다른 낮은 언덕이 있는데, 그 옆에는 소, 돼지, 닭, 양의 우리가 있고, 우리 위로는 밀, 사탕무, 당근, 호박과 수박 밭이 줄지어 있었다.

그 너머 위쪽으로 집이 보인다. 집까지 가려면 작은 군인들처럼 일렬로 서 있는 흰 자작나무 사이를 지나야 한다. 이어서 초록색 잔디 위에 즐겁게 보글거리며 물을 튀기는 분수를 둘러 걸어가다가 윤나는 섬록암으로 쌓은 넓은 계단을 오르면 현관 앞에 도착한다.

이 집에 사는 청년은 스톤커터 집안에서 세 번째로 이 집을 물려받은 스텍스 스톤커터다. 최초의 스톤커터 집안사람인 스텍스의 할머니는 아주 오래전 언덕 옆에 간소한 거주지를 마련했는데, 그곳은 흙과 바위를 파내어 만든 작은 굴 수준이었다. 그랬던 집을 할머니의 아들, 즉 스텍스의 아버지가 넓히고 나무와 꽃을 심어 지금의 모습으로 멋지게 탈바꿈시켰다.

이제는 돌아가신 스텍스의 아버지와 할머니는 다른 가족과 함께 뒷마당에 마련한 자리에 묻혔다. 스텍스는 혼자 살았다. 아니, 거의 그랬다. 고양이 세 마리와 함께 살았다. 스텍스는 스톤커터 가족이 오랜 기간 캔 광물에서 따와 금색 눈에 검은색 털의 고양이는 석탄을 의미하는 '콜', 푸른색 눈의 샴고양이는 청금석을 의미하는 '라피스', 초록색 눈에 줄무늬가 있는 회색 고양이는 '에메랄드'라고 이름 붙였다.

스텍스는 콜, 라피스, 에메랄드를 사랑했고, 이들과 함께라면 행복하게 사는 데 충분하다고 여겼다. 최근에는 고양이들에게 말을 걸기도 했다. 고양이들은 꼬리를 휙휙 휘두르거나 가르랑거리는 소리를 내거나 가끔 야옹 하고 우는 것 말고는 아무런 대꾸도 하지 않았지만 말이다. 스톤커터 저택에 방문하는 사람들은 종종 햇빛 아래 졸고 있는 고양이들에게 다정히 말을 걸며 꽃을 심거나 가지치기를 하는 스텍스를 보았다.

스톤커터 저택 근처에 사는 이들은 이런 행동이 약간 이상하다고 생각했지만, 스텍스는 원래 이상한 점이 많았다. 나이 든 이웃은 주저하지 않고 땅속 어두운 굴로 들어가 무거운 광물과 귀중한 보물을 들고 나오는 능숙한 광부인 스텍스의 할머니를 기억했다. 그들보다 젊은 세대는 늘 미소를 지으며 세계를 여행하고, 새로운 사람과의 만남을 좋아하던 위대한 모험가인 스텍스의 아버지를 떠올렸다. 그는 이야기 듣는 것을 좋아했고 자신의 이야기를 남에게 들려주는 일도 꽤 잘했다. 또 처음 만난 사람에게 스톤커터 가족이 채굴하고 깎고 윤을 낸 광물 블록을 파는 데에도 뛰어났다.

나이에 상관없이 이웃은 스텍스가 그의 할머니나 아버지와는 전혀 다르다는 데 입을 모았다. 스텍스는 몇 주마다 한 번씩 스톤커터 사무실에 들러 가업을 챙겼지만, 그는 숲이나 평지를 가로질러 멀리 길을 떠나지도 않았고, 창고에서 배를 꺼내 아버지가 들려준 신기한 이야기가 일어난 나라로 여행을 가지도 않았다. 아버지와 할머니한테서 배운 기술 덕에 스텍스의 돌을 캐내 깎는 솜씨는 훌륭했다. 하지만 스텍스는 새로운 광산을 찾아 그 속에 있을지도 모르는 자원을 발견하는 데에는 관심이 없었다. 그래서 스텍스에게 고양이나 꽃이 아닌 다른 이야기를 꺼내면 스텍스는 안절부절못했다. 그리고 잠시 후 스텍스는 이런저런 핑계를 대고는 집 안으로 들어갔다.

마음씨 좋은 이웃들은 십 대에 고아가 된 스텍스를 딱하게 여기며 광산보다 고양이와 꽃에 더 관심이 많고 집에만 있는 게 뭐가 문제냐고 했다. 광산은 늘 어둡고, 종종 악취가 나며, 때로는 위험하니까 말이다. 반면에, 마음씨가 덜 좋은 이웃들은 다른 가족이 오랫동안 열심히 일한 덕에 스텍스가 전혀 일하지 않아도 되니 운이 좋다고 말했다.

해가 지날수록 스텍스가 조금씩 더 이상하게 변하자 마음씨가 덜 좋은 이웃들이 점점 늘어났다. 사람들은 자기가 잘 알지 못하는 것에 쉽게 차갑게 대하기 마련이니 당연한 일이다.

먼저 스텍스 스톤커터의 인생 중 어느 날에 벌어진 일을 들려주려 한다. 그날은 그가 보낸 평범한 날 중 마지막 날이었다. 모든 것이 그토록 끔찍하게 잘못되기 전이었으니까. 그날에 있었던 일과 그 이후에 있었던 일을 알게 되면 당신은 스텍스에 대한 마음을 결정할 수 있을 것이다.

2장

평범했던 마지막 날

#고양이들과의 아침 식사 #농장에서의 일과 #반갑지 않은 손님

이날은 화창한 날씨로 시작했다. 스텍스는 위층에 있는, 아버지가 쓰던 방에서 느지막이 일어났다. 잠에서 깬 스텍스는 자기 가슴 위에서 자고 있던 콜과 무릎 위에서 대자로 뻗은 에메랄드를 조심히 들어 올려 침대에 살며시 내려놓았다. 에메랄드는 크게 하품을 하더니 긴 몸을 활 모양으로 만들며 만족스럽게 기지개를 켰다. 라피스는 이미 일어나 침대 발치에서 털을 고르고 있었다.

"잘 잤니, 고양이들아."

스텍스가 기분 좋게 인사하자 라피스는 가르랑거렸고 콜은 귀를 씰룩거렸다. 스텍스는 잠이 덜 깬 상태로 가운을 입고 한 손으로는 헝클어진 머리카락을 긁으며 기지개를 켰다.

위층 침실과 아래층 바닥을 연결하는 사다리를 내려와, 마당이 내려다보이는 발코니 문을 열었다. 발코니 문을 열기 전 스텍스는 창으로 근처에 좀비나 거미가 숨어 있는지를 살폈다. 물론 크게 걱정하지는 않았다. 해가 뜬 지 꽤 지났기 때문에 밤에 활동하는 괴물은 이미 햇볕에 탔거나 햇볕을 피해 어디 들어가 있을 터였다.

게다가 스톤커터 사유지에는 몹들이 집에 다가오지 못하도록 랜턴이 달린 섬록암 기둥이 적절한 간격을 두고 세워져 있다. 언젠가 아침 발코니 위로 뻣뻣한 검은 털에 빨간 눈알이 달린 커다란 거미 한 마리가 들어온 적이 있긴 하지만 말이다. 그날 이후 스텍스는 겁에 질려 며칠 동안 의기소침했다.

'그게 언제였더라? 작년 여름이었어.'

스텍스는 이렇게 생각했지만 확신하지는 못했다.

오늘은 거미든 다른 괴물이든 평화로운 아침을 방해하는 것은 없었다. 밝은 햇살과 따뜻한 바람뿐이었다. 안심한 스텍스는 발코니 난간에 몸을 기대어 뒷마당을 내려다보았다. 아버지가 지은 섬록암 수영장 일부가 보였다. 보이는 수영장의 반은 햇빛을 받고 있었고, 반은 지붕에 가려 그림자가 드리워져 있었다. 시원한 물을 보자 들어가고 싶었다. 스텍스는 이따가 수영장에서 오후를 마무리하기로 마음먹었다.

수영장 옆 푸른 잔디 가장자리에는 나무로 만든 뚜껑이 있었다. 스톤커터 가족의 광산 중 가장 광물이 많은 곳과 연결되는 입구로, 그곳으로 들어가면 깊은 중앙 갱도가 나왔다. 더 멀리 가면 자작나무 아래에, 반짝이는 파란 폭포 옆에, 꽃으로 둘러싸인 스텍스의 부모와 조부모 묘지가 있었다. 스텍스의 눈길은 뒷마당 멀리 산마루를 향했다. 그 위에는 끝에 랜턴이 밝게 빛나는 섬록암 기둥 하나가 서 있었다. 스톤커터 가족의 땅 끝을 표시하는 기둥이었다. 그 너머로는 서쪽으로 해변과 빽빽한 녹색 숲으로 둘러진 초승달 모양의 만이 있었다.

해변을 따라 걸으면 하루 만에 앞바다에 있는 스톤커터 광산을 지나 산 옆 관목과 아카시아 사이에 자리 잡은 작은 집까지 갈 수 있다. 아버지가 산 아래 굴과 용암 관을 답사하려고 마련한 기지로, 침대, 화로, 상자, 작업대 등 딱 필요한 것만 갖춰 놓은 곳이었다. 스텍스는 어릴 때 이후로 그곳에 가 본 적이 없어 아직도 그 기지가 있는지 궁금했다. 물론 있을 것이다. 달라진 것은 없을 테니까.

"그렇지만 거기까지 갈 필요는 없어, 안 그래, 라피스?"

스텍스는 몸을 구부려 자기 정강이에 머리를 박고 있는 샴고양이를 향해 손을 뻗었다.

"여기서도 할 일은 많으니까. 배고픈 고양이 세 마리한테 아침을 주는 것부터 말이야!"

스텍스는 옷을 입은 후 사다리를 타고 침실 아래층으로 내려갔다. 그의 앞에 있는 넓은 유리블록 벽을 통해 아래 바다까지 이어지는 줄 선 자작나무와 잔디밭, 그리고 분수가 보였다. 왼쪽에는 천장이 높은, 스톤커터 가문의 트로피 방이 있었고 그 옆에는 잔디밭이 내다보이는 천장이 낮은 작은 침실이 있었다. 스텍스의 뒤로는 뒷마당으로 나갈 수 있는 문과 창고와 작업실 역할을 하는 공간도 있었다. 그 공간 한쪽 벽을 따라 상자

15

여러 개가 있었고, 그 밖에도 화로, 작업대, 베틀이 갖춰져 있었다. 마법 부여 방과 다른 창고, 수영장이 있는 층으로 내려갈 수 있는 사다리도 있었다. 스텍스의 오른쪽으로 소파와 의자 여러 개를 쌓아 둔 곳을 지나면 남쪽 잔디밭으로 이어지는 문이 달린 유리 벽이 나왔다. 벽 너머로 스텍스는 언덕과 양 우리 사이에 있는 배 창고 지붕을 간신히 볼 수 있었다.

스텍스가 아침 식사를 준비하는 동안 콜, 에메랄드, 라피스는 침실에서 내려와 스텍스의 발목에 몸을 감으며 배고파 죽겠다는 듯 야옹 울었다. 스텍스는 고양이들을 먹일 생선을 차렸고, 자기가 먹을 빵을 잘라 꿀을 듬뿍 발랐다. 그리고 아침 식사를 하며 동쪽 잔디, 남쪽 잔디, 뒷마당 순으로 살폈다. 그대로였다. 모든 게 어제, 지난주, 지난달에 그랬던 것처럼 똑같았다.

한 가지만 빼고 말이다.

"흠, 얘들아, 저거 좀 이상한걸?"

스텍스는 식탁에 반쯤 먹은 빵 덩어리를 내려놓고 침실로 올라갔다. 그리고 발코니로 나가 산마루 쪽을 내다봤다.

계단식 비탈부터 산마루 위까지 심은 자작나무 덕에 뒷마당에는 시원한 그림자가 드리워져 있었다. 아버지가 원한 대로였다. 아버지는 자작나무의 흰 줄기와 칼날처럼 좁고 짙은 초록색 잎을 좋아했다. 아버지는 스텍스에게 검은 무늬가 있는 자작나무의 흰 줄기 껍질이 집의 섬록암 벽과 매우 비슷해서 뒷마당과 잔디밭이 스톤커터 가족의 집과 연결된 것처럼 보인다고 말한 적이 있었다.

하지만 위층에 올라와 보니 아래층에서 힐끔 눈에 띈 게 무엇인지 분명하게 확인할 수 있었다. 산마루 꼭대기에 있는 자작나무 잎 사이로 다른 종류의 초록색이, 그 아래에는 어두운색 줄기가 얼핏 보였다.

"저걸 왜 못 봤지?"

콜, 에메랄드, 라피스는 여전히 아래층에서 행복하게 생선 뼈만 남기는 중이라는 것도 잊고 말을 걸었다.

"참나무가 자라고 있잖아. 저렇게 둘 수는 없지. 아버지가 봤다면 뭐라고 했을까?"

스텍스는 한동안 발코니에 서서 참나무를 어떻게 할지 고민하다가 자기가 놓친 침입자가 또 있는지 뒷마당에 있는 산마루와 언덕을 자세히 살폈다. 그러나 다른 것은 그대로였다.

"자, 그러면 오늘 해야 할 일 목록을 고쳐야겠네."

스텍스가 말했다.

하지만 스텍스는 참나무를 바로 처리하지 않았고 이후 몇 시간 동안 참나무와는 관련 없는 일을 했다. 그는 해변을 걸으며 멀리 보이는 빙산을 잠시 살폈고, 잔디 사이에 자란 잡초를 뽑았다. 낮은 언덕 꽃밭에 라일락을 심어 색을 더하면 보기에 더 좋을지 생각했고, 언덕 모양을 완전히 바꿔 양쪽을 똑같게 만들고 계단식 밭을 내면 어떨지 고민하기도 했다.

언덕의 모양을 바꾸는 일은 스텍스 혼자 하루에 다 끝내기에는, 특히 이렇게 더운 날씨에 하기에는 너무 큰 작업이기 때문에 몇 주 후에 다시 생각해 보기로 했다. 대신 소와 닭 우리로 가

식료품실에 보관할 우유와 달걀을 챙기고, 양 우리로 들어가 양 떼 사이에 자리를 잡는 것으로 이날의 순찰을 마무리했다. 스톤커터 가족의 양들은 흰색도 있었지만 빨간색, 노란색, 파란색, 주황색 양도 있었다. 아까 집에서 나올 때 문을 열어 두었는지 고양이들도 양 우리로 들어와 야옹 하고 울며 자기네들도 봐 달라고 보챘다.

"보라색 양이 있으면 좋을 것 같아."

스텍스는 한쪽에서 풀을 뜯고 있는 빨간색 양과 파란색 양을 바라보며 말했다.

"그렇지, 얘들아? 농장에 양을 색색으로 갖춰 놓으면 어떻게 됐든 좋을 테니까 말이야."

콜이 야옹 하고 울자 스텍스는 고개를 저었다.

"흰색 양을 보라색으로 염색하자고? 그렇게 해도 되겠지. 하지만 제대로 하려면 자연적인 방법으로 해야지, 안 그래? 게다가 창고에 보라색 염료가 있는지도 모르겠어."

스텍스는 생각할수록 자기 짐작이 맞는다고 확신했다. 보라색 염료는 없었다. 수영장 옆 마법 부여 방에 보관된 아버지 책 중에 보라색 염료 제작법을 알려 주는 책을 찾을 수 있을 거라는 생각을 하니 수영하기로 한 것이 떠올랐다. 더운 오후와 잠시 거리를 둘 수 있는 즐거운 휴식이 될 것 같았다. 해는 중천에 떠 있었지만 여전히 불쾌할 정도로 습했고 비가 올 기미는 없었다. 하늘을 올려다보니 자기 자리가 아닌 곳에 자란 참나무가 다시 생각났다.

스텍스는 울타리를 도로 뛰어넘었다. 그렇게 문을 사용하지 않고 지름길로 가는 것을 할머니는 허락하지 않으셨을 거라는 생각이 들었다. 이번에는 집 안으로 들어간 뒤 확실히 문을 닫았다. 라피스는 늘 그랬듯 안으로 들어갈지 밖에 있을지 결정하는 데 꾸물거렸지만 말이다.

창고는 쾌적하고 시원했다. 스텍스는 이마에 난 땀을 닦으며 머뭇거렸다.

"내일이 되어도 그 참나무는 고작 아주 조금만 자랐을 거야."

스텍스는 화로 위에 몸을 웅크린 채 다시 낮잠 잘 준비를 하는 에메랄드에게 말했다. 회색 줄무늬 고양이는 눈을 감은 채 하품을 한 후 자기 발가락 사이를 핥았다.

"그래, 네 말이 맞아. 오늘 힘든 일을 하면 내일은 쉴 수 있지. 흠. 어디서 이 말을 들었더라? 아버지나 할머니가 말씀하신 건 분명 아닌데. 오늘 힘든 일을 하고 내일은 더 힘든 일을 하라. 이래야 두 분답지, 안 그래?"

경첩에서 나는 삐걱거리는 소리와 함께 도구 상자를 열자 꼼꼼하게 정리된 내용물이 모습을 드러냈다. 검, 도끼, 삽, 괭이가 가지런히 들어 있었다. 켜켜이 쌓인 갑옷과 화살을 담은 화살통과 활시위 뭉치도 있었다. 양털 가위 옆에는 나침반과 스텍스의 아버지가 출장지에서 가져온 나무판자가 있었다.

스텍스는 다이아몬드 날이 달린 도끼를 집어 들고 손가락을 슬쩍 스쳐 날 상태를 확인했다. 그리고 도끼를 어깨에 걸친 후 에메랄드의 귀를 다정하게 긁어 준 다음 뒷문으로 향했다. 트로피 방에 진열된 갑옷에서 다이아몬드 흉갑이나 투구만이라도 가져갈까 생각했다가 마음을 바꿨다. 지난 몇 개월간 산마루에서 크리퍼 하나 본 적 없었고, 날은 숨 막힐 정도로 더운 데다, 예상치 못한 위험이 생겨도 도끼로 충분했다.

"물론 도끼는 그 일에 적절한 도구는 아니지만 말이야. 할머니가 아신다면 기절하실걸!"

스텍스는 꼬리를 높이 치켜들고 옆에서 함께 잔디밭을 걷는 콜에게 말했다.

스톤커터 가족의 묘비가 있는 그늘진 마당 쪽으로 스텍스는 죄책감에 찬 눈길을 보냈다. 하지만 잠시 후 산마루로 올라가 지평선과 가까워지는 태양을 바라보았다. 앞에는 참나무가 있었다. 참나무는 이제 갓 묘목 모습을 벗고 자작나무가 드리우는 그림자를 벗어나 햇빛을 향해 나뭇가지를 뻗으려고 애를 쓰고 있었다.

"미안. 그렇지만 여긴 네 자리가 아니야."

스텍스는 어린 참나무를 가볍게 쓰다듬으며 미안해했다. 그리고 콜이 안전거리를 유지한 채 떨어져 있는지도 확인했다. 그런 뒤 참나무 줄기를 향해 도끼를 휘둘렀다. 탁 하는 깊고 무거운 소리가 울렸다. 스텍스는 도끼를 몇 번 더 휘둘러 줄기를 완전히 자르고 난 후 가지와 잎을 잘랐다. 마침내 스텍스는 그루터기 위에 서서 땀을 뻘뻘 흘렸다. 주변에는 잎사귀와 나뭇가지가 흩어져 있었다.

"이렇게 오늘의 할 일을 끝냈어."

스텍스는 참나무 줄기에서 폴짝 내린 후 줄기를 자르고, 휘파람을 불며 자른 나뭇조각을 모아 참나무가 있던 자리를 깨끗하게 정리했다. 빈 자리에서 벌써 풀이 나는 것만 같았다.

이제 해는 멀리 서쪽에 있는 언덕에 닿아 있었고 햇빛은 분홍색과 주황색으로 얼룩진 바다의 잔잔한 수면에서 멀어지고 있었다. 그림자는 뒷마당을 가로질러 엉금엉금 집으로 향했다.

"어쩔 수 없이 밤 수영을 해야겠네."

스텍스는 도끼를 도끼집에 넣었다.

수영하기 전에 스텍스는 고양이들에게 밥을 주고, 목재를 모아 둔 곳에 참나무를 합치고, 창고로 가 도끼를 제자리에 두었다. 수영장에 아버지의 검을 들고 갈까 했지만 그만두었다. 뒷마당에 불을 밝게 켜놓기도 했고, 무슨 일이 생긴다고 해도 얼른 뛰어가면 닿는 거리에 마법 부여 방이 있었다.

따라서 스텍스는 수영장 물속으로 들어가 윤을 낸 섬록암 위에 팔꿈치를 받친 자세로 꾸벅꾸벅 졸았다. 고양이들은 마당에서 놀았고 별들은 하늘을 떠돌았다. 예상대로 아무 일도 일어나지 않았다.

그날은 아무 일도 일어나지 않은 마지막 밤이었다.

3장
방문객

#뜻밖의 방문객 #스텍스 가문 사유지 투어 #광산 안으로

방문객이 엉뚱한 선착장에 배를 대는 모습을 보고 스텍스는 문제가 생길 거라고 예측했어야 했다.

원래 방문객은 잔디밭 끝에 스텍스의 아버지가 방문객용으로 정성껏 사각형으로 다듬어 놓은 얕은 후미에 배를 대야 한다. 그렇게 하면 스텍스가 도착하는 방문객을 발견할 수도 있었지만, 스톤커터 가족의 사유지를 가장 멋진 각도에서 과시할 수도 있었다. 방문객들은 일렬로 선 자작나무 사이를 걷고 분수대를 지나 섬록암 계단을 올라야 했다.

스텍스를 찾는 방문객들은 이를 알고 있었다. 당연하게도 연락 없이 오는 경우가 없었기 때문이다. 먼저 스톤커터 광업 사무실에 들러 얘기를 하면 직원이 저택으로 와 스텍스에게 방문객이 왔다고 알렸다. 아버지 때부터 그렇게 해 왔고 방문이 순조롭게 이루어졌기 때문에 방식을 바꿀 이유는 전혀 없었다.

그런데 이 방문객은 엉뚱한 곳에 배를 댔을 뿐더러 연락도 없이 찾아왔다.

따라서 스텍스가 아침 식사를 끝내고 에메랄드에게 대구 한 마리를 더 먹는 건 안 된다고 설명하고 있을 때 남쪽 해변으로 다가오는 짙은 색 나무배를 발견했다.

"얘들아, 저건 뭐지?"

스텍스는 살짝 짜증이 난 상태로 잔디 너머 후미로 오는 다른 배가 있는지 살폈다. 하지만 그쪽에는 아무것도 없었다.

"대체 뭘까?"

스텍스는 다시 물었다. 배는 가족용 선착장으로 다가갔고 배를 타고 있던 사람은 노를 배 안으로 넣었다. 내릴 게 분명했다.

"귀찮게 말이야."

스텍스는 입고 있는 가운이 깨끗한지 확인했다. 이만하면 깨끗하다고 여기기로 했다.

"에이, 짜증 나."

스텍스는 남쪽 문을 열면서도 계속해서 '폐를 끼친다'든지 '부담스럽다' 같은 표현을 중얼거렸다. 그리고 잔디를 가로질렀다. 이 시간대에 스텍스를 볼 일이 없던 양들은 매에 하고 울며 호기심을 보였다.

언덕은 양 우리의 남쪽과 서쪽에서 바다로 내려가는 모양이었다. 서쪽에는 스텍스의 아버지가 자작나무로 지은 작은 배 창고가 있었고 선착장이 물에 닿도록 나와 있었다. 선착장은 스톤커터 사유지에서 스텍스가 가장 좋아하는 장소로, 종종 고양이들과 그곳에서 아침 식사를 한 후 고양이들이 졸거나 때로는 스텍스까지 잠깐 잠이 들기도 했다.

남쪽 잔디에서 바다까지 이어지는 사암 계단을 따라 스텍스가 내려가자 배에서 내린 방문객은 고개를 돌려 스텍스를 보았다. 호리호리한 몸집에 스텍스와 나이 차이가 크게 나는 것 같지 않았다. 그는 반짝이는 푸른 눈을 쉴 새 없이 움직이며 스텍스와 배 창고와 언덕 꼭대기에 있는 저택을 번갈아 보았다.

스텍스는 이상한 점도 발견했다. 방문객은 짝짝이 갑옷을 입고 있었다. 가죽 장화를 신고 다리는 다이아몬드 정강이 가리개, 상반신은 금 흉갑 차림이었다. 갑옷 안에는 어울리지 않는 갖가지 색 옷이 서로 충돌하고 있었고, 옷 크기도 몸에 맞지 않았다. 불편해 보일 정도로 딱 달라붙는 것도 있었고 헐렁하고 축 늘어진 것도 있었다. 허리춤에 다이아몬드 검을 차고 있었는데, 벨트가 너무 커서 그는 벨트를 계속 치켜올리고 있었다.

"안녕하세요."

스텍스는 방문객을 쫓아내기 전에 예의 바르게 대하기로 했다.

"제가 약속을 깜박했나 봅니다. 성함이……?"

"아, 만나기로 약속한 적 없어요."

방문객이 지은 미소는 스텍스의 눈에 슬쩍 조롱하는 것처럼 보였다.

"약속하고 만나는 건 재미없죠. 난 내가 원할 때 원하는 곳으로 가요. 그래서 이렇게 여길 온 거고요."

약간 무례한 이 말에 스텍스는 불쾌해졌다. 아버지라면 농담으로 받아쳤겠지만, 그거야 아버지는 방문객도 좋아하고 새로운 사람을 만나는 것도 좋아했기 때문이다. 스텍스는 혼자 살게 되면서 방문객도, 처음 만나는 사람도 좋아하지 않게 되었다. 아니, 좋은지 안 좋은지 마음을 정하지 못했지만 좋아하지 않는 것처럼 행동했다. 그래서 결국 방문객이든 처음 보는 사람이든 같은 존재가 돼 버렸다.

따라서 농담을 하거나 화제를 다른 것으로 돌리는 대신 스텍스는 이 처음 보는 사람을 빤히 쳐다보며 팔짱을 꼈다.

"무슨 일을 하시는지……?"

스텍스가 물었다.

"수집가라고 보시면 되겠습니다."

남자는 파란 눈으로 스텍스의 집을 열심히 관찰했다.

"경험을 수집하지요."

"경험을 어떻게 수집하시는지 이해가 가질 않네요."

스텍스가 답했다.

그 말에 남자는 웃었다. 터진 너털웃음은 불편할 정도로 길게 이어졌다.

"물론 이해하지 못하겠죠, 스텍스 스톤커터 씨."

스텍스는 예고 없이 찾아온 이 사람을 별로라고 평가를 내렸지만, 자기 이름을 알고 있다는 사실에 약간 안심했다. 선착장에 배를 댄 이유가 있을 거라는 점을 암시했기 때문이다. 스텍스는 아버지라면 어떻게 대처했을지 생각했다.

"제가 불리하네요. 당신은 내 이름을 아는데 난 당신 이름을 모르니까요."

스텍스가 말했다.

"그야 내가 말해 주지 않았으니까요. 하지만 우린 곧 친해질 테니 알려 줘야겠군요. 내 이름은 푸지 템프로입니다."

푸지 템프로는 스텍스를 향해 살짝 고개를 숙였다. 다시 고개를 들며 보인 미소는 맛있어 보이는 먹이를 앞에 둔 포식자가 보이는 미소와 비슷했다.

'친해질 거라니 그게 무슨 소리지?'

스텍스는 아버지라면 이 푸지 템프로라는 인물을 다른 미래 사업 파트너와 마찬가지로 대했을 거라고 생각했다. 연락도 없이 찾아온 데다가 이상하고 무례하게 행동했지만 말이다.

"잘못된 첫인상이 수익을 올리는 일을 방해하지 않도록 해야 한단다."

아버지는 늘 이렇게 말씀하셨다.

스텍스는 이 사람에게 당장 여길 떠나라고 명령하고 싶었지만, 어쩔 수 없이 아버지가 하셨을 것처럼 행동하기로 했다.

"서로 소개는 했으니 제가 무엇을 도와드리면 될까요, 템프로 씨?"

스텍스가 물었다.

"이곳 구경 좀 시켜 주시죠. 훌륭한 사유지로군요. 이렇게 관리하는 데 노력을 아주 많이 들였겠어요."

푸지가 답했다.

"네, 맞습니다. 그러니까, 솔직히 말하자면 아버지께서 많이

26

하셨죠. 제가 하는 일은 유지하는 쪽에 가깝습니다."

"유지하는 데에는 뭐가 필요한가요?"

푸지가 물었다.

"아, 그게…… 흠."

스텍스는 무슨 말을 해야 할지 몰랐다. 가끔 참나무를 베고 잔디밭에 덤불을 뽑는 일이 미래의 사업 파트너에게 감동을 줄 것 같지는 않았다.

"솔직히 집은 그냥 뒤도 잘 유지되지요. 사업도 마찬가지고요. 여기 오시기 전에 사무실에 먼저 들르셨더라면 더 좋았을 뻔했어요, 템프로 씨. 우리가 채굴한 광물 샘플과 모양을 다듬고 윤을 낸 블록을 볼 수 있었을 텐데요. 우리 직원들은 이 분야에서 최고라고 확신할 수 있습니다. 석공이라는 뜻이 담긴 스톤커터라는 성답게 광물을 다루는 데에는 전문가죠!"

스텍스는 억지로 활기차게 말하는 자신이 우스웠지만 정작 푸지는 듣는 둥 마는 둥 했다.

"사무실은 재미없어요. 사무실은 사람들이 자신을 포기하고 세상이 요구하는 것을 받아들인 다음에 죽으러 가는 곳이죠. 나 같은 수집가에게 집은 어떤 사람의 마음을 이해하는 데 중요한 열쇠예요. 그러니 앞장서시죠, 스톤커터 씨!"

푸지는 마치 자기가 집주인이고 스텍스가 구경시켜 달라고 부탁을 한 방문객인 것처럼 집을 향해 손짓했다.

스텍스는 자기도 모르게 푸지를 마당 안으로 데리고 들어가 자작나무 산책로를 보여 주고 발광석으로 만들어 밤에 마당 조명으로 쓰이는 분수대의 중앙 기둥도 가리켰다.

만약 독자의 마음이 나와 같다면 아마 이렇게 생각할 것이다.

'안 돼, 스텍스! 넌 지금 끔찍한 실수를 저지르고 있어!'

사실 스텍스는 악마의 손길을 한 번도 느끼지 못한 채 행복하고 편안한 성장기를 보냈기 때문에, 악마는 자신을 절대로 건드리지 않을 거라고 믿었다. 이게 얼마나 잘못된 생각이었는지 언젠가 깨닫겠지만, 그때가 되면 이미 너무 늦었을 것이다.

마당을 구경하는 동안 푸지는 거의 말을 하지 않았다. 스텍스는 푸지가 지루해하는지도 모른다고 생각했다. 하지만 스텍스는 익숙한 곳에 있다 보니 긴장을 풀게 됐고, 평온한 일상을 방해받아 생긴 짜증도 약간은 줄었다. 상황이야 어쨌든 간에 스텍스는 힘차게 우는 닭과 색색의 양, 층이 있는 언덕을 뒤덮는 수많은 꽃이 있는 자기 땅이 진심으로 자랑스러웠다. 푸지에게 투어를 해 주는 게 조금은 즐거워졌다. 스텍스는 현관문을 열고 푸지를 안으로 초대했다.

문이 열리는 소리를 들은 콜, 라피스, 에메랄드는 햇볕을 듬뿍 받으며 자고 있었던 방에서 어슬렁거리며 나왔다. 하지만 푸지 템프로를 보자마자 걸음을 멈추고 꼬리를 내렸다.

"잘 잤니, 얘들아. 손님이 왔어!"

스텍스가 밝게 말했다.

이웃들과 스톤커터 사무실 직원들이 못마땅해하는 점 중 하나는 스텍스가 사람들보다 고양이들과 더 편하게 얘기한다는 것이었다. 그는 고양이들과 함께 있으면 더 즐거워 보였고 왜

인지 대화도 더 잘하는 것 같았다. 물론 고양이들은 절대로 대화에 참여하지 않았지만 말이다.

하지만 이번에는 고양이들의 뜻이 분명했다. 콜은 검은색 꼬리를 병 씻는 솔처럼 팽팽하게 부풀리고는 푸지를 향해 식식거렸다.

"콜, 예의를 갖춰야지."

스텍스가 말을 채 끝내기도 전에 세 마리 고양이는 전부 다른 방향으로 재빨리 흩어졌다.

"쩝. 왜 저러는지 모르겠네요."

스텍스는 자기 뒤통수를 긁었다.

"동물들은 날 싫어해요. 나도 동물이 그다지 좋지는 않고요."

푸지는 딱딱하게 말했다.

"앞장서시죠, 스톤커터 씨."

푸지는 집 안에 대해서도 별다른 말을 하지 않았다. 그의 눈은 그림과 가구와 꽃병을 훑었지만 아무런 관심도 드러내지 않았다. 트로피 방을 보기 전까지 말이다.

"할머니께서 이곳에서 첫날 밤을 보낸 바로 그 자리에 만든 방입니다. 원래는 언덕 중턱에 흙을 파내어 만든 구멍에 불과했죠. 침대도 없었어요. 할머니는 밤새 몸을 웅크린 채 흙벽 반대편에서 괴물들이 으르렁거리는 소리를 들었죠. 그랬던 그곳이 이렇게 변했어요."

스텍스는 윤을 낸 섬록암과 화강암 벽으로 둘러싸인 방과 그 안에 있는 할머니와 아버지의 빛나는 갑옷 세트, 스톤커터 집안의 부를 상징하는 귀금속 블록 액자, 그리고 벽 전체를 덮은 커다란 지도를 보며 뿌듯해했다.

"언덕에 낸 구멍을 그대로 두지 그랬어요. 기념으로."

푸지가 말했다.

"그럴 필요는 없었어요. 이 방 전체가 그 역할을 하니까요."

스텍스가 답했다.

"정말 인상적이네요."

푸지는 지도 앞으로 가 목을 쭉 빼고는 숲과 정글을 나타내는 넓은 초록색 부분 위에 강을 표현한 구불구불한 파란색 선을 따라 시선을 옮겼다.

"그런데 지도 위에 있는 이 깃발들은 뭔가요?"

"우리 가족 사업 기지예요. 집도 있는데 그렇다고 이 집처럼 큰 건 아니고요. 그냥 침대, 화로, 작업대 하나씩만 있는 곳도 있어요. 아버지께서 사업 용도로 조직망을 세운 거예요."

"바쁘게 일한 분이었군요. 그런데 무슨 일이 있었던 거죠?"

푸지가 물었다.

"몇 년 전에 돌아가셨어요. 남쪽 지역을 둘러보고 돌아오시는 길에 배가 실종됐어요. 할머니가 돌아가시고 나서 한 달 후에 말이죠. 그리고 어머니는 내가 어렸을 때 돌아가셨어요. 그래서 나만 남았죠."

"돌봐 주는 사람 없이 혼자 남았다니 힘들었겠군요."

푸지가 말했다.

"매일 가족이 그립습니다. 하지만 내 앞가림은 하며 지내고 있어요.”

스텍스가 말했다.

“그런가요?”

푸지는 이렇게 말하고는 지도를 집중해서 살폈다. 그리고 가운데 있는 초록색 깃발을 가리켰다.

“우리가 여기에 있는 거죠?”

“맞아요. 스톤커터 반도예요. 이 집입니다.”

“그리고 여기가 스텍스 씨를 만나러 오기 위해 내가 탐험한 얼음 벌판이군요.”

푸지는 반도의 동쪽 부분을 손가락으로 톡톡 쳤다.

“바다가 위험하더군요. 하지만 이미 알고 계시겠죠. 빙산에 이렇게나 가까이 살고 있으니까요.”

“아, 그쪽으로는 한 번도 배를 타고 나가 본 적이 없어요. 너무 위험하니까요. 무슨 일이 생길지 모르죠. 뭐 하러 그런 모험을 떠나겠어요?”

“집 앞에 뭐가 있는지 확인할 수는 있겠죠.”

푸지는 이렇게 말하고는 고개를 저었다.

“별말 아니었습니다. 북쪽 주황색 부분에 있는 여기 이 깃발은 뭔가요? 흥미로운 장소 같은데요.”

“불모지인 듯하네요. 거기도 가 본 적이 없습니다. 우리 기지에 관심 있으신 거라면 사무실에 근무하는 직원들이 자세하게 안내해 드릴 겁니다.”

스텍스는 다소 딱딱하게 대꾸했다.

"다른 데는 거의 가 본 적이 없으신가 봅니다."

푸지의 이 말에 스텍스는 입을 열어 반발하려고 했다. 더는 참지 않고 이를 불청객을 내쫓을 기회로 삼으려 했다. 그런데 스텍스가 말을 꺼내기도 전에 푸지가 활짝 미소를 지었다.

"하지만 이렇게 아름다운 것에 둘러싸여 사는 분한테 집에만 있는다고 탓할 수 있을까요?"

푸지가 처음으로 예의 바르게 한 말이었다. 스텍스는 좋은 면을 보기로 했다. 이 사람이 마침내 예의를 차렸다는 것은 좋은 일이니까 말이다. 푸지는 이제 뒷마당을 향해 몸을 돌려 수영장과 잔디 가장자리의 나무 뚜껑을 보고 있었다.

"저 뚜껑 문을 열고 내려가면 스톤커터의 중앙 광산과 연결됩니다."

스텍스는 별로 내키지 않았지만, 사업을 위한 일을 하기로 결심했다.

"한번 보시겠어요?"

"무척 보고 싶군요."

푸지의 대답에 스텍스는 뒷마당으로 그를 안내한 후 뚜껑 문을 열었다. 그리고 좁은 돌계단이 있는 데까지 이어진 사다리를 타고 내려가 푸지가 내려오기를 기다렸다. 지하는 시원했다. 계단 위로 바람이 살짝 불었다.

"이쪽입니다."

스텍스는 계단을 따라 내려갔다. 그의 발소리가 좁은 공간에서 울렸다. 열 블록쯤 내려가자 문 하나와 창 하나가 있는 층이 나왔다. 좁은 창을 통해 채굴 도구와 다른 물품이 저장된 창고를 들여다볼 수 있었다. 그곳에서부터 계단은 방향을 바꿔 더 깊이 내려갔지만 오른쪽은 벽 없이 뚫려 있었다.

"계단 조심하세요. 방문객 중에는 이곳에서 방향을 잃는 분들도 있습니다."

스텍스는 자기 뒤를 따라오는 푸지에게 주의하라고 알렸다.

"어떻게 방향을 잃을 수……."

푸지는 본능적으로 벽을 찾아 손을 뻗었다.

"그렇군요."

그들 아래로 넓은 갱도가 펼쳐졌다. 입구는 양쪽으로 스무 블록만큼 벌어져 있었고 대충 깎은 돌벽에 좁은 계단이 붙어 있었다. 아래로 내려가는 계단은 바위에 붙은 얇은 실 같았다. 횃불은 불규칙한 간격으로 벽에 박혀 있었다. 스텍스는 어둠 속에서 아래를 향해 비추는 횃불의 주황색 반점들을 볼 수 있었다. 아래에서 올라오는 바람이 불꽃을 흔들었다.

"이 굴은 어디까지 내려가나요?"

푸지는 등을 벽에 붙인 채 물었다.

"기반암이 있는 데까지요. 즉 채굴이 가능한 깊이까지 내려갈 수 있는 거죠."

스텍스는 천장을 가리켰다.

"믿기지 않겠지만 저 위엔 수영장이 있어요."

"수영장 아래가 이렇게 텅 비어 있다니 좀 긴장되는데요."

푸지가 말했다.

"그럴 필요 없습니다. 매우 안전하니까요."

스텍스는 아무렇지도 않게 계단 가장자리로 가 밑을 내려다보았다.

"조심하셔야 하지 않을까요? 발을 헛디딜 수도 있잖아요."

"난 익숙해요. 여긴 내 뒷마당인걸요. 여기 아래서 십 대를 보내며 가업을 배웠어요. 채굴하기 가장 좋은 층을 어떻게 구분하는지, 용암과 물은 어떻게 피하는지, 가장 풍부한 광맥은 어떻게 찾는지, 그런 거 말이죠."

"난 누가 뒤에서 밀까 봐 겁이 나는걸요?"

푸지의 말에 스텍스는 자기가 이 이상한 방문객을 향해 등을 돌리고 있다는 사실을 깨닫고는 가슴이 철렁 내려앉았다. 스텍스는 푸지의 손이 닿지 않도록 얼른 계단 하나를 내려갔다. 뒤를 올려다보니 푸지는 여전히 등을 벽에 기댄 채 서 있었다.

스텍스는 터무니없는 생각이라며 속으로 자신을 다독였다. 무례하고 낯선 사람이었지만 그렇다고 살인자는커녕 범죄자라는 법은 없으니까 말이다.

"스톤커터 집안사람이라면 높은 곳을 무서워해서는 안 됩니다. 마찬가지로 좁고 닫힌 곳도 무서워하면 안 되죠."

푸지는 아래를 조심히 내려다보았다.

"그렇겠네요. 스톤커터 집안의 방대한 재산이 바로 여기에서 나오는군요."

"우리 재산이 '방대하다'라고 할 수는 없어요. 이거 말고도 다른 광산이 아주 많기도 하고요. 하지만 이 광산이 우리 가족의 첫 광산이에요. 할머니께서는 이곳에서 석탄과 섬록암을 캐셨죠. 이후 할머니와 아버지는 작업 범위를 확장해 기반암까지 굴을 파 탄광을 마련하셨어요. 우리가 서 있는 이곳 중앙 갱도에서 수백 블록 규모의 굴이 사방으로 뻗어 있어요."

"길을 잃어버리기 쉬울 것 같은데요."

푸지가 말했다.

"아니에요. 오히려 길을 잃어버리는 건 거의 불가능해요. 위치를 알아보는 방법이 다 있거든요. 중앙 갱도와 이어지는 줄기 갱도는 전부 너비가 두 블록이에요. 그러니 줄기 갱도에 있다면 그걸 알아볼 수 있죠. 줄기 갱도에서 나온 가지 갱도는 너비가 한 블록이고 줄기 갱도 주변에 격자로 배열돼 있어요. 나무줄기에서 큰 가지가 나오고 다시 큰 가지에서 잔가지가 뻗어 나오는 식이지요. 어쨌든 내려가서 직접 보시면 생각보다 단순하다는 걸 알 수 있을 거예요."

스텍스의 손짓에 푸지는 슬금슬금 계단 가장자리로 가 잠깐 고개를 내밀어 아래를 내려다보았다. 하지만 이내 얼굴이 하얗게 질려서는 그나마 안전한 벽 쪽으로 다시 뒷걸음질을 쳤다.

"이렇게 깊게 내려가는 거면 무기는 가져오셨겠죠?"

푸지가 물었다.

"할머니 광산에요? 무기를요? 한 번도 가져온 적 없어요. 일을 배우러 올 때도 그랬고 작업을 감독하는 지금도 마찬가지죠. 갑옷도 안 입어요. 갑옷은 무게부터 부담이 되고 이 계단을 오르락내리락하는 것만으로도 힘드니까요."

푸지의 눈빛은 반짝거렸다.

"그런데도 난 스텍스 스톤커터 씨가 절대로 무모하게 행동하지 않을 거라 생각했네요. 알고 보니 이 세상의 어두운 땅속을 돌아다니면서도 손에 작은 칼조차 들고 있지도 않고 머리가 깨지는 것을 막기 위한 얇은 냄비조차 쓰고 있지도 않군요."

스텍스는 소리 내어 웃었다.

"맞아요. 광산이 위험했던 적은 있어요. 할머니께선 어둠 속에서 해골과 싸웠던 일을 얘기해 주시곤 했죠. 머리카락이 쭈뼛 설 정도로 무서운 얘기였어요. 하지만 모든 굴은 오래전에 비우거나 봉쇄했고 갱도는 밖에서 들어올 방법이 없어요. 위에 있는 저 뚜껑으로 들어오는 게 아니면 절대로 못 들어와요. 그리고 전부 다 밝게 불을 켜 놓기도 했고요. 나쁜 괴물들이 집을 장악하도록 둬선 안 될 테니까요, 그렇죠?"

"네, 안 되죠. 구경시켜 주셔서 감사합니다. 덕분에 많은 걸 알게 되었습니다."

푸지는 스텍스를 기다리지도 않고 좁은 계단을 다시 올라갔다. 스텍스는 푸지가 고소 공포증 때문에 밝은 햇빛과 푸른 잔디가 있는 곳으로 돌아가고 싶어 한다고 이해했다. 집으로 다시 들어간 푸지는 생각에 잠겨 있었다. 그러다가 액자에 걸린 닳은 돌 곡괭이와 무딘 돌검을 응시했다.

"낡은 물건을 장식해 놓기에는 안 어울리는 공간 아닌가요?"

그가 물었다.

"할머니께서 쓰신 도구예요. 그 언덕을 파서 마련한 은신처에서 보낸 첫날 밤에 만드셨죠. 처음으로 철 광맥을 발견하셨을 때 이미 두 도구는 쓸 수도 없을 만큼 낡았지만, 할머니는 아무것도 버리신 적이 없어요. 우리 가족의 시작이 어땠는지 기억하기 위해 아버지가 이렇게 걸어 두셨어요."

스텍스가 설명했다.

"아."

푸지는 창백한 손가락으로 금이 간 날을 쓰다듬었다.

"다른 사람들에게는 이상하게 보일지도 모르겠네요."

스텍스가 말했다. 사실 스텍스도 볼품없는 오래된 곡괭이와 검을 창고로 옮기려 했다. 대신 그 자리에 밝고 화려한 그림이나 꽃 장식 같은 것을 두고 싶었다.

"전혀 이상하게 보이지 않습니다. 아니, 이상하지 않을뿐더러 이 집에서 가장 귀중한 물건이라고 생각합니다. 다른 동료들도 얼른 와서 이걸 봤으면 좋겠네요."

"동료들이요?"

푸지가 얼른 이곳을 떠나길 매우 바랐던 스텍스가 물었다.

"네, 동료요. 벌써 몇 년을 같이 일했어요. 실력이 아주 좋은 친구들이죠."

푸지는 거실을 성큼성큼 가로지르며 말했다.

"싸움도 잘하고 충실해요. 내가 돈을 주기 때문이죠. 모레쯤 데리고 올까 생각 중이에요."

스텍스는 잠시 아찔한 느낌을 받았다. 하지만 정신을 차린 뒤 푸지를 향해 고개를 저었다. 이 행동이 푸지에게 자신의 엄격

한 태도를 전해 주길 바라며 말이다.

"다시 말씀드리지만 앞으로는 사무실을 통해서 연락하시길 바랍니다. 그게 우리 둘에게 훨씬 더 효율적이에요."

푸지는 배 창고와 선착장이 있는 곳으로 향했다.

"더 효율적이지 않을 겁니다. 전혀 그렇지 않아요. 난 이곳에서 스텍스 씨와 볼일이 있으니까요."

스텍스는 **이런** 상황에서 아버지가 뭐라고 하셨을지 궁금했다. 아버지라면 푸지 템프로는 까다롭고 요구하는 게 많은 고객이지만, 어쨌든 고객이라고 했을 것이다. 하지만 아무리 좋게 생각해 봐도 집에 더 많은 낯선 사람들이 와서 그의 오전을 망칠 거란 생각에 불쾌했다. 특히 푸지의 직원들도 그들 상사처럼 지독하게 예의를 차리지 않는다면 말이다. 그들이 진흙 위를 돌아다니거나 꽃을 밟고 다니면 어쩌란 말인가?

"아뇨, 모레는 곤란합니다."

스텍스는 시간을 벌기 위해 이렇게 말했다.

"난 그날 엄청나게 바쁘거든요. 할 일이 너무 많아서 시간을 낼 수 없어요. 불가능합니다."

푸지는 특유의 기분 나쁜 미소를 지었다. 양 한 마리를 구석에 몬 늑대가 떠오르는 미소였다.

"그렇군요. 물론 바쁘시겠죠. 무슨 일이 그렇게 많으신가요?"

"네, 그러니까, 산마루에 수레국화를 심어야 해요. 그리고 자작나무에 가지치기도 해야 하고요. 덤불처럼 막 자랐거든요. 화분도 세 개 만들어야 하는데, 창고에 점토가 하나도 없어서

38

일이 더 많아졌죠. 그리고 또, 저길 보면 바닥에 판자 하나가 갈라져 있어요. 새것으로 갈아야 하죠."

"**정말로** 일이 많으신 것 같네요. 그럼 다 하는 데 얼마나 걸릴 것 같나요?"

푸지가 물었다.

스텍스는 이 모든 것은 푸지와는 상관없는 일이며 따라서 푸지에게 알리지 말아야 했다는 생각이 들었다. 하지만 되돌리기에는 이미 너무 늦었다는 생각도 들었다.

"아, 아마 일주일은 걸릴 거예요."

스텍스는 일주일이면 푸지도 기다리지 못할 거라고 생각했다. 다른 곳에 볼일이 있을 테니 자기를 내버려 둘 테고 곧 이 불쾌한 아침은 기억 속에서 희미해지길 바랐다.

하지만 푸지는 그저 미소를 지으며 스텍스에게 고개를 살짝 숙였다.

"그럼 일주일 후에 뵙지요. 기다리고 있겠습니다, 스텍스 스톤커터 씨."

스텍스는 억지로 미소를 지은 채 푸지가 배 안에 있는 노를 움켜쥐는 것을 보며 별 뜻 없는 예의 바른 인사를 했다.

그러나 스텍스는 다음 만남이 전혀 기다려지지 않았다.

4장
화재와 잔해

#방해받은 나른한 아침 #끔찍한 일들 #발각된 고양이들의 은신처

불행하지만 이해할 수 있는 그런 일이 일어났다. 바로 스텍스가 그 약속을 잊은 것이다.

물론 그 일이 있었던 날에, 혹은 그다음 날에 잊은 것은 아니었다. 스텍스는 그 이틀을 대부분 흥분한 상태로 보냈다. 딴생각을 할 때마다 스텍스는 푸지 템프로를 떠올렸고 그가 얼마나 버릇없게 굴었는지, 그의 동료들은 얼마나 성가시게 굴지, 그가 제안할 사업은 어떤 종류의 일일지, 푸지와 거래를 하게 되면 그와의 잦은 만남을 참아야 하는지, 왜 애초에 방문객을 받아들였는지로 생각이 흘렀으며, 이 모든 것을 생각하는 것 자체가 스텍스에게는 참을 수 있는 한계를 넘는 일이 되었다.

하지만 다음 날 스텍스는 자작나무 산책로 위 산마루에 수레국화를 심었고, 언덕에 더해진 파란색을 보며 흡족해했다. 그다음 날에는 선착장 바닥에 금이 간 판자를 고쳤다. 콜, 라피스,

40

에메랄드는 배가 해를 향하도록 누운 자세로 낮잠을 잤다. 스텍스는 그 불쾌했던 방문객을 서너 번밖에 떠올리지 않았다. 다음 날에는 무성하게 자란 자작나무 가지를 다듬으며 보냈고 푸지 생각은 거의 하지 않았다. 나흘째가 되던 날, 스텍스는 오전에는 고양이들의 응원을 들으며 선착장에서 낚시를 했고, 오후는 아버지의 서재에서 빈둥거렸다.

원래는 스톤커터 사무실에서 일과 관련된 약속을 스텍스에게 알렸다. 사무실에서 저택으로 직원을 보내 미리 알려 주면, 스텍스가 소 우리에서 오물을 치우다가 고객과 마주하는 불미스러운 일을 막을 수 있었다. (실제로 두 번이나 그런 일이 있었다.) 하지만 스텍스는 사무실에 푸지가 올 거라는 경고를 하지 않았다. 푸지를 떠올리는 것 자체로 기분이 상했기 때문이다. 따라서 사무실에서는 푸지가 다시 찾아올 예정인지 묻거나 스텍스에게 나쁜 일이 생길지도 모른다고 주의를 주지 않았다.

그렇게 스텍스는 푸지에 관해 잊었다. 골칫거리를 떠올리지 않은 평온하고 지루한 이틀이 지났다.

푸지가 찾아오고 일주일 후, 스텍스는 선착장 끝 작은 탁자에 앉아 있었다. 한가로운 아침 식사 후 스텍스는 《에메랄드 매장 위치 파악을 위한 최적화된 채굴 방법》이라는 제목의 책을 훑어보았다. 아버지 서재에서 가져온 책이었는데, 내용은 지루했다. 콜, 라피스, 에메랄드는 주위에서 몸을 S자로 구부린 채 게으름을 피우며 누워 있었다.

스텍스는 먼바다에 나타난 첫 번째 배를 보고는 수평선 가까이에 뜬 구름인 줄 알았다. 하지만 곧 그것이 배라는 것을 깨달았다. 그 배 뒤로 열 척이 넘는 다른 배들이 따라왔다.

"저 끔찍한 사람은 왜 원래대로 후미로 오지 않는 걸까?"

스텍스는 졸고 있는 고양이들에게 물었지만, 에메랄드가 잠결에 꼬리를 휙 흔들 뿐이었다.

배가 가까워질수록 스텍스는 점점 더 불안해졌다. 선두에 선배 위에 서서 특유의 상대를 불편하게 하는 포악한 미소를 짓고 있는 푸지의 금발이 햇빛을 받아 빛이 났다. 다른 배들은 검은색과 보라색, 빨간색과 금색, 초록색과 분홍색이 섞인 휘장을 달아 화려했고, 그 안에는 험악하게 생긴 남자들과 여자들이 햇빛에 번득이는 검과 도끼를 들고 있었다.

가장 먼저 잠에서 깬 라피스는 꼬리를 뒤로 젖힌 채 목을 낮게 깔고 그르렁거렸다.

"아무 일 없을 거야, 얘들아."

스텍스는 자리에서 일어나며 말했다. 하지만 자신도 더 이상 이 말을 믿지 않는다는 것을 알았다.

'자리를 떠야 해. 어서! 도망쳐!'

스텍스는 마음속으로 외쳤다.

하지만 스텍스는 발을 움직일 수 없었다. 도망치려고 하지만 제자리에 붙들려 있는 꿈에 갇힌 것처럼 몸이 얼어붙었다.

푸지가 탄 배가 뭍에 닿으며 옆구리에서 끼익 소리를 내자 고양이들은 돌계단을 뛰어 올라갔다. 다른 배들도 다가와 계단에 부딪혔다. 푸지는 재빨리 부두로 올라갔다. 다른 사람들도 얕은 물로 뛰어내린 후 웃으며 집을 올려다보았다.

"스텍스 스톤커터 씨. 다시 만나니 반갑군요. 여기 동료들을 소개하고 싶지만, 인원이 많기도 하고 아주 바쁠 거라서요. 나중에 제대로 인사할 기회가 있을 겁니다."

푸지가 말했다.

"이봐요."

스텍스는 가까스로 말했다.

"도를 넘었잖아요. 다시 한 번 강조합니다만 사무실로 가세요. 거래를 하실 거면 제대로……."

푸지는 미소를 살짝 띤 채 조용히 듣고 있었다. 스텍스가 나무라는 동안 그는 탁자에 있던 《에메랄드 매장 위치 파악을 위한 최적화된 채굴 방법》을 들어 쓱 보더니 바다에 던졌다.

"무슨 짓입니까! 그건 아버지 책이란 말이에요!"

스텍스는 뒤집힌 채로 파도 위로 오르락내리락하는 책을 바라보며 외쳤다.

"이제 바다 것이 되어 버렸지. 돌고래가 가지고 놀 장난감으로 쓰일지도 몰라. 어떻게 될지 누가 알겠어?"

"당신 어떻게 감히……."

"여기 내 동료들이 들고 있는 무기를 봐. 철 화살촉은 반짝거리고, 화살대는 아주 뾰족하고, 다이아몬드 날은 날카로워. 이런 것들 덕에 난 내키는 대로 행동할 권리가 있지. 그리고 결국 이 세상에서는 이 권리만이 중요해. 자, 여러분. 스톤커터 씨를 데려가 전망 좋은 곳에 모시도록."

"전망 좋은 곳이라니? 뭘 하려는 거지?"

푸지는 배 창고 문을 열어 몇몇에게 들어가라고 지시했고, 다른 강도들은 집을 향해 계단을 올라갔다.

"우리 집 물건을 훔치려는 거야?"

스텍스가 물었다.

"우선은 그렇지."

푸지는 침입자 몇몇에게 자기를 따라 계단을 올라오라고 손짓했다. 덩치 큰 두 남자가 스텍스의 양쪽 손목을 움켜쥐더니 그를 끌고 푸지 뒤를 따라 올라갔다. 유리 깨지는 소리에 스텍스가 뒤를 돌아보니 침입자 한 명이 검을 휘둘러 창고 창문을 깨부쉈고, 다른 한 명은 도끼로 선착장 난간을 내리쳤다.

"도와주세요! 도둑이야! 도와줘요!"

스텍스가 소리쳤지만 다른 이웃과는 멀리 떨어진 곳에 혼자 살았기 때문에 그의 고함을 듣고 도와주러 올 사람은 아무도 없었다. 푸지는 뒤도 돌아보지 않았다.

푸지의 부하들은 이미 트로피 방과 창고에 들어가 물건을 옮기고 있었다. 두 팔에 철괴와 다이아몬드를 가득 든 이들이 일렬로 스텍스의 옆을 지나갔다. 트로피 방에 걸려 있던 지도를 몇 조각으로 찢어 들고 나가기도 했고, 할머니의 다이아몬드 갑옷도 부분별로 나누어 옮겼다.

"두목, 문이 좀 좁네요. 나가는 물건도 너무 많고 들어오는 사람도 많아서요."

검은 수염이 있는 한 남자가 투덜댔다.

"그럼 문을 더 크게 만들어야겠네."

푸지가 답했다.

남자는 고개를 끄덕이고는 큰 소리로 지시했다. 다른 침입자들이 집의 유리 벽을 깨부수었다. 그 덕에 그들은 여왕개미를 섬기는 일개미들처럼 그림 액자와 가구와 도구를 밖으로 운반할 수 있었다. 밖에서는 자작나무를 베고 꽃밭을 망가뜨리고, 소와 돼지, 양을 가둔 울타리를 부쉈다. 겁에 질린 양들은 여기저기 날뛰다 서로 부딪치며 매에 하고 울었다. 그 모습을 본 침입자들은 깔깔거리며 양에게 더 달려들었다.

"가축은 건드리지 마!"

스텍스가 외쳤다.

"건드리면 어떻게 할 건데?"

스텍스 아버지의 책을 한 더미 들고 나가는 강도가 씩 하고 미소를 지었다.

아무것도 할 수 없었다. 그렇게 많은 이들을 상대로 그가 할 수 있는 것은 없었다. 그들은 너무 많았고 모두 무장한 데다 싸움에 능숙했다. 반면에 스텍스는 식물이 아닌 것을 상대로 날이 있는 도구를 들어 본 적조차 없었다. 주변이 격렬하게 파괴되는 것을 보며 스텍스는 절망한 나머지 무릎을 꿇었다.

30분 후 푸지가 즐겁게 휘파람을 불며 돌아왔을 때도 스텍스는 여전히 충격받은 상태로 무기력하게 있었다. 푸지는 스텍스 할머니의 돌 곡괭이를 액자째로 벽에서 홱 하고 떼었다.

"스텍스, 같이 가자. 이 장면을 놓치면 안 되지."

푸지는 부하 둘에게 스텍스를 뒷문으로 끌고 오라고 시켰다. 그리고 빨간색 폭탄 묶음을 들고 섬록암 수영장 옆에 서 있는 악당 두 명을 가리켰다.

"저게 뭔지 알아, 스텍스?"

푸지가 물었다.

스텍스는 힘없이 답했다.

"TNT. 채굴할 때 쓰는 물건이지. 아니, 자신이나 남을 위험에 빠뜨리는 일에 신경 쓰지 않는 바보들이 쓰는 물건이지."

"아, 우린 조심할 거야. 자, 봐 봐."

푸지가 고개를 끄덕이자 두 악당이 화살에 불을 붙이고 TNT를 향해 쐈다. 폭탄에 불이 붙고 폭발하자 그 충격으로 두 악당은 뒤로 넘어졌다. 스텍스는 반사적으로 폭발을 피하려고 두 팔을 들었다. 충격을 받은 돌은 큰 소음을 냈고, 수영장 바닥은 내려앉아 스톤커터 광산으로 물이 흘러 들어갔다.

"방금 오버월드에서 가장 깊은 수영장을 만들었어. 어때?"

푸지가 말했다.

그때 스텍스는 부서진 수영장 옆 그림자 안에 검은색 무언가를 발견했다. 콜이었다. 콜은 폭발 소리에 겁먹은 채 자기가 마련한 은신처에 숨어 있었다.

스텍스는 푸지가 눈치채지 못하도록 억지로 다른 쪽으로 고개를 돌렸다. 하지만 푸지는 검은색 고양이뿐만 아니라 콜 뒤에 웅크리고 있던 라피스와 에메랄드도 발견했다. 셋은 전부 겁에 질린 눈을 하고 있었다. 푸지가 부하들에게 손짓했다.

"안 돼! 나한텐 뭐든 하고 싶은 대로 해! 하지만 고양이들은 건드리지 마! 쟤넨 너희한테 아무 짓도 안 했잖아!"

스텍스는 외쳤다.

"그건 너도 마찬가지야."

푸지가 대꾸했다.

침입자 중 한 명이 몸을 웅크리고는 환하게 미소를 지으며 고양이들을 꾀려는 소리를 냈다. 스텍스는 위험을 알리기 위해 소리를 지르려고 했지만 푸지가 막았다.

"스텍스! 그건 **반칙**이야."

푸지는 손가락 하나를 흔들며 타이르는 듯 말했다.

스텍스는 고양이들을 공포에 질린 채 지켜보았다. 마음속으로 고양이들이 놈에게 속지 않기를 간절히 빌었다. 고양이들은 머뭇거리다 쉬익 소리를 내고 으르렁거렸다. 잠시 후 고양이 세 마리는 계단으로 재빨리 올라가 마당 그림자 속으로 사라졌다.

스텍스는 안도하며 눈을 감았지만 푸지는 어깨를 으쓱였다.

"어차피 볼일은 거의 끝났어. 이제 대미만 남겨 놓고 있지."

푸지가 말했다.

그들은 스텍스를 마당으로 끌고 나갔다. 마당은 온 곳에 구멍이 나 있었고 잘린 자작나무 가지가 흩어져 있었다. 스텍스는 침입자들이 벽을 부수고 계단을 깨는 모습을 바라보기만 했다. 가축은 도망가거나 놈들이 다른 곳으로 옮겼다. 분수대는 박살이 나고, 울타리는 쓰러져 있었다.

"그 정도면 됐어. 나머지는 태워."

푸지가 명령하자, 부하 한 명이 거실 중간에 용암이 담긴 양동이를 던졌다. 금세 카펫에 불이 붙었다.

선착장 바닥을 덮었던 판자들은 물 위에 떠다녔고, 뼈대만 남은 작은 배 창고는 불에 타고 있었다. 스톤커터 저택에서 훔쳐 온 물건을 쌓은 배들은 바다에 낮게 떠 있었다. 스텍스는 배 중 한 척에 강제로 태워진 채 검은 수염을 기른 노 젓는 악당 옆에 앉아야 했다. 그 악당은 스텍스가 세 번째로 좋아하는, 노란색 바탕에 빨간 용이 그려진 셔츠를 입고 있었다.

"스텍스, 편하게 자리 잡았어? 갈 길이 멀거든."

푸지가 말했다.

푸지의 얼굴 주변으로 불에 타는 창고가 배경이 되어 붉은색 후광이 윤곽을 그리고 있었다. 해는 지고 있었고, 불꽃이 붙어 있는 재 부스러기가 작은 별처럼 공중에 떠다녔다.

"도대체 왜?"

스텍스는 간신히 물었다.

"다들 매번 알고 싶어 하더군."

푸지는 이렇게 말하고는 어깨를 으쓱였다.

"웃기는 일이지."

스텍스는 답을 기다리며 계속해서 푸지를 쳐다봤다. 하지만 푸지가 해 준 답은 그게 전부였다.

5장
미지의 세계로

#얼음 위 거주자 #험한 바다를 가로지르는 여행 #모닥불 옆에서 보낸 밤

바다는 조용했다. 물속에서 노를 저을 때마다 나는 **슈욱** 소리와 강도들이 때때로 내는 투덜거리는 소리 말고는 아무 소리도 없었다. 밤이 되자 스텍스 머리 위로 별들이 쏟아졌고 반짝이는 별자리는 하늘에서 천천히 회전했다.

침입자들의 배는 스톤커터 사유지 근처 바다 위로 치솟은 뾰족하고 커다란 얼음덩어리 사이를 지났다. 스텍스는 몸을 덜덜 떨었다. 따뜻한 밤이었지만, 간혹 얼음덩어리와 바닷물에서 차가운 바람이 불어 왔다. 배 위로 모습을 드러낸 얼음은 스스로 흐릿하고 창백한 푸른빛을 내는 것만 같았다. 스텍스는 자기를 둘러싼 밤이 내는 삐걱대고 끙끙대는 소리를 들었다. 처음에는 힘겨운 작업을 마치고 피곤해진 침입자들이 내는 소리인 줄 알았지만, 곧 그것이 얼음이 이리저리 움직이며 자리 잡는 소리임을 깨달았다. 잠자리에 든 사람이 편안한 자세를 찾기 위해 몸을 이리저리 뒤집는 것처럼 말이다.

'여긴 참 아름답구나. 그동안 모르고 지냈어.'

스텍스는 속으로 생각했다.

자기 집이 폐허가 되는 것을 보고 방금 납치된 사람이 이런 생각을 하는 게 좀 이상해 보일 수 있다. 스텍스 역시 이상하게 생각했다. 스텍스는 자신이 왜 소리를 지르지 않는지, 왜 강도와 싸우려고 하지 않는지, 왜 무언가를 하지 않는지 궁금해졌다. 하지만 여전히 모든 것이 꿈처럼 살짝 비현실적으로 느껴졌다.

그리고 얼음 기둥은 **정말로** 아름다웠다.

잠시 후 어둠 속에서 무언가 으르렁대는 소리가 들렸다. 스텍스가 짐작하기에 크고 힘이 센 무언가가 내는 낮은 경고음이었다. 무엇이 내는 소리인지 확인하려고 어둠을 살폈지만, 얼음판 미로 사이를 돌아다니는 메아리 때문에 혼란스러웠다.

스텍스와 검은색 수염 강도를 태운 배 옆으로 몸집이 작고 언짢은 표정을 한 남자가 다른 배를 타고 노를 젓고 있었다.

"흰곰인가 보네."

검은색 수염 강도가 자기 동료에게 투덜거렸다.

"좀 떨어지는 게 좋을 거야. 아까 그 소리는 새끼랑 같이 있다는 뜻이거든. 성질이 사나워서 다가갔다가는 머리를 뽑힐걸."

"바로 너희가 당해야 할 일이지."

스텍스는 이렇게 중얼거렸다가 따귀를 맞았다.

"어떻게 감히……."

스텍스는 침을 튀기며 외쳤다.

"감히 그럴 수 있고말고. 맞을 짓을 하면 바로 이 자리에서 모험이 끝나게 해 주겠어, 멋쟁이 양반."

검은색 수염 강도가 말했다.

스텍스는 경고가 담긴 눈빛을 쏘며 다시 노를 젓기 시작한 강도에게서 떨어져 몸을 움츠렸다.

"앞이 하나도 보이지 않아. 짐승 머리 위로 배를 몰아도 전혀 모를 것 같아. 밤에 이동하다니, 어리석은 짓이지."

언짢은 표정의 남자가 불평했다.

"두목한테 얘기해. 계속 노를 저으라는 게 두목 지시야."

배는 속도를 줄였다. 스텍스는 다른 배의 흐릿한 윤곽은 알아보았지만, 떠다니는 얼음덩어리와 정체 모를 흰곰을 구분하는 것은 어려웠다.

만약 흰곰이 공격한다면 그 장면을 볼 수 있기를 바랐다. 자기 집을 파괴한 무법자들을 할퀴고 그들이 탄 배를 물속에 빠뜨리는 성난 곰을 보면 무자비한 만족을 느낄 것만 같았다. 일부러 소란을 피워 곰의 관심을 끌 수도 있겠다는 생각도 했다. 하지만 그렇게 하면 차가운 물속에서 시체와 잔해 사이를 허우적대며 얼어 죽을 것인지, 아니면 포식자의 이빨과 발톱을 향해 제 발로 갈 것인지 선택해야 할 것이다.

스텍스는 기다리기로 했다. 도망치거나 복수하거나 무력한 포로로 앉아 있는 것이 아닌 다른 행동을 할 수 있는 기회가 오기를 바라며 기다리기로 했다. 그의 집은, 남은 것이 무엇이든 간에, 얼음 밭 건너편 바로 뒤에 있었다. 그곳으로 돌아갈 방법을 찾으면 고양이들을 챙기고 은신처를 마련할 수 있을 거였다. 그런 뒤 어떻게 푸지와 침입자들을 추격해서 대가를 치르게 할 것인지 고민하기로 했다.

하지만 물속에 얼어 버린 상태로 혹은 곰 배 속에 먹힌 상태로는 그렇게 할 수 없을 테니 인내심을 갖기로 다짐한 후 몸을 앞으로 내밀어 얼음 바닥 위 어두운 곳에 곰이 있는지 살폈다.

스텍스는 충격과 놀라움에 뒤로 물러났다. 곰을 제대로 본 것은 아니었지만, 다른 배에 타고 있는 침입자가 손에 든 횃불이 곰의 눈에 비친 것을 보았기 때문이다. 마치 그들 앞 어둠 속에서 큰 랜턴 두 개가 빛나는 듯했다.

"저기!"

스텍스는 손가락을 치켜들며 다급하게 외쳤다.

"조용히 해, 이 멍청한……."

검은색 수염 강도는 입을 열었다가 스텍스가 가리키는 곳을 보고는 입을 다물었다. 강도들끼리 급하게 낮은 목소리로 얘기하더니 오른쪽으로 방향을 틀어 얼음덩어리 사이로 난 다른 길로 배를 몰았다. 스텍스는 곰에서 눈을 떼지 않았고 커다란 두 눈 역시 그를 계속해서 쳐다봤다. 배가 지나갈 때까지 커다란 짐승은 쉬지 않고 으르렁거렸다.

배는 얼음 미로를 천천히 가로질렀다. 스텍스의 눈꺼풀은 점점 감기더니 턱은 가슴을 향해 축 내려왔다. 이내 그는 불편한 자세로 얕은 잠에 빠졌다. 그렇게 밤이 지났다.

배가 모래와 자갈 위를 스치다 멈추자 스텍스는 완전히 깼다. 누군가 세게 그를 흔들었다. 검은색 수염 강도였다. 밤새 노를 저은 터라 몸은 녹초가 되었고 기분은 언짢은 상태였다.

"어서 배에서 내려. 난 무임 승객이 정신 차릴 때까지 기다려 주지 않아."

그가 고함을 쳤다.

스텍스는 눈을 깜박이며 탁 트인 절벽 아래 황량한 회색 해변에 도착한 것을 확인했다. 해변 위로 회색 산이 새벽빛에 분홍색으로 옅게 물든 구름을 뚫고 서 있었다. 스텍스는 얼음덩어리가 보이길 바라며 뒤돌아 물 쪽을 바라보았지만, 바다에는 다른 강도들이 탄 배 여러 척 말고는 아무것도 없었다.

"여긴 어디야?"

스텍스가 멍하니 물었다. 밤새 배 안에서 구부정한 자세로 보내는 바람에 목이 지독하게 아팠다. 소금기로 눈은 쓰라렸고 옷은 뻣뻣했다. 묶인 손목은 줄에 쓸려 얼얼했다.

강도들은 스텍스의 말은 무시한 채 서로에게 명령을 외쳤다. 몇몇은 도끼를 들고 절벽을 기어올라가 나무를 벴다. 그들은 스텍스가 뻣뻣한 다리를 풀기 위해 작은 원을 그리며 해변을 걷는 것도 내버려 두었다.

"스텍스! 잘 잤어?"

누군가 즐겁게 말을 걸었다.

스텍스가 주변을 돌아보니 아직 배 위에 있는 푸지가 검은색 휘장 아래에서 웃고 있었다.

"앞으로 우리가 지나야 할 바다가 좀 위험한데, 뱃멀미는 안 하지?"

푸지가 말했다.

스텍스는 화가 치밀어 올랐다. 하지만 소리 지르거나 푸지가 있는 배로 달려들기도 전에 온몸에서 힘이 빠져나갔고, 두 팔과 다리는 믿어지지 않을 정도로 무거워졌다.

"그래, 맞아. 넌 뱃멀미를 하는지, 안 하는지도 모를 거야. 배타고 어딜 나가 본 적이 없으니까. 우리 함께 확인해 볼 수 있겠군, 안 그래?"

푸지가 빈정댔다.

"두목, 뭐 좀 여쭤봐도 될까요?"

검은색 수염 강도가 중얼거렸다.

"뭔데, 미그스?"

"여기서 자고 가도 될까요? 노 젓는 친구들이 지쳐 있어서 좀 쉬었으면 해서요."

미그스는 이제 스텍스의 셔츠라고 할 수 없는 옷으로 더러운 손을 닦았다.

푸지는 즉시 답했다.

"안 돼. 바다에 드라운드들이 득실거려서 나쁜 일이 생길지도 몰라. 부지런히 가면 오늘 밤에는 쉴 수 있어."

"그렇지만 두목……."

미그스는 다시 간청했다.

"안 된다고 했잖아. '안 된다'는 말이 무슨 뜻인지 모르나?"

푸지가 사납게 말하고는 배의 사공에게 신호를 보냈다. 그들이 탄 배는 다시 움직였고 곧 바다 위 흐린 점이 되었다.

"다들 두목 말씀 들었지? 서두르자고!"

미그스가 외치자 강도들은 나무를 들고 언덕에서 내려왔다.

미그스는 스텍스에게 악의에 찬 눈빛을 보냈다.

"너도 배로 돌아가. 네놈은 가만히 앉아 있는데 난 노를 저어야 하는 것도 이젠 짜증 나."

미그스는 스텍스를 넘어뜨릴 정도로 등을 세게 밀었다.

"그럼 날 여기 두고 가."

스텍스는 암울한 이 작은 땅에 남는 게 내키지는 않았지만, 푸지와 부하들이 자기를 두고 계획하고 있는 게 무엇이든 그것보다 더 나쁜 것은 없을 거라 생각했다.

"난 이제 너희가 훔칠 만한 것도 없고 나 때문에 늦어지기만 하잖아?"

"나도 놔두고 가고 싶지만 두목의 명령이니 어쩔 수 없어. 두목은 네놈을 어떻게 처리할지 다 생각해 놨다고, 멋쟁이 양반."

다른 강도들이 웃었다.

미그스의 배는 녹슨 철 같은 색의 구름이 낮게 드리워진 하늘과 짙은 회색 바다 사이로 줄 지어 가는 배들의 뒤를 따랐다. 태양은 구름 사이에 흐릿한 빛을 비추었고 스텍스는 몸을 떨었다. 어두운 구름이 태양을 가리자 비가 내렸다.

"앞에 가는 배 꽁무니를 놓치면 안 돼! 그럼 우린 여기서 영영 길을 잃게 되는 거야!"

미그스는 노를 쥐고 있는 안색이 좋지 않은 남자에게 외쳤다.

그때 배가 갑자기 옆으로 기울어졌고 스텍스는 자리에서 미끄러졌다. 바닥에서 허둥거리는 바람에 다리와 엉덩이는 물에 젖었다. 곧 멀미가 심하게 나 구역질하며 토했다.

그것을 본 안색이 좋지 않은 남자가 웃었다. 하지만 미그스는 그를 노려봤다.

"노 젓기나 해, 키바크."

미그스가 으르렁거렸다. 그는 스텍스도 경멸에 찬 눈으로 쳐다봤지만 신경 써야 할 거리가 많아 화를 더 낼 수는 없었다. 스텍스는 마침내 속을 다 비워 낸 후 반쯤 정신이 나간 상태로 신음하며 바닥에 착 달라붙어 누웠다. 한 시간쯤 지나서야 몸을 질질 끌어 다시 자세를 바로 하고 앉을 수 있었다. 그리고 배가 몇 시간을 떠다니는 동안 젖은 채로 비참하게 있었다.

해가 배 오른쪽 수평선 가까이에서 희미하게 비쳤다. 스텍스는 남쪽으로 가고 있다고 짐작하며 이동 중에 해가 어디에 있었는지 기억하려고 애를 썼다. 하지만 소용없었다. 풍경과 머릿속에 남은 인상이 뒤죽박죽 섞였다. 지금 어디에 있는지, 집으로부터 어느 방향으로 이동했는지 전혀 감을 잡을 수 없었다.

그러던 중 아무것도 없는 곳 한가운데 손바닥만 한 땅이 나타났다. 섬 위를 왔다 갔다 하는 횃불이 보였고 해변에 서 있는 배도 몇 척 보였다. 미그스의 배도 해변에 멈췄다. 미그스와 키바크가 스텍스의 뒷덜미를 잡아 끌어내려 모래 위에 무릎을 꿇렸다. 스텍스는 일어나려고 했지만 아직 배를 타고 있는 것처럼 바닥이 오르락내리락했다. 방향을 잃은 그는 해변에서 몇 블록 비틀거리다가 반쯤은 주저앉고 반쯤은 쓰러지다시피 하며 자리를 잡았다.

야영지는 원형으로 횃불을 설치하고, 불을 피우고, 잘 곳을 마련하는 강도들의 활동으로 분주했다. 푸지는 한가운데에 서 있었는데 지는 해가 해변 위 그의 그림자를 길게 드리웠다.

"스텍스!"

푸지는 스텍스가 비명을 지르고 싶게 만드는 그 특유의 가짜 환호성으로 그를 맞이했다.

"피곤하겠군. 영광스러운 손님을 이렇게 형편없이 대접해서야 되겠나, 안 그래?"

그들은 스텍스의 발을 잡고 질질 끌고 가더니 손목에 묶인 밧줄을 끊어 주고 모닥불 앞 통나무에 앉혔다. 누군가 그의 손에 불에 타 검게 변한 고기 한 조각을 쥐여 주었다. 스텍스는 냄새를 맡아 보았다. 돼지고기였다. 다른 이들은 턱 아래로 육즙을 흘리며 양고기, 닭다리, 소고기 스테이크를 뜯었다. 그들은 길었던 항해가 준 스트레스는 잠시 잊은 채 웃고 있었다.

그 음식이 어디서 왔는지 깨달은 스텍스는 고기를 던지려 했다. 하지만 배에서 나는 꼬르륵 소리에 멈췄다. 굶주린 상태에서 강도들이 저지른 끔찍한 일을 똑같이 하는 건 별 소용이 없었다. 스텍스는 강도들이 주고받는 유치한 자랑과 욕설을 무시한 채 불만 바라보며 기계적으로 고기를 씹어 삼켰다.

스텍스는 그들이 전부 어디서 왔을지 궁금했다. 다 같은 인간이었지만 피부색도 달랐고 몸집이나 옷차림도 다양했다. 남자도 여자도 있었고, 키는 작지만 체격은 단단한 사람부터 위협적일 정도로 키가 크고 근육이 많은 사람도 있었다. 수염을 길게 기르거나 대머리를 문신으로 덮은 사람도 있었다. 어깨에 활을 메든, 검이나 도끼를 들고 있든 모두 무기를 갖고 있었다. 눈이나 손가락이 없는 사람도 있었고 팔이 없는 사람도 있었다.

"흥 많은 집단이야, 안 그래?"

푸지가 스텍스 옆 통나무에 앉으며 말했다.

스텍스는 왜 그런 짓을 했는지 다시 한 번 물어볼까 생각했지만 이번이라고 답을 해 줄 것 같지는 않았다.

"나한테 무슨 짓을 하려는 거야?"

답을 얻을 수 있을지 궁금해하며 스텍스가 물었다.

"사실 결정한 건 없어."

푸지는 이렇게 말하며 일어섰다.

"우리가 자기한테 무슨 짓을 할 건지 스톤커터 씨가 알고 싶다고 하네. 무슨 좋은 생각들 있어?"

강도들은 웃었다.

"파도에 익사시키죠? 전 저 녀석 지긋지긋합니다."

미그스가 말했다.

"크리퍼가 오는지 감시하라고 해요. 내일 아침이 되면, 짜잔! 몇 조각으로 나뉘었는지 확인해 보는 거죠."

안대를 한 여자가 제안했다.

"여기 놔두고 가요. 좋잖아요. 남쪽 바다 전체가 보이는 곳에 정원을 꾸밀 수도 있고요."

키바크가 말했다.

그들은 한동안 이런 식으로 점점 더 미개한 제안을 내놓았고, 푸지는 고개를 끄덕이며 미소 지었다.

"마음에 드는 아이디어 있어?"

마침내 강도들의 제안이 바닥나자 푸지가 스텍스에게 물었다.

"없어. 아니, 있기는 해. 날 이곳에 내버려 두고 가."

"여기에?"

푸지는 섬 주변을 둘러봤다.

"나무 한 그루, 풀 한 포기도 없잖아. 오래 못 견딜 텐데."

"내가 죽든 말든 무슨 상관이야?"

푸지는 특유의 포악한 미소를 지었다.

"이봐, 스텍스. 네가 죽길 바랐다면 네 집에서 간단히 해치웠겠지. 하지만 그러지 않았어. 왜 이런 기분이 드는지는 모르겠지만 널 활용할 용도가, 네 역할이 있다는 생각이 들거든."

"용도? 역할? 나한테 못된 짓은 충분히 한 거 아니야?"

푸지는 입술을 쭉 내밀며 곰곰이 생각했다.

"아니, 그렇지 않아. 며칠 전만 해도 넌 집에서 아무것도 안 하고 그냥 있었는데 이제는 굉장한 모험 중이잖아. 네가 평생 한 일보다 어제 하루에 한 일이 더 많지 않아?"

"굉장한 모험이라고? 넌 내 집을 부쉈고, 내 물건을 훔쳤고, 날 납치했어. 이건 모험이 아니야."

스텍스가 거칠게 내뱉었다.

"우리한텐 모험이야. 우린 가고 싶은 데로 가서 하고 싶은 것을 하지. 너도 해 보지 그랬어? 긴 세월 언덕 위 그 집에 틀어박혀서 사는 대신에 말이야."

"너흰 도둑이고 살인자야. 다들 너희처럼 산다면 아무도 평화롭게 살지 못할 거야. 이 세상은 끔찍해질 거라고. 너희가 원하는 게 그런 거야?"

푸지는 웃을 뿐이었다.

"스텍스, 우린 이미 그런 세상에 살고 있어. 저 모닥불이랑 횃불을 끄면 우리가 얼마나 오래 살아남을 수 있을 것 같아? 한 시간 내로 괴물들이 바다에서 나와 우릴 물속으로 끌고 가거나, 땅을 파고 나와 우리 멱살을 잡고 죽일 거야. 그러면 그렇게 우리 이야기는 끝나 버리겠지."

푸지는 몸을 뒤로 젖히며 하늘을 가리켰다. 구름 사이로 별 몇 개가 반짝였다.

"저기 위를 봐, 스텍스. 저 별들이 너와 네 집을 신경 쓸 것 같아? 나를, 내가 한 짓을, 혹은 내가 할 짓을 신경 쓸까? 내가 어떻게 행동하든 저 파도가 이 황량한 모래에 다르게 부서질까? 태양이 다른 시각에 떠오를까? 비가 더 세게 내릴까? 세상은 우리 중 아무도 신경 쓰지 않아. 가장 힘이 센 사람도 저 위에서는 잠시 성가신 존재일 뿐이야. 그러니, 그냥 너 하고 싶은 대로 해. 우리가 중요해지는 길은 그것뿐이야."

스텍스는 고개를 저었다.

"넌 괴물이야."

"우린 다 괴물이야. 그중 몇몇만 이 사실을 인정한다는 게 다른 점이지. 자, 이제 좀 자도록 해. 해가 뜨면 출발할 테니까 지금 쉬는 게 좋을 거야."

푸지가 큰 소리로 지시하자 부하 중 한 명이 모래 위에 잠자리를 마련해 주었다. 스텍스는 믿기지 않는다는 듯 쳐다봤지만, 푸지는 씩 웃으며 성큼성큼 모닥불과 멀어졌다.

스텍스는 나무로 만든 침대를 쿡쿡 찔렀다. 부하 중 누군가 끔찍한 동물을 숨겨 놓는 장난을 쳤을지도 모르니까 말이다. 하지만 소금기 때문에 살짝 뻣뻣한 양털 매트리스만 있었다. 모래가 묻어 더럽긴 했지만 그 정도면 부드럽고 편안했다. 스텍스는 침대에 누워 차가운 별들을 올려다보았다.

'이 아래에 무슨 일이 있는지 별들은 상관하지 않을지 몰라도 난 상관해. 올바른 사람이라면 그럴 거야. 푸지는 틀렸어. 틀린 데다 이기적이고 사악해.'

스텍스는 강도들이 재미로 다른 장난을 쳐 놨을 거라고 확신했다. 속지 않기 위해 스텍스는 뜬눈으로 밤을 새우기로 다짐했다. 하지만 모닥불 덕에 따뜻해진 곳에서 편안한 침대에 누워 있다 보니 몇 초 만에 잠이 들었다.

6장
'불행의 바다'로

#짧은 꿈 #황량한 해변을 지나며 #끔찍한 괴물들의 울음소리

스텍스는 선착장에 앉아 케이크 한 조각을 먹으며 물을 내려다보았다. 물고기 한 마리가 몇 블록 떨어진 곳에서 튀어 올랐다. 콜은 한쪽 귀를 씰룩거렸지만 계속 잤다.

스텍스는 아침 식사로 어머니의 레시피를 찾아 집에 있는 화로로 케이크를 구웠다. 케이크는 성공적이었다. 촉촉하고 달콤하고 맛있었다.

그런데 달콤함 안에 무언가 거칠고 불쾌한 것이 느껴졌다. 어금니에 무언가가 와그작 씹혔다. 모래였다.

스텍스는 깜짝 놀라 잠에서 깼고, 비명을 지르는 자기 목소리를 들었다. 할머니의 화분을 투구인 양 머리에 쓴 빨간 머리카락 여자가 멍하니 그를 바라보다 같이 비명을 질렀다. 그리고 나서 무서워하는 척 두 손을 흔들며 깔깔댔다. 스텍스는 잠시 어리둥절한 채 여자를 쳐다보다가 무슨 일이 있었는지 떠올렸다. 집은 습격당했고, 자신은 납치당했으며, 포로가 되어 고된 항해를 했다는 것을 말이다.

스텍스는 돌이 많은 회색 해변에서 꺼져 가는 모닥불 옆에 있는 때 묻은 침대에 앉아 있었다. 입안에는 모래가 있었다.

"2분 내로 배에 타지 않으면 손을 또 묶어 버릴 거야."

미그스는 스텍스가 있는 곳을 향해 모래를 발로 차며 말했다.

스텍스는 모래를 피해 고개를 돌렸다. 그리고 입안에 있는 잔모래를 뱉었다. 강도들의 세계에서는 미그스의 말이 친절에 속한다는 것을 깨달은 스텍스는 그대로 따르기로 했다. 손목은 아직 벌겠고 상처는 벗겨져 아팠다. 장화를 신고 배 쪽으로 첨벙첨벙 걷는 스텍스에게 미그스가 말을 걸었다.

"오늘 좀 힘든 하루가 될 거야. 아마 내일도 마찬가지겠지. 위험한 바다를 건널 테니까. 멋쟁이 양반, 성가시게 굴면 바다에 빠뜨려 얼마나 수영을 잘하는지 구경할 테니까 그리 알아."

"**불행의 바다**로 간다는 게 정말이야?"

키바크가 미그스에게 물었다. 안색이 좋지 않은 강도는 겁에 질린 것처럼 보였다.

"두목이 시키는 대로 가는 거지, 뭐. 이름을 붙이거나 그럴 필요 없어. 그런 거 안 좋아하시잖아. 입 다물고 노 젓기나 해."

미그스는 날카롭게 말했다.

스텍스는 키바크가 말한 이름을 확실히 기억하기 위해 머릿속으로 되풀이했다.

'불행의 바다, 불행의 바다, 불행의 바다.'

배들은 출발했고 몇 시간은 전날처럼 흘렀다. 물밖에 없는 이 텅 빈 곳에서 배는 아주 작고 약한 존재였다. 하지만 이날은 하늘에 구름 한 점 없었고, 태양은 짙고 푸른 하늘에 환한 흰색 동전처럼 높고 밝게 떠 있었다. 땀을 비 오듯 흘리는 미그스와 키바크는 푸념하며 나란히 노를 저었다.

얼마 후 스텍스는 왼쪽에 섬 하나를 발견했다. 나무로 덮인 낮은 땅덩어리가 햇빛을 받아 반짝였다. 이어서 오른쪽에도 섬 여러 개가 나타났다. 줄 서서 물 위로 모습을 드러낸 바위였다. 한 시간 후 오른쪽 일렬로 선 섬들은 회색 바위가 있는 기다란 땅으로 변했다. 푸지의 명령에 따라 배들은 각도를 바꿔 이 울퉁불퉁한 해변으로 가까이 다가갔다.

불안해진 키바크는 바위를 주시하며 중얼거렸다. 크게 뜬 미그스의 흰 눈은 햇볕에 탄 얼굴과 대비되어 두드러졌다.

"그들이 올 거야. 드라운드가 와서 우릴 물속으로 데려갈 거야. 예전에도 많은 이들이 당했던 것처럼."

키바크는 덜덜 떨었다.

"그건 그냥 지어낸 이야기야. 애들 겁주려고 만든 거라고."

미그스는 이렇게 말했지만, 그의 목소리에 서린 공포를 스텍스는 느낄 수 있었다.

"무슨 이야기야? 여기가 어딘데? 드라운드는 뭐고?"

스텍스는 푸지가 드라운드를 언급한 적이 있다는 것을 어렴풋이 기억해 내며 키바크에게 물었다.

"물에 사는 좀비 말이야. 바다에서 죽은 저주받은 사람들이

지. 그간 있었던 난파 때문에 물속에 익사한 사람들이 가득하대. 밤이 되면 그들이 들고 있는 삼지창이 달빛을 받아 빛나는 게 보인대. 하지만 그게 보이면 이미 늦은 거야. 그들은 돌도 뚫을 수 있을 정도로 삼지창을 세게 던지거든. 그리고 삼지창은 다시 주인의 죽은 손으로 돌아가지."

"더 지껄이기만 해, 키바크. 그러면 널 저쪽으로 던져서 그들을 만나게 해 줄 테니까."

미그스가 내뱉었다.

키바크는 혼자서 중얼거리다 입을 다물었다. 스텍스는 황폐한 해변을 바라보며 바위 사이에 보이는 모든 어렴풋한 빛과 반사는 죽지 않은 전사의 손에 들린 무기라고 생각했다.

그간 이동하면서 스텍스는 삶의 흔적을 발견한 적이 없었다. 마을도, 농장도, 집도 보지 못했다. 하지만 이제 그들 위 절벽에 건물이 보였다. 다만 사람이 살지 않는 버려진 건물이었다. 부서져 뼈대만 남은 탑과 타 버려 껍질만 남은 집과 무너진 울타리에 둘러싸여 무성하게 자란 밭이 자리를 차지했다.

"음산한 곳이군."

스텍스가 말했다.

이 말에 답을 하듯 앞에 줄 서 있는 배를 타고 있던 강도가 뒤를 돌아 조심하라고 외쳤고 같은 배에 있던 다른 강도는 횃불을 흔들며 주의를 끌었다.

"항구로 가, 키바크. 네 왼쪽이야."

미그스가 툴툴거렸다.

이미 알고 있다는 키바크의 중얼거림을 들으며 스텍스는 앞에 있는 장애물을 발견했다. 배 한 척이, 아니 난파된 배의 잔해가 바위 사이에 쑤셔져 있었다. 상갑판 대부분은 박살 났고, 돛대는 사라졌으며, 바위에 부딪힌 뱃머리는 크게 패여 있었다.

"보지 말고 **노나 저어.**"

미그스가 키바크에게 말했다.

스텍스에게 해당하는 말은 아니었다. 스텍스는 삼지창을 손에 든 흠뻑 젖은 시체를 예상하며 들쭉날쭉 갈라진 틈 사이를 힐끗 보았다. 하지만 숨어 있는 적은 없었고 노가 물에 부딪히는 소리 말고는 아무것도 들리지 않았다.

그들은 몇 시간을 아무도 없는 해변을 따라 무너진 건물과 난파선 여러 척을 지났다. 앞서가던 배가 속도를 늦췄다. 배에 타고 있던 이들은 미그스와 키바크의 배가 오기를 기다렸다.

"보스가 계속 움직이재. 밤새 노를 저을 거야."

볼에 눈물방울 모양으로 문신을 한 백발의 강도가 말했다.

키바크는 꿍얼댔지만 미그스는 다시 움직이기 시작한 배를 향해 고개를 끄덕이기만 할 뿐이었다. 그리고 힘차게 노를 저었다. 그의 근육질 팔이 배를 물에서 질주하게 했다.

해가 하늘 너머로 가라앉자 밤이 물 위로 천천히 깔렸다. 스텍스가 영원히 기억하게 될 밤이었다. 해가 사라지고 달이 떠올랐다. 달은 해변 위 폐허와 난파선 위에, 그리고 숲과 늪에서 나와 어슬렁거리는 것들 위에 희미한 흰색 빛을 드리웠다.

스텍스는 그것들을 너무나도 잘 볼 수 있었고, 그들 역시 자기를 볼 수 있다는 것을 알았다. 해골들은 뼈만 남은 손으로 활을 꽉 쥔 채 보초를 서고 있었다. 스텍스는 화살이 휙 하고 날아가는 소리를 들었다. 초록색 피부의 좀비들은 해변을 터벅터벅 걸었다. 축축하고 낮은 그들의 신음은 밤공기를 가로질렀다. 스텍스는 검은 입에 조용한 비명을 머금은, 초록색 기둥처럼 생긴 크리퍼들도 발견했다. 빨간색 조명 혹은 보라색 틈처럼 생긴 눈으로 배를 쳐다보는 괴물들의 윤곽도 슬쩍 보았다.

키바크는 이제 자기가 알고 있는 모든 신에게 자비를 베풀어 달라며 큰 소리로 빌었다. 그는 겁을 먹었지만, 손가락 관절이 하얗게 될 정도로 노를 꽉 쥐고는 계속해서 앞으로 나아갔다. 미그스는 무언가를 쳐다보지 않으면 그것이 자기를 해칠 리 없다는 듯 두 눈을 앞에만 고정시킨 채 조용히 있었다.

스텍스는 무기도 노도 없었기 때문에 자신을 지킬 수 없었다. 그곳을 빠져나갈 수 있도록 강도들을 도울 수도 없었다. 다만 공포에 질린 채 가만히 앉아서 저 화살이 언제 목표물을 맞힐지, 저 삼지창이 언제 배를 뚫고 자기들을 찌를지, 시체의 손들이 언제 바다에서 나와 자신을 물속으로 끌고 들어갈지 불안해할 수밖에 없었다. 새벽이 되어서야 마침내 졸 수 있었지만 자는 와중에도 악몽에 시달려야 했다.

다들 노 위로 마비된 몸을 구부린 채 지쳐 있었다. 하지만 푸지는 쉬기를 거부했다. 따라서 그들은 비를 퍼부을 기세를 보이는 어둑어둑한 회색 하늘 아래에서 몇 시간 동안 노를 저었다. 하루가 끝나 갈 무렵 마침내 이슬비가 내렸다. 점점 더 굵어지는 빗줄기에 미그스는 얼굴을 쉴 새 없이 닦아야 했다.

"두목은 어쩌려는 거야, 세상 끝으로 떨어질 때까지 계속 노를 저으라는 건가?"

옆 배에 있던 키바크가 한탄했다.

"눈이나 잘 뜨고 있어. 세상 끝까지 가기도 전에 끝장날 수도 있으니까."

미그스가 불평했다.

점점 앞을 보기가 힘들 만큼 비가 내렸다. 마침내 푸지가 앞에 있는 작은 만에서 야영하기로 했다는 소식이 들려오자 스텍스는 안도의 한숨을 내쉬었다.

만에는 비를 피할 데가 있기는 했지만 키바크는 그곳을 보자마자 투덜댔다. 모래 언덕 아래 가시나무와 덤불이 많은 질퍽하고 황량한 낮은 지대였기 때문이다. 앞바다 물 위로 난파선의 바닥이 보였고, 만 가운데에는 무너진 회색 돌탑의 아래층이 이끼로 덮인 블록에 둘러싸여 있었다.

"저곳도 불운한 곳임이 틀림없어."

키바크가 중얼거렸다.

미그스는 해변에 배를 대라고 소리쳤다. 다른 강도들은 장비와 훔친 물건들을 내리고 모닥불을 피웠다.

스텍스는 쥐가 나 뻣뻣해진 다리 때문에 비틀거리며 배에서 내렸다. 미그스는 너무 지쳐서 모닥불까지 터벅터벅 걸어가 몸을 녹이는 스텍스에게 신경 쓸 겨를이 없었다. 푸지는 스텍스를 발견하자 억지 미소를 지으며 말했다.

"네가 살 새로운 곳을 마련했어. 집까지 있지 뭐야! 예전 집만큼 고급스럽지는 않아도 손 좀 보면 괜찮을 거야."

스텍스는 황폐한 늪지를 불안한 눈으로 보았다. 미그스의 발치에서 웅크리고 있을 때에는 배 밖이라면 어디든 좋다고 생각했지만, 이곳을 보니 그것이 미친 생각이었다는 걸 깨달았다.

게다가 다른 것도 있었다. 목덜미를 기어오르는 한기처럼 정체 모를 두려움이 느껴졌다. 스텍스는 누군가 자기를 쳐다본다는 느낌이 들었다. 자신을 쳐다보는 그것은 배고파 하면서도 공격할 완벽한 기회를 참을성 있게 기다리는 중이었다. 이곳은 무언가 잘못되었다. 무언가 끔찍이도 잘못되었다. 스텍스는 전사도, 탐험가도 아니었지만 느낄 수 있었다.

스텍스만 그런 것은 아니었다. 강도들 역시 배에서 짐을 내린 후 서둘러 해변으로 달려갔다. 그들의 표정에는 경계심과 두려움이 서려 있었다. 그들은 산산조각이 난 탑 돌멩이를 피하기도 했고, 얕은 물에 잠긴 난파선을 의심의 눈초리로 힐끔거리기도 했다. 푸지 역시 주변을 두리번거렸다. 그의 시선은 바다와 언덕 꼭대기 사이를 쉴 새 없이 왔다 갔다 했다.

강도 중 누구도 스텍스에게 관심이 없었다. 스텍스는 지금 조용히 도망치면 알아챌 사람이 있을지 생각했다. 아무도 모를 것 같았다. 배에서 여러 번 상상한 기회였다. 얼마나 빨리 도망칠지, 임시로 어떤 무기를 사용할지 궁리하곤 했다. 하지만 기회가 주어졌음에도 스텍스의 몸은 얼어붙었다. 소름 끼치는 무언가가 물속에서 보고 있다는 사실에, 강도들에게서 떨어지는 것이 그들 곁에 있는 것보다 더 위험함을 깨달았다.

미그스가 푸지 옆으로 가 낮고 급박한 목소리로 뭐라고 속닥였다. 하지만 두목은 고개를 저었다.

"불을 더 지펴. 그럼 다들 기분이 나아질 거야. 그리고 내일은 날이 갤 거다. 두고 봐."

푸지가 말했다.

미그스가 다른 말을 하려고 했지만 푸지는 팔짱을 꼈다.

"이쪽 지역 해변은 전부 위험해. 하지만 난 너희 역시 위험한 부하라고 생각했다. 내가 틀렸나? 저 바다에서 무언가 모습을 드러낸다면 그건 그것이 저지르는 마지막 실수가 될 것이다. 그러니까 미그스, 가서 불이나 지펴."

미그스는 고개를 끄덕인 후 몸을 돌렸다. 수염 난 큰 얼굴에 잠깐 불쾌함이 보였다. 하지만 미그스는 다른 이들에게 명령을 외쳤고 그것을 들은 이들은 재빨리 지시를 따랐다.

그날 밤은 노래도 농담도 들리지 않았다. 푸지의 부하들은 피곤했고 눈에 띄게 불안해했다. 하지만 첫 별들이 하늘에 나타나자 모닥불은 타올랐고, 이어서 해가 수평선 위 밝은 줄 하나로 모습을 바꾸자 스텍스는 고기 굽는 냄새를 맡았다. 그리고 잠시, 아주 잠시, 위험이 지나갔다고 생각했다.

그때 키바크가 죽었다.

얼굴이 창백한 이 강도는 포크로 찍은 양고기를 씹으며 모닥불 쪽에서 스텍스가 있는 곳으로 걸어오고 있었다. 스텍스는 키바크가 자신을 뭐라고 조롱할 거라 생각했다.

하지만 스텍스는 절대로 잊지 못할 것 같은 소리를 들었다. 목에서 액체를 헹구는 듯한 신음이 해변에서 들려왔다. 키바크는 이상하게도 실망한 듯한 표정을 지으며 앞으로 몸을 구부렸다. 그리고 마지막 숨을 내쉬며 어두운 해변에서 들려온 신음과 비슷하게 그르렁거리는 소리를 냈다. 그 소리에 스텍스는 덜덜 떨었다. 이어서 키바크가 모래 위로 쓰러졌다.

"드라운드다! 드라운드가 우릴 잡으러 왔다!"

눈을 부릅뜬 한 강도가 날카롭게 외쳤다.

스텍스가 해변을 내려다보니 흠뻑 젖은 넝마를 입고 삼지창을 움켜쥔, 잿빛과 초록색이 섞인 무언가가 있었다.

드라운드는 바다에서 나와 몸을 비틀거렸다. 두 발은 젖은 모래 위에서 철퍽철퍽 소리를 냈다. 반점이 생긴 피부는 우중충했지만 초록색 눈은 섬뜩하게 빛났다. 드라운드가 신음하자 목에서 물이 부글거리며 쏟아져 윗도리 위로 흘러내렸다.

화살 하나가 날아왔지만 크게 빗나갔고, 강도들은 소리를 지르며 뒤로 넘어졌다. 미그스는 모닥불 때문에 주황색으로 흐릿해진 검을 들고 앞으로 나갔다. 드라운드는 모래 위로 푹 쓰러졌다. 미그스는 푸지를 찾아 몸을 돌렸다.

"이제 해가 지는데 이것 보세요! 곧 더 많이 나타날 겁니다. **훨씬** 많이요. 이곳에 계속 머무를 수 없어요!"

푸지는 잠시 불확실한 표정을 지었지만 바로 고개를 끄덕였다. 미그스는 큰 소리로 지시했고 막 배에서 내린 짐들은 다시 재빨리 배 안으로 옮겼다. 몇몇 강도들은 검을 앞으로 치켜들고 방어 자세를 취하며 마지못해 물가로 갔다.

"스텍스, 유감이지만 우리 관계는 끝에 다다랐어. 여기서 헤어져야겠군. 하지만 내가 준 선물은 잊지 마."

푸지는 살짝 고개를 끄덕이며 말했다.

"선물? 그게 무슨 말이야?"

스텍스는 너무 놀라고 무서워서 화를 낼 수도 없었다.

"그야 널 과거로부터 해방시켜 줬잖아. 이제 넌 네가 하고 싶은 대로 하면 돼. 다른 사람들의 성취에 둘러싸여 빈둥거리며 시간을 보내는 게 아니라, 세상을 경험하고 무언가가 되는 거지. 아니면 그냥 포기하고 여기서 죽든가. 네 선택에 달렸어."

폐허가 된 탑 반대편 어둠 속에서 무언가 축축한 신음을 냈다.

"그런데 좀 빨리 선택해야 할 것 같네. 그럼 잘 지내길, 스톤커터 씨!"

먼저 채비를 마친 강도들은 배에 뛰어올라 노를 저으며 해변에서 멀어졌다. 푸지는 배 위로 올라타 스텍스에게 살짝 손을 흔들며 마지막으로 출발했다. 잠시 후 배들은 어두운 물 위 창백한 점이 되었고 이어서 시야에서 사라졌다.

스텍스는 모닥불 옆에 혼자 서 있었다. 비는 더 세게 내렸다. 불은 쉭쉭 소리를 내고 툭툭 튀었다. 스텍스는 그 옆에 앉아 두 팔로 무릎을 감쌌다. 마지막 햇빛이 수평선 너머로 사라졌다.

7장
궁지에 몰리다

#지옥 같은 밤 #아름다운 아침 #집이 필요해

스텍스는 도망가거나 싸우거나 아니면 이 두 가지를 동시에 해야 한다는 것은 알았지만, 아무것도 할 수 없었다. 싸우기는 커녕 지금은 비를 피하는 것조차 어려웠다.

그는 강도들과의 마지막 야영지에서 꾸었던 꿈을 떠올렸다. 그리고 이 역시 꿈일지도 모른다며 자신을 설득하려 했다. 햇살이 비추는 침실에서 깨어나면 아침 식사를 할 시각이라고 고양이들이 알려 줄지도 몰랐다. 푸지 템프로는 곧 흐려질, 생생한 악몽에 불과하다는 것을 알아차리게 될지도 몰랐다.

하지만 스텍스는 지금 이 순간이 현실임을 알았다. 묵직한 무언가가 모래에서 철벅거리는 소리가 나기 전부터, 모닥불 반대편에서 으르렁거리는 소리가 들리기 전부터 알고 있었다.

스텍스는 고개를 들고 눈을 필사적으로 깜박거리며 눈앞을 흐리는 빗물을 닦으려고 애를 썼다. 그리고 앞에 있는 어두운 형체를 발견했다. 사람 모습이지만 더는 사람이 아닌 존재였다.

번개가 하늘을 쪼개자 드라운드의 텅 빈 초록색 눈이 보였다. 번개 빛은 드라운드의 소름 끼치는 생김새를 아주 자세히 드러냈다. 회색과 초록색이 섞인 색으로, 입 주변의 살은 축 처져 있었다. 섬뜩한 소시지처럼 생긴, 물에 퉁퉁 불은 손가락에는 톱니처럼 들쭉날쭉한 검은색 손톱이 달려 있었다.

드라운드도 스텍스를 보았다. 드라운드가 꾸르륵거릴 때마다 작은 방울이 입술 사이로 넘쳐 나왔고 짙은 색 액체가 턱을 따라 흘러내렸다. 그리고 머리 위에서 천둥소리가 울리자 두 팔을 치켜들고 스텍스를 향해 비틀거리며 다가왔다.

스텍스는 공포로 몸이 얼어붙었지만, 축축한 신음을 듣고는 펄쩍 뛰었다. 이 드라운드는 목구멍에서 부글거리며 솟아오르는 물소리가 들릴 만큼 스텍스의 뒤에 가까이 있었다.

스텍스는 급히 모닥불에서 멀어졌다. 스텍스의 뒤로 몰래 접근한 드라운드는 마지막 순간에 스텍스를 향해 팔을 크게 휘둘렀지만 다행히 공기만 갈랐다. 그동안 첫 번째 드라운드는 모닥불을 돌아 동료 드라운드 곁에 나란히 섰다.

스텍스는 눈을 크게 뜨고 벌떡 일어서서 소리쳤다.

"어서 덤벼 봐! 뭘 망설여?"

두 드라운드는 모래 위를 터벅터벅 걸으며 스텍스에게 손을 뻗었다. 스텍스는 몸을 홱 굽혔다가 미친 듯이 뒷걸음질을 쳤다. 번개가 또다시 번쩍거리자 어둠 속에 희미하게 숨어 있었던 것이 드러났다. 아직 허리까지 물속에 있는 세 번째 드라운드가 움켜쥔 삼지창이었다.

"이런."

삼지창을 본 스텍스는 무기가 없는 드라운드 중 하나를 선택해 돌진했다. 부드럽고, 물컹거리고, 차가웠으며 지독한 냄새가 코를 찔렀다. 고인 물에 썩은 무언가가 풍기는 냄새였다. 스텍스와 부딪치면서 드라운드가 내뱉은 물이 스텍스의 목덜미를 따라 흘렀다. 소름이 끼쳤다. 드라운드는 주먹으로 스텍스를 내리치려고 어설프게 움직였다.

스텍스는 몸을 비틀어 살아 있는 시체로부터 빠져나온 후 드라운드를 밀었다. 물컹물컹한 살 위로 손이 푹 들어가자 스텍스는 움찔했다. 스텍스가 주먹으로 드라운드를 때리는 동안 드라운드도 스텍스를 향해 팔을 마구 휘둘렀다.

결국 드라운드는 쓰러졌고 스텍스는 숨을 거칠게 몰아쉬었다.

그때 무언가가 귓가를 스쳤다. 삼지창이었다. 스텍스는 어둠 속에서 옅은 보라색 포물선을 그리며 주인 손으로 돌아가는 삼지창을 바라보았다. 다른 드라운드가 휘두른 주먹에 등을 맞은 스텍스는 비명을 지르며 앞으로 고꾸라졌다.

'방법을 찾지 않으면 여기서 죽을 수도 있어.'

스텍스는 생각했다. 드라운드보다 빠르게 움직일 수 있었지만, 드라운드는 너무 많았고 방어만 하다가는 결국 정신을 잃을 때까지 맞거나 삼지창이 명중할 것 같았다. 그렇게 되면 죽든가 저들처럼 드라운드가 되어 절대 만족할 수 없는 분노와 배고픔에 사로잡힌 채 이 황폐한 바닷가에서 영원히 살지도 몰랐다.

스텍스는 언제 공격해 올지 모르는 삼지창을 생각하며 비틀 거리는 두 형체 사이를 빠져나갔다. 그리고 허우적대며 모래 언덕을 기어올랐다. 꼭대기에 도착하자 번개가 번쩍이며 텅 비어 있는 사막을 드러냈다.

이런 식으로는 도망칠 수 없었다.

스텍스는 언덕 반대편으로 몸을 내던졌다. 그를 갑자기 놓친 드라운드는 어리둥절해하며 꾸르륵거렸다. 반쯤 내려간 스텍스는 손을 미친 듯이 움직이며 땅을 팠다. 잠시 후 그는 젖은 모래층을 다 파내고 자기 뒤로 마른 잔모래를 파 올리며 열심히 구멍을 더 깊게 만들었다. 천둥소리가 크게 울렸다가 사라졌고 실망한 드라운드의 신음이 들려왔다.

스텍스는 따가운 손바닥을 무시한 채 계속해서 땅을 팠다. 구멍은 이제 몸을 돌릴 수 있을 만큼 커졌다. 구멍 안으로 기어 내려가니 위로 단단하게 버티고 있는 사암이 보여 안심했다. 이제 언덕 안쪽으로 더 들어가기 위해 아래로 깊이 팠다.

몇 분을 정신없이 판 뒤 스텍스는 잠시 멈추고 숨을 돌렸다. 그의 은신처 위로는 밤하늘이, 밖으로는 쏟아지는 비가 만든 벽이 보였다. 스텍스는 자기가 남긴 틈새로 어떤 팔이 들어와도 자기 몸에 닿지 않을 때까지 계속해서 땅을 팠다.

구멍을 막아야 할까? 언덕 안에 완전히 갇힐 때까지 모래를 쌓아 올려야 할까? 삼지창을 든 드라운드가 그를 발견한다면 달리 숨을 방법이 없기 때문이다. 하지만 드라운드로부터 벗어나 모래 속에 질식할 생각을 하니 스텍스는 공포에 휩싸였다.

게다가 엄청나게 지쳐 있었다.

스텍스는 호흡이 가라앉고 심장이 귓가에 쿵쾅거리는 것을 멈출 정도로 몸이 회복할 때까지 자기가 만든 구멍 안에서 벌벌 떨며 웅크리고 있었다. 모래를 긁어낸 손톱은 얼얼했고 손바닥에는 벌건 상처가 나 있었다. 밖에는 비가 쉬지 않고 퍼부었고 여전히 천둥소리와 해변을 헤매는 드라운드의 신음이 들려왔다.

스텍스는 언제든 은신처 밖에서 느릿느릿, 힘겹게 걷는 드라운드의 발걸음이 들려올 거라고 확신했다. 이어서 가래 끓는 소리와 보잘것없는 그의 방어막을 부수려고 느리지만 열심히 손을 움직이는 소리도 들릴 것만 같았다.

하지만 일 분이 지나도 그런 소리는 들리지 않았다.

오 분이 지났다.

이제 스텍스는 얼마나 지났는지 가늠하지 못했다.

이후 모래 틈으로 밝은 빛이 흘러들어와 혼란스러워진 스텍스는 눈을 깜박였다. 위로 보이는 구멍은 푸른색 조각이 되어 있었다. 아침 하늘의 색이었다.

손에 느껴지는 아픔에 움츠렸지만, 스텍스는 은신처에서 머리를 내밀 수 있을 만큼 조심스레 모래를 밖으로 밀어냈다. 주변에는 노란색 모래가 흩어져 있었고, 아래로는 초록색 부분과 부서진 탑이, 그리고 그 너머로 짙은 파란색 물이 있었다. 드라운드들은 사라지고 없었다.

스텍스는 모래를 헤치며 해변으로 터벅터벅 내려가면서 머리카락 사이에 낀 잔모래를 털어 냈다. 모래밭 여기저기에는 강도들이 서둘러 도망치다가 놔두고 간 약탈물이 있었다. 무기를 찾을 수는 없었지만, 스텍스는 멍든 사과를 발견하고는 재빨리 주워 사과 심까지 전부 먹어 치웠다. 타지 않은 석탄 덩어리 몇 개도 발견했다. 그리고 무엇보다도 물가에 버려진 침대를 발견했다. 소금기 물에 젖어 있었지만 멀쩡했다.

전날 밤은 살아남았지만 이제 어떻게 해야 할까? 곧 다시 밤이 올 텐데 그에게는 배도, 숨을 곳도 없었다. 나무 한 그루마저도 보이지 않았다.

스텍스는 해변 안쪽으로 침대를 끌어내 말렸다. 그리고 무너진 탑과 얕은 만에 남아 있는 난파선의 선체를 보았다. 이어서 수영해서 갈 수 있는 거리에 이곳보다 지낼 만한 섬이 있는지 찾으려고 수평선으로 시선을 옮겼다. 그리고 물 위에 힘없이 누워 있는 난파선의 바닥을 다시 바라보았다.

'나무로 만든 배야. 즉 쓸 나무가 아주 많다는 뜻이지.'

스텍스는 생각했다.

스텍스의 눈은 버려진 삐죽삐죽한 탑을 다시 보았다. 스텍스는 땅속 깊은 굴에서 발견한 돌멩이를 검사하는 것만큼 자세히 살폈다. 눈에 보이는 돌멩이의 상태를 보고 탑 벽 사이의 틈이 어느 정도인지도 예측해 보았다.

'탑을 고칠 수 있겠는걸.'

8장
건축 프로젝트

#판자 수확하기 #탑 수리하기 #밤이 되기 전 마지막 볼일

스텍스는 드라운드나 더 위험한 어떤 끔찍한 괴물이 자기가 해변에서 멀어지길 기다리며 물이 얕은 곳에 숨어 있으리라고 반쯤 확신했다. 그래서 그는 언제든 비교적 안전한, 무너진 탑으로 돌아갈 수 있도록 물이 허리에 찰 때까지만 바다로 들어가 위험을 경계하며 물속을 살폈다.

하지만 물속에는 아무것도 없었다. 맑은 날씨에 물은 잔잔하고 시원했다. 그에게 닥친 비참한 상황만 아니었다면 해변을 산책하거나 오래 하이킹을 한 후 헤엄치며 태평하게 휴가를 즐겼을지도 모른다.

스텍스는 시험 삼아 뒤집힌 배의 바닥까지 헤엄쳤고 색이 바랜 나무 돛대까지 올라갔다. 그는 어느 판자가 물에 잠기거나 닿은 적이 없는지 한눈에 알 수 있었다. 그런 판자는 햇빛을 받아 표백되었고 물속에 잠긴 판자처럼 켈프로 뒤덮여 있지 않았기 때문이다.

스텍스는 판자를 손으로 쓰다듬으며 약한 부분을 찾았다. 그러다 판자가 살짝 휘어서 튀어 오른 부분을 발견했다. 힘을 주어 판자를 앞뒤로 밀고 당기자 판자가 삐걱거리며 빠졌다.

'하나는 뺐는데 몇 개를 더 빼야 하려나.'

스텍스는 배 바닥에 판자를 내려놓고 다른 약한 부분을 찾아 배 표면을 더듬었다. 약 30분이 지나자 판자 더미가 쌓였고, 배 바닥은 거대한 벌레가 갉아먹은 것처럼 구멍이 났다. 스텍스는 팔을 들어 땀이 맺힌 이마를 닦고는 탑을 돌아보며 그 건물에 빈틈을 채우려면 판자가 몇 개나 필요할지 계산했다.

머리 바로 위에 있는 태양은 수평선으로 내려갈 준비를 했다. 스텍스는 이 작업은 자기가 하기에 너무 커서 밤까지 끝내지 못할 거라는 우울한 생각을 잠시 했다. 하지만 이내 고개를 저었다. 그렇게 생각해서는 안 되었다. 할 수 있는 것은 무엇이든지 하고 해가 졌는데도 끝내지 못했다면 다시 모래 기슭에 숨어 여전히 운이 좋기를 바라기로 했다.

스텍스는 해가 질 때까지, 땀이 목을 따라 흐를 때까지 종일 일했다. 손이 다 헤지고 쥐가 나고, 허리는 뻣뻣해지고, 무릎이 아플 때까지 일했다. 스텍스는 배가 고팠고 목이 말랐으며, 잠시 쉴 때마다 무너진 집과 잃어버린 고양이들을 떠올리며 절망감에 빠졌다. 길고 무더운 날이어서 몇 번이고 힘이 빠졌다. 그럴 때마다 얻은 판자를 가지고 어설프게 해변으로 헤엄쳐 탑 옆에 쌓아 두었다. 그렇게 하니 다시 피곤해질 때 뒤돌아 탑을 보면 작업에 진전이 있다는 것을 즉시 확인할 수 있었다.

마침내 해가 수평선 가까이 기울었을 때 스텍스는 마지막 판자를 한 아름 들고 뭍까지 터벅터벅 걸었다. 탑 안은 시원하고 그늘져 있었고, 벌레나 가시나무나 다른 불쾌한 것은 없었다. 스텍스는 잠시 쉴까도 생각했지만 그래서는 안 된다는 것을 알았다. 잠깐 자고 일어났는데 이미 해는 져 있고 드라운드가 자기 목을 조르고 있다면 쉬는 것은 소용이 없을 터였다.

먼저 작업대를 만들기로 했다. 스텍스는 판자 몇 개를 집었고 십 분 후 편하게 작업할 수 있는 튼튼한 작업대를 완성했다.

그리고 한 시간이 지나자 문간에 꼭 맞는 판자로 만든 문을 쾅 하고 닫을 수 있었다. 이제 돌벽에 난 틈을 채울 차례였다. 스텍스는 땀을 흘리며 망치질을 했고, 실수를 해 다시 시작해야 할 때마다 자신에게 짜증 내기도 했다.

해가 수평선에 뜬 주황색 공으로 변했을 무렵, 스텍스는 돌 두 개 사이에 판자를 끼워 넣어 공간을 메우고 뒤로 물러나 탑을 바라보았다. 구멍은 다 사라져 있었다. 비뚤비뚤 아무렇게나 막아서 할머니가 보셨다면 인정하지 않았겠지만, 스텍스는 스스로 만족해했다. 여기저기서 주운 도구만 있던 데다 배도 고픈 상태였으니까. 잠시 휴식을 취하니 눈꺼풀이 감겼다.

바로 그때 침대를 떠올렸다.

너무 늦었을까? 판자 틈으로 밖을 보니 해는 거의 보이지 않을 정도로 기울어져 있었다. 딱 침대를 가져올 시간만 남아 있었다. 스텍스는 임시로 만든 문을 밀어 침대를 놔두고 온 해변으로 달려갔다. 다행히 종일 햇볕 아래에 있어서 침대는 완전히 말라 있었다.

뒤에서 꼴딱꼴딱하는 소리가 들리는 듯했다. 스텍스는 침대를 어깨 위로 들어 올리고는 지친 다리를 억지로 움직여 달렸다. 탑에 도착해 나무 한 조각을 숯 덩어리에 쑤셔 넣어 불을 붙였다. 그러고는 불붙은 조각을 벽에 달린 녹슨 촛대에 올려놓았다. 따뜻한 노란색 빛이 그의 은신처를 채웠다. 스텍스는 판자 사이의 틈으로 불을 발견한 괴물이 불에 이끌려 오는 대신 겁을 먹고 도망가기를 바랐다.

스텍스는 침대에 누워 어깨를 이리저리 움직이며 뭉친 양털을 재정돈했다. 침대는 덩어리가 져 있었고, 소금기 때문에 뻣뻣했고, 습한 냄새가 났으며, 침대 틀은 자다가 부서져 스텍스를 바닥으로 내동댕이칠 것만 같았다. 그러다 갑자기 부드럽게 느껴졌고 집에 있던 깃털 침대만큼 편안해졌다.

스텍스는 한숨을 내쉬었다. 자리에서 일어나 서둘러 수리한 부분이 무너지지는 않을지 마지막으로 확인해야 한다는 것을 알고 있었다. 하지만 그의 몸은 녹초가 된 상태였고 머리는 몽롱했으며 남은 힘은 하나도 없었다.

'난 최선을 다했어. 내 노력이 충분하길 바랄 뿐이야.'

잠시 후 스텍스는 잠이 들었다.

9장
바다가 준 선물

#아버지의 나침반 #생존 음식 #차근차근 계획대로

스텍스는 깜짝 놀라 잠에서 깼다. 이번에는 자기가 어디에 있는지 알고 있었다. 배는 음식을 달라며 아우성쳤다.

스텍스는 조심스레 문을 열었다. 해변은 조용했고 떠오르는 태양 아래 바닷물은 잔잔했다. 골칫거리가 생길 만한 징후가 있는지 해변을 훑어보았다. 이내 이 불행한 작은 만에 얼마나 익숙해졌는지 깨닫고 약간 기분이 상했다. 이것이 그의 미래일지도 몰랐다. 그가 서 있는 버림받은 세상의 모든 진흙 언덕과 바람이 만든 모래 산을 외우게 되는 것 말이다. 하지만 먹을 것을, 그것도 지금 당장 찾지 않으면 그마저도 이루어지지 않을지도 몰랐다.

스텍스는 푸지의 부하들이 부랴부랴 떠나느라고 놓고 간 쓸모 있는 물건이 남아 있는지 발로 잿더미를 헤집어 보았다. 하지만 아무것도 없었다.

스틱스는 드라운드를 피해 밤을 보낸 모래 언덕을 허우적거리며 올라갔다. 은신처였던 작은 구멍에 잠깐 눈길을 주었다가 억지로 고개를 돌렸다. 여전히 상황은 비참했지만 적어도 지금은 머리 위에 지붕이 있었고 침대도 있었다.

언덕 꼭대기로 올라간 스틱스는 사막을 내려다보며 천천히 제자리에서 한 바퀴를 돌았다. 주변을 살펴본 것은 밤에 공격을 받았을 때 잠깐 둘러본 것이 전부였다. 그때는 무언가 놓쳤을 게 분명했다. 작은 숲이라든가 강어귀 같은 것 말이다.

"왜 저거뿐인 거야? 왜 따뜻한 건초로 가득한 헛간이 있는 농장도 없고, 여행객에게 무료로 방을 빌려주는 여관도 없고, 젊은 상속인을 찾고 있는 나이 든 주인이 사는 성도 없는 거야?"

초록색 선인장 가시와 죽은 덤불이 남긴 마른 가지가 간혹 보이는, 지평선까지 이어지는 낮은 모래 언덕밖에 없었다. 남아있는 식물 자취를 보고 한때 해변은 푸르고 쾌적한 곳이었을 거라고 스틱스는 생각했다.

땔나무로 쓸 수도 있을 거라며 스틱스는 기계적으로 나뭇가지를 주워 탑 안에 내던지듯 넣었다. 그리고 파도가 무엇이든 가져다주기를 바라며 바다를 내다보았다.

배는 다시 꼬르륵거렸다.

생선. 낚싯대를 만들 수 있을까? 나뭇가지는 방금 한 아름 주워 왔지만 실이 없었다. 집에서는 거미줄을 낚싯줄로 사용했지만, 밤에 거미와 싸울 생각을 하니 스틱스는 소름이 끼쳤다.

낚싯대는 소용이 없을 듯했다. 바닷물에는 모래와 돌멩이와 켈프밖에 없었다.

켈프.

잊고 있었던 어린 시절 기억이 떠올랐다. 바다를 건너 스톤커터 해외 지사를 둘러보고 돌아와 배에서 짐을 내리던 아버지 생각이 났다. 아버지는 스텍스에게 말린 켈프 덩어리 하나를 건네며 한번 먹어 보라고 했다.

아, 얼마나 질색했는지. 질긴 켈프는 처음에는 아무 맛도 없지만 곧 짠맛이 톡 쏘며 모든 감각을 압도했다. 스텍스는 바닷물에 켈프를 뱉고 혹시라도 입안에 남아 있을 아주 작은 조각이라도 없애려고 손가락으로 잇몸과 혀 아래쪽까지 훑었다.

하지만 지금은 켈프 먹는 법을 배워야 했다.

스텍스는 뒤집힌 배까지 헤엄쳐 갔다. 배 바닥에는 이제 판자가 거의 남아 있지 않았다. 난파선은 바다의 밑바닥에서 하늘을 향해 올라온 켈프 줄기로 둘러싸여 있었다. 스텍스는 판자 하나를 비틀어 빼고는 숨을 참고 물속으로 들어가 할 수 있는 한 깊게 내려갔다. 이곳 바다 밑바닥은 이상하게도 회색 자갈이나 점토 같은 게 깔려 있었다.

스텍스는 놀랍게도 질긴 켈프 줄기를 숨을 참을 수 없을 때까지 세게 잡아당겼다.

줄기는 마침내 끊어졌다. 스텍스는 발길질을 하며 수면으로 올라와 머리를 물 위로 내밀고 숨을 헐떡였다. 켈프 줄기는 배 바닥에 걸쳤다. 그리고 물에서 나와 배 바닥에 앉아 숨을 골랐다. 주변에는 켈프 조각이 떠다녔다. 휴식을 취한 뒤 스텍스는 켈프 조각을 모았다. 생각보다 많이 떠다녔다.

그런데 켈프만 떠다니는 것은 아니었다. 햇빛을 받아 반짝이는 무언가도 있었다.

'저게 뭐지? 죽은 생선인가?'

스텍스는 그것이 가라앉기 전에 얼른 헤엄쳐 다가갔다. 그것은 놀랍게도 나침반이었다. 나침반을 손에 넣은 스텍스는 빨간색 바늘을 쳐다봤다. 강도들이 도망치던 와중에 배 밖으로 떨어뜨리고 간 모양이었다.

스텍스의 아버지는 바다로 여행할 때마다 늘 나침반을 가지고 다녔다. 스텍스는 당시 아버지가 들려준 나침반 사용 방법을 기억해 내려고 애를 썼다. 하지만 안타깝게도 세세한 내용은 기억나지 않았다. 원점을 가지고 뭘 조절해야 한다고 했는데, 아버지가 설명하는 동안 스텍스는 딴생각을 했다. 그때는 오버월드 바다 항해에 관심이 없었다. 만약 마음이 바뀌더라도 아버지가 옆에서 직접 배를 운항할 거라 생각했다.

십 대였을 때 기나긴 설명을 듣지 않았다고 이제 와서 후회해도 소용없었다. 중요한 것은 아버지는 나침반을 이용해 집으로 돌아왔고, 이제 스텍스에게도 나침반이 생겼다는 것이었다.

즉 스텍스는 집으로 돌아갈 수 있다는 걸 의미했다. 거의 말이다. 아버지는 나침반에 무언가를 조정했는데 스텍스는 그 내용을 기억하지 못했다. 하지만 돌아갈 가능성이 있다는 것은 지금 상황에 비해서는 훨씬 나았다.

집으로 돌아갈 수 있다는 생각에 스텍스는 따뜻한 물속에서도 소름이 돋았다. 그는 나침반을 살짝 흔들며 지금 꿈을 꾸는 것인지 반쯤 의심했다. 하지만 정말로 현실이었다.

스텍스는 손에 나침반을 움켜쥔 채 난파선으로 돌아가 새 발견물을 높은 판자에 조심히 올려놓았다.

쉬는 동안 스텍스는 누더기 탑을 바라보았다. 목재는 많았다. 탑의 돌 블록 일부를 교체할 수 있을 정도였다. 그렇게 하면 돌 블록을 다른 데 쓸 수 있었다. 화로를 만든다든지 말이다. 화로를 만들면 모아 둔 나뭇가지와 숯 몇 덩이를 이용해 켈프를 말릴 수 있을 거였다. 말린 켈프는 식량이었다.

그러고 나서…… 매우 흥분한 나머지 생각이 뒤죽박죽되었다. 스텍스는 차분하게 처음부터 다시 생각했다.

'그러고 나서 배를 만드는 거야. 그러면 나침반을 이용해 집으로 돌아갈 수 있어.'

하지만 먼저 돌이 필요했다. 가능한 한 빨리 빼야 했다. 해는 이제 높이 떠 있었다. 집에서 딱히 하는 일 없이 있을 때 시간이 느릿느릿 흐르는 듯했다. 하지만 이곳에서는 해가 뜨자마자 반대편 수평선을 향해 경주하는 것만 같았다. 할 일이 많은 스텍스에게 시간은 충분하지 않았다.

어렸을 때 할머니가 이런 문제를 내고 어떤 단계를 어떤 차례로 따라가야 해결할 수 있는지 물어본 적이 있었다. 할머니는 자기 손자가 그때 그 교훈을 집에서 멀리 떨어져 길을 잃고 버려진 상황에 적용하게 될 줄은 전혀 몰랐을 것이다.

아니, 어쩌면 할머니는 예상했는지도 모른다. 할머니는 신나면서도 무서운 경험을 한 대단한 여성이었다. 크리퍼 무리로부터 도망친 적도 있었다. 심지어 할머니는 크리퍼들을 조종해서 자신은 다치는 일 없이 굴을 폭파시켜 철광석이 많은 곳을 찾았다. 또 어둠 속에서 낡은 곡괭이 하나만 가지고 다시 지표면으로 올라가 치명적인 추락을 피한 적도 있었다.

물론 스텍스는 할머니처럼 용감하지도, 재주가 많지도 않았다. 하지만 어쩌면 스텍스가 이룬 것을 자랑스러워할지도 모른다는 생각이 들었다. 어쨌든 드라운드와 싸우며 하룻밤을 버텼고 부서진 탑을 비교적 안전한 은신처로 바꿔 놓았으니까 말이다. 그리고 이제는 차분하게 준비만 한다면 집으로 돌아갈 수도 있었다.

스텍스는 나침반이나 켈프가 물속으로 떨어지지 않도록 주의하며 다시 배 바닥으로 기어올라 곧고 튼튼한 판자를 찾아 나섰다. 몇 개를 발견하자 부드러운 곳이 없는지 확인한 후 떼어냈다. 이어서 켈프를 모으고, 나침반은 주머니에 넣고, 탑이 있는 해변으로 돌아갔다. 그리고 가장 곧은 판자와 가장 단단한 막대기를 들고 작업대 앞에 앉아 작업을 시작했다.

스텍스는 자기가 만든 것을 곡괭이라고 불러도 되는지 확신할 수 없었다. 나무로 만든 지렛대에 더 가까워 보였다. 하지만 이 정도로 만족해야 했다. 그리고 다행히도 쓸모가 있었다. 오후가 반쯤 지났을 무렵 돌 블록 여덟 개로 화로를 만들었고, 화로 안에 사막에서 모은 나뭇가지를 채워 넣었다.

스텍스는 횃불로 나뭇가지에 불을 붙이고 화로의 가장 위 칸에 켈프를 넣은 후 초록색 켈프가 짙은 회색으로 변하기를 초조하게 기다렸다. 너무 배고팠던 그는 화로에서 켈프 조각을 집다가 손가락을 데기도 했다. 따라서 식을 때까지 몇 분 동안 켈프 조각을 양손에 왔다 갔다 옮겨야 했다.

켈프를 한 입 베어 문 스텍스는 얼굴을 찡그렸다. 기억처럼 맛이 없었다. 짜고, 쫀득하고, 완전히 고약했다. 하지만 절실히 필요한 것이기도 했다. 수평선 너머로 해가 졌을 때쯤 스텍스는 여섯 조각을 먹었고 다음 날을 위해 열 개 정도 말려 두었다.

문밖에 무언가 신음하는 소리가 들렸다. 스텍스는 깜짝 놀라 펄쩍 뛰었다. 밤이 되자 드라운드가 돌아온 것이다.

"너희가 먹을 켈프는 너희가 직접 말려!"

스텍스는 이렇게 외치면서도 자기 목소리에 놀랐다.

철썩거리며 멀어지는 발소리에 그는 웃음이 났다. 처음에는 작게 키득거렸지만 점점 멈출 수 없을 정도로 낄낄거렸다. 스텍스는 한 손으로 입을 가린 채 침대에 누웠지만, 웃음을 참을 수 없었다.

'머리가 이상해진 것 같아.'

그럴지도 몰랐다. 하지만 적어도 굶어 죽지는 않게 되었다.

'맞아. 굶어 죽지는 않을 거야. 내일은 배를 만들어야지.'

10장

다시 바다로

#못생겼지만 괜찮아 #다짐 #구슬픈 야간 합창

다음 날 아침, 해변에서 배를 만들면서 스틱스는 다시 가족들이 생각났다.

할머니는 늘 육지로 이동하는 것을 선호했다. 배를 타고 바다를 건너는 것은 위험하기도 하고 시간 낭비라며 싫어했다. 스틱스는 눈을 감으면 할머니가 배에 관해 불평하거나 바다 여행에 대해 늘어놓는 불만들이 여전히 들려왔다.

"무슨 소용이람? 채굴도 할 수 없는 공간을 이동하는 데 시간을 허비해야 하다니! 걸어서 가면 목적지까지 도착할 때쯤엔 땅속에서 재물을 퍼 올릴 수 있는 곳을 두 군데 더 발견했을 거야. 아무도 날 재촉하지 않으면 세 군데가 될 테고."

하지만 스틱스의 아버지는 배를 사랑했고 배 타는 것을 편하게 여겼다. 어쩌면 곡괭이를 들고 지하로 들어가는 것보다 더 편하게 여겼을지도 모른다. 판자를 겹쳐서 배 만드는 법을 스텍스에게 가르친 것도 아버지였다. 아버지는 그런 식으로 배를 만들어 집에서 멀리 떨어져도 돌아올 수 있었다.

스텍스는 자기가 그 기술을 사용하게 되리라고는 꿈에도 생각하지 못했지만, 지금은 오래전 아버지의 가르침에 귀를 기울였다는 사실에 진심으로 기뻤다. 하루가 거의 지날 무렵 배는 제법 모양새를 갖추었다.

마침내 배가 완성되자, 스텍스는 배를 둘러보며 세밀하게 뜯어보았다. 애써서 만들었는데 물에 띄우자마자 가라앉는다면 아무 소용이 없기 때문이었다. 혹은 항해한 지 한 시간이나 하루가 지나서 가라앉는다면 상황은 훨씬 나빠질 것이다.

"참 못생긴 배로군."

검사를 마친 스텍스가 말했다. 지난 이틀간 부쩍 혼잣말이 늘었다. 자기 말에는 전혀 관심을 보이지 않는 고양이 한두 마리가 있으면 좋겠다고 바라기도 했다.

배의 겉모습은 정말 엉망이었다. 아버지는 자작나무나 참나무로 멋스러운 배를 만들었고, 스톤커터 사유지 인근에서는 자라지 않는 짙은 색의 이국적인 나무로 만든 배를 타고 돌아올 때도 있었다. 반면 스텍스의 배는 여러 색에 다양한 종류의 나무가 뒤섞여 있었다. 대부분 햇빛을 받아 색이 변하거나 초록색 물때가 껴 있거나 둘 다인 판자였다. 솔직히 말해서 배는 음울해 보였다. 스텍스가 만든 노 역시 별로였다. 하나는 창백한 연두색이었고, 다른 하나는 살짝 비뚤어져 있었다.

"그래서 뭐? 이 배가 날 집까지 데려다준다면 새로 만들 트로피 방 벽에 걸어 둘 거야."

스텍스는 혼잣말을 했다.

집까지 간다면. 스텍스가 원하는 건, 간절히 원하는 건 당장 배에 올라타 그토록 그리운 곳으로 돌아가는 거였다. 이 불행한 해변에, 적대적인 바다와 황량한 사막 사이에 갇혀 하룻밤을 더 보내야 한다고 생각하니 견딜 수 없었다.

하지만 바로 출발하는 것은 옳은 결정이 아니었다. 스텍스는 피곤했고, 집으로 가는 여정은 힘들고 위험할 터였다. 해가 뜰 때 출발하는 것이 이치에 맞았다. 일이 잘못되더라도 한숨 자고 기운을 차린 뒤 날이 밝을 때 출발한다면 나을 테니까 말이다.

스텍스는 이 점을 알고 있었지만 받아들이기가 어려웠다. 그는 한숨을 내쉬며 바다에서 등을 돌리고는 바위에 앉아 주머니에서 켈프 조각 하나를 꺼냈다. 짭짤한 켈프를 한 입 베어 물고는 기계적으로 씹으며 얼굴을 찡그렸다.

"집에 돌아가면 절대로, 결코, 이 고약한 것을 다시는 먹지 않을 거야."

스텍스는 웅얼거렸다.

식사를 마친 스텍스는 해가 떠 있는 나머지 시간 동안 나무로 검을 만들었다. 심각한 싸움에서는 쓸모가 없겠지만, 맨손으로 싸우는 것보다는 나았다. 그리고 집으로 가는 길 어딘가에서 야생 소나 돼지, 닭을 만난다면 그때 쓸 수도 있을 거였다.

고기 생각만으로도 입에 침이 고였다. 스텍스는 한동안 음식 공상에 잠겨 있었다. 며칠 전만 해도 갓 구운 빵이나 감자를 곁

들인 육즙이 풍부한 스테이크나 통통한 돼지 갈비는 평상시에 먹는 음식이었다. 이제 이런 음식은 멋진 궁궐에서 왕이 먹는 음식처럼 느껴졌다.

스텍스는 다시 그렇게 먹게 된다면 그런 여건을 당연한 것으로 여기지 않겠다고 다짐했다. 식사 때마다, 음식을 입에 넣을 때마다 감사히 여기기로 했다. 이런 생각을 하며 검 만드는 작업을 끝냈다. 그는 난파선 바닥에서 구한 판자로 가능한 한 날카로운 검을 얻을 때까지 검의 모양을 잡고 날을 갈았다.

이제 막 태양은 수평선에 닿아 있었다. 스텍스는 놀랍게도 더 늦은 시각이길 바랐다. 드라운드가 그의 누더기 탑 주변을 어슬렁거릴 시각이 된다고 해도 말이다. 밤이 빨리 올수록 아침 역시 빨리 올 것이고 드디어 출발할 때가 될 것이기 때문이다.

스텍스는 새로 생긴 나무 검으로 찌르고 휘두르는 연습을 했다. 검을 손에 쥔 느낌이 마음에 들었다. 이후 배를 한 번 쓰다듬고는 탑으로 들어가 문을 닫았다.

해가 지자 드라운드가 축축한 신음을 내며 해변을 쿵쿵거리며 돌아다니는 소리가 났다. 하지만 이제 익숙했고 무섭게 들리지도 않았다. 저 어리석고 불행한 녀석들이 문을 부수려고 했다면 벌써 했을 것이다. 오늘 밤은 저 끔찍한 소리를 들을 마지막 밤이었다. 배고픈 괴물들이 내는 꾸르륵거리는 화음 속에서 스텍스는 미소를 띤 채 잠이 들었다.

11장
위험한 여행

#또 다른 외로운 해변에서의 하룻밤 #꿈의 도서관 #길을 잃다

새벽에 잠이 깬 스텍스는 조각을 이어 붙인 천장을 올려다보며 눈을 깜박였다. 배에서 요란한 소리가 났다. 먹을 게 말린 켈프뿐이라는 생각에 스텍스는 얼굴을 찌푸렸다.

완전히 잠에서 깨자 오늘이 무슨 날인지 깨달았다. 밖에 있는 그의 배는 어서 그가 배에 타 집으로 가는 긴 항해를 시작하기를 기다리고 있었다. 스텍스는 떠날 생각에 신이 나 튕겨 나오다시피 침대에서 일어섰다.

스텍스는 바다로 나가기 전에 필요한 것은 전부 챙겼는지 확인하며 천천히 준비했다. 무언가를 빠뜨려서 다시 돌아와야 한다면 그것만큼 안 좋은 일도 없으니까. 게다가 밤에 활동하는 괴물들이 숨거나 타 버릴 정도로 아직 해가 높이 떠 있지도 않았다. 실수로 드라운드의 축축한 품으로 들어가는 것은 훨씬 더 나쁜 일이었다.

스텍스는 짠맛에 인상을 잔뜩 쓰며 켈프 한 조각을 먹고 나머지는 보관했다. 그리고 침대를 분해했다. 나무 검이 날카로운지도 확인했다. 나침반도 체크한 뒤 주머니 깊숙이 넣었다. 그리고 해가 좀 더 높이 뜨고 나서야, 문을 열고 밖으로 나왔다.

집으로 돌아가는 길에도 은신처가 필요할 것이기 때문에 스텍스는 판자와 돌을 모았다. 그리고 탑 안으로 다시 들어가 잊은 것은 없는지 살폈다. 다 챙긴 듯했다. 출발할 준비가 끝났다.

배를 해변으로 끌고 가 바다 얕은 곳에 띄웠다. 배는 물 위에서 위아래로 움직였다. 물이 새는 곳은 없었다.

"다 괜찮은 것 같네. 그럼 출발해야겠지?"

스텍스는 혼자서 말했다.

그는 배 위로 기어올라가 나침반을 자기 앞에 두었다. 마지막으로 은신처 역할을 해 준 누더기 회색 탑과 그 뒤에 있는 모래 언덕에 눈길을 주었다.

"잘 있어라, 이 끔찍한 곳아. 개인적인 반감은 없어. 다만 이젠 다시는 만나지 말자."

스텍스는 그곳을 뒤로하고 노를 저었다. 배가 매끄럽게 물 위로 움직이자 스텍스는 마침내 미소를 지었다. 생각보다 배 만드는 데 소질이 있는 것 같았다. 몇 분 만에 돌탑의 모습은 흐릿한 언덕을 배경으로 한 작고 어두운 선으로 변했다.

스텍스는 인상을 찌푸리며 나침반을 쳐다보았다. 빨간 바늘이 스텍스의 뒤쪽, 배가 가는 반대 방향을 가리켰다. 다시 한번 아버지가 알려 준 나침반 사용법과 항해법을 떠올리지 못한 것을 아쉬워했다. 하지만 강도들과 이동했던 마지막 날은 기억했다. 배가 온 방향으로 되돌아가고 있는 게 분명했다.

스텍스는 나침반 사용법은 나중에 알아보기로 했다. 지금은 노를 젓는 데 집중해야 했다.

그리고 정말로 집중했다. 태양이 머리 위 가장 높은 곳에 도달한 후 내려가기 시작한 후에도 스텍스는 꾸준하고 차분히 노를 저었다. 햇볕이 내리쬐고, 어깨는 쑤시고, 손에는 쥐가 났지만, 그래도 계속해서 노를 저었다. 얼마나 오래 노를 저었던지 곁에 미그스가 있었다면 감명을 받은 나머지 투덜거리면서도 칭찬했을지도 모른다고 생각했다.

스텍스는 미그스를 찾은 뒤 그가 용서를 구하며 비는 상상을 했다. 그가 용서를 빌며 어디로 가야 푸지 템프로를 찾을 수 있을지 말해 주기를 바랐다.

스텍스의 왼쪽에 돌이 많은 회색 해변과 그 뒤로 절벽이 이어져 있는 땅이 나타났다. 좋은 현상이었다. 강도들이 그를 두고 가기 전날 같은 절벽을 지났던 적이 있었다. 다만 그때는 오른쪽에 절벽이 있었다. 나침반 바늘이 가리키는 것과는 반대 방향이라고 해도 스텍스는 올바른 쪽으로 가고 있었다.

스텍스는 바위가 많은 해변 위 난파선 여러 척을 지나갔다. 파도 위로 불쑥 삐져나온 난파선의 나무 갈빗살은 커다란 바다 동물의 뼈처럼 보였다. 절벽 위에는 무너진 요새와 건물이 있었다. 미그스의 배에서 무너진 건물을 봤을 때와는 다르게 무섭지 않았다. 그 뿐만 아니라 밤을 안전하게 보낼 수 있는 공간이 있는지 살펴보기까지 했다.

　해가 저물 때쯤 스텍스는 해변 절벽 아래에 있는 부서진 돌 건물을 골랐다. 오래전에 사라진 선착장에 있던 창고 같았다. 스텍스는 배를 해변에 가까이 댄 후 비틀거리며 내렸다. 손에는 경련이 일었고 눈은 소금기 때문에 따가웠다. 여전히 물 위에 있는 것처럼 바닥이 자꾸 위아래로 흔들렸다.

　스텍스는 그냥 그 자리에 쓰러져 바로 잠들고 싶은 것을 간신히 참고, 배를 물 밖으로 끌고 나왔다. 급한 대로 버려진 창고를 수리했다. 창고 문은 썩었고 지붕에는 구멍이 나 있었다. 스텍스는 빈 곳을 메우기 위해 가지고 있던 판자의 반을 사용해야 했다. 그런 뒤 침대를 조립하고 소금기 때문에 더 뻣뻣해진 매트리스도 올린 후, 아픈 손 때문에 신음하며 그 위에 쓰러졌다. 그는 즉시 잠들었다. 꿈꾸지도 않고, 뒤척이지도 않은 채 문 틈 사이로 들어온 빛줄기가 깨울 때까지 누워 있었다.

　스텍스는 침대에서 나와 뻣뻣한 등과 팔 때문에 움찔거리며, 굽은 절벽 아래 돌멩이가 많은 해변을 따라 걸었다. 너무 오래 노를 움켜쥐고 있었던 터라 손은 동물의 발톱처럼 자꾸 웅크려졌다. 스텍스는 쉬고 싶었다.

　"여기선 안 돼."

　스텍스는 자신을 타일렀다. 이곳은 지난 며칠간 그가 집이라고 불렀던 곳보다도 더 황폐하고 거부감이 들었다.

　"집으로 돌아가서 실컷 쉬자."

　그 생각에 기운을 약간 차린 스텍스는 침대를 분해한 뒤 배 옆 해변에 앉아 말린 켈프를 먹으며 고양이들을 생각했다. 고양이들은 잘 있을 거라고 스스로 다독였다. 에메랄드, 라피스, 콜은 버릇없고 게을렀지만 똑똑했다. 화재와 혼돈 속에서도 고양이가 되는 법은 잊어버리지 않았을 것이다. 어쩌면 스텍스가 언제 돌아와 밥을 줄 것인지 궁금해하며 집 기반 위에서 꾸벅꾸벅 졸고 있을지도 몰랐다.

해변에서 배를 밀어내고 다시 노를 잡으면서 스텍스는 이 좋은 생각을 마음속에 간직하려고 애를 썼다.

날은 어제보다 더 시원했다. 하늘에는 일렬로 선 구름이 꾸준히 불어오는 바람을 따라 흐르고 있었다.

하지만 시원한 날씨에도 불구하고 스텍스는 전날 아침보다 훨씬 더 피곤했다. 집에서 그가 추방당한 외딴 해변까지 가는 여정은 매우 길었는데, 노련한 침입자가 모는 배를 타고 이동했음에도 그랬다. 게다가 어느 방향으로 이동했는지 기억나지 않는 바다에 도달했을 때, 집으로 돌아갈 방향을 찾을 수 있느냐도 문제였다. 지금쯤이면 나침반 바늘이 다른 쪽을 가리킬 법도 한데 여전히 그가 가는 방향의 정반대를 가리켰다.

몇 시간 동안 노를 젓자 벼랑으로 보였던 땅은 섬이 되었고 남쪽과 북쪽에도 땅덩어리가 나왔다. 좋은 신호였다. 그쪽으로 지나간 것이 기억났다. 하지만 그 길로 계속 가면 키바크가 **불행의 바다**라고 부른 곳이 곧 나타나리라는 것도 기억났다. 그렇게 되면 사방 어디에도 땅은 없을 것이었다.

스텍스가 노질을 멈추자 배는 물 위에서 미끄러지다가 멈추고는 제자리에서 위아래로 흔들렸다. 바람이 내는 희미한 휘파람 소리만 들렸다. 나침반은 햇빛을 받아 반짝였고 바늘은 스텍스가 출발했을 때와 마찬가지로 같은 방향을 가리켰다.

스텍스는 간절히 집으로 돌아가고 싶었다. 그리고 지난 이틀간 그 목표를 향해 많은 것을 이루기도 했다. 하지만 여정의 가장 위험한 부분은 그의 앞에 있다는 것을 알고 있었다. 어디서 밤을 보내게 될지 전혀 모른 채 불행의 바다로 돌진하는 것은 어리석은 일이라고 생각했다.

스텍스는 절벽을 따라가다 발견한 일렬의 섬 중 남쪽에 있는 바위 많은 낮은 섬을 향해 배를 돌렸다. 배를 해변에 끌어 올린 후 언덕 한쪽을 파내어 침대가 들어갈 공간을 마련했다. 그리고 조약돌과 판자로 막아 대충 만든 조잡하고 작은 오두막을 마련했다. 해가 지기까지 두어 시간이 남아 있어서 스텍스는 저녁으로 말린 켈프를 씹으며 섬을 둘러보았다. 하지만 흥미로운 것은 없었다. 다 자라지 못하고 죽어 버린 나무와 한 사람이 평생 셀 수 있는 것보다 더 많은 바위만 있었다.

그날 밤 스텍스는 이상한 꿈을 꾸었다. 반짝반짝 윤을 낸 희귀한 나무로 지은 커다란 도서관에 있었다. 책장은 사방에 몇백 블록으로 펼쳐져 있었고, 가죽 표지가 있는 두꺼운 책부터 두루마리까지 다양한 책으로 차 있었다.

사서들도 특이했다. 땅딸막한 회색 몸뚱이에 다리가 두 개 달렸고 눈은 흰색이었다. 그들은 다양한 색의 묵직한 긴 겉옷을 입고 있었다. 속삭이는 소리보다 더 큰 소리가 들리면 몸을 돌려 못마땅하다는 듯 뼈만 앙상한 손가락을 흔들었다.

스텍스는 손짓과 속삭임으로 사서 중 한 명에게 자기는 집으로 돌아가려 한다는 뜻을 전했다. 사서는 금박 입힌 글씨로 '지도 방'이라고 쓰여 있는 화려한 장식이 있는 문을 가리켰다.

지도 방에는 희귀한 책이 꽂힌 책장과 도표와 지도로 덮인 넓은 책상이 있었다. 스텍스가 사서에게 무엇을 찾으려 하는지 설명하자, 회색 사서는 책상으로 가 쌓인 자료 중에서 나무틀에 넣은 오래된 지도를 꺼내 주었다.

스텍스는 눈이 휘둥그레져 지도를 쳐다보았다. 오버월드를 세세하고 아름답게 묘사한 지도였다. 회색 산맥과 짙은 초록색 숲과 강을 나타내는 파란색 소용돌이와 넓은 노란색 사막이 있었다. 그리고 휑한 해변에 그의 탑이 X자로 표시되어 있었다.

스텍스는 지도 위 해안선을 따라 서쪽으로 눈길을 옮겼다. 땅 모양은 섬으로 변했다. 그는 작은 반점에서 눈길을 멈췄다. 자신이 침대에서 뒤척이고 있는 바로 그 섬이었다. 그곳을 지나니 무시무시한 눈에 아래로 삐죽 내민 입술로 바람을 훅 부는 구름 그림이 그려진 불행의 바다가 보였다. 스텍스가 더 서쪽으로 시선을 옮기니 옅은 파란색으로 색칠된 얼음 벌판이 나왔다. 그곳을 지나자 바다 위로 초록색 삼각형이 모습을 드러냈다. 스톤커터 반도였다.

스텍스는 자기도 모르게 함성을 질렀다. 여러 사서가 꾸짖는 눈빛을 보내며 조용히 하라고 했다. 그는 불행의 바다를 건너는 데 꼭 필요한 지도가 들어 있는 나무 액자를 확 하고 들었다.

하지만 낡은 지도는 들자마자 부서졌다. 스텍스는 지도가 다채로운 종잇조각으로 부서져 짙은 초록색 카펫으로 떨어지는 장면을 공포에 질린 채 보기만 했다.

스텍스는 빈 액자를 다시 책상에 올려놓았다. 지도 조각 몇 개만이 액자 귀퉁이에 남아 있었다. 산맥과 초원을 나타내는 종이 쪼가리였다. 스텍스는 바닥에 무릎을 꿇고 색색의 종잇조각을 구분하려 했지만 소용이 없다는 걸 알았다.

스텍스는 오두막에서 잠이 깼다. 살짝 기온이 떨어지고 구름 낀 아침이었다. 불길한 꿈에서 깨기 위해 고개를 흔들었지만, 그런 꿈을 꾼 게 놀랄 일은 아니라고 생각했다. 당연히 지도 꿈을 꿀 만했다. 오히려 꿈에 나침반이 안 나온 게 이상했다.

"나침반은 내일 밤에 나올지도 몰라."

스텍스는 이제 익숙해진 말린 켈프로 아침 식사를 하며 혼자서 중얼거렸다.

스텍스는 물 위로 배를 밀고 올라탔다. 이제 이런 일상이 얼마나 자연스러워졌는지 그는 새삼 느꼈다. 등과 어깨는 어제보다 약간 덜 아프기까지 했다.

"집을 찾을 수 없다면 노 젓는 일을 해도 되겠어."

스텍스는 자기가 말했으면서도 터무니없어서 웃었다. 갑작스러운 웃음소리는 점처럼 작은 바위섬만 보이는 바다 한가운데에서 매우 크게 들렸다.

"그래, 맞아."

스텍스는 세상에 외쳤다.

"스텍스 스톤커터는 노를 아주 잘 젓고말고! 노를 직접 만들기도 하고, 해가 뜨고 나서 질 때까지 노를 저을 수도 있고, 끼니로는 말린 켈프 조금만 있으면 된다고. 종일 혼자서 대부분 고양이에 관해 중얼거리기는 해. 가끔 웃음을 참지 못할 때도 있지. 하지만 다들 이상한 버릇은 한 가지씩 있잖아, 안 그래?"

아침 시간이 흘러 남쪽에 있는 섬의 수는 점점 줄어들었지만 스텍스는 계속해서 혼자서 말을 했다. 그는 스톤커터 방식이라고 이름 붙인 새로 익힌 노 젓기 기술에 관해서 얘기했다.

"비결은 종일 노를 젓는 거야. 그리고 조금 더 젓는 거지!"

그리고 지나는 섬마다 '스텍스 섬'과 '스톤커터 섬'이라고 번갈아 가며 이름을 붙였고, 같은 군도에 있는 모든 섬에 그렇게 두 이름을 번갈아 붙이는 게 적절한지 지도 제작자들과 논쟁을 벌이는 상상도 했다. 고양이들에 대한 이야기도 했다. 말린 켈프를 재료로 한 요리를 발명하기도 했다.

이 모든 게 스텍스가 미쳐 간다는 것을 암시한다고 생각한다면, 스텍스 역시 같은 생각을 하고 있었다. 하지만 그렇게 하다 보니 하루가 더 빨리 지나는 느낌이 들었다. 또한 앞으로 생길 수 있는 위험한 일에 관해 생각하거나, 집에 어떻게 갈 것인지 조바심 내거나, 고양이들이 배고프거나 겁에 질렸을까 봐 걱정하는 것을 막아 주었다. 기분도 훨씬 나아졌다.

적어도 불행의 바다에 가기 전까지는 그랬다.

스텍스는 불행의 바다에 도착했다고 확신했다. 북쪽이나 남쪽에서 섬을 발견한 지 적어도 한 시간은 지나 있었기 때문이다. 바람은 제멋대로 방향을 바꾸며 마구 불었다. 이제 뱃멀미는 나지 않았지만, 스텍스는 여전히 끝이 보이지 않는 바다 한가운데에 있는 것을 증오했다.

다른 문제도 있었다. 강도들과 불행의 바다를 가로지를 때 스텍스는 잠이 들거나 제정신이 아닌 상태여서 몇 번이나 방향을 바꿨는지 알지 못했다. 해가 하늘을 가로지른 길을 보았을 때 푸지의 소함대가 남쪽을 향해 몇 시간 항해했다는 것은 기억했지만, 정확히 언제 방향을 틀었는지는 알 길이 없었다.

오후 내내 노를 저었지만 회색빛이 섞인 푸른 바다만 보였고 바람 소리와 자기 목소리만 들렸다. 아침과는 달리 즐겁게 떠들며 마음을 딴 데로 돌리는 게 불가능했다. 뭔가 잘못되더라도 쉬어 갈 섬이 없었다. 도망칠 피난처도 없었다.

해가 저물어 가자 스텍스는 수평선을 살피며 땅을 찾았다. 작은 오두막을 세울 수 있을 만한 크기의 섬이나 구멍을 파서 은신처를 마련할 수 있는 언덕이 있는 섬을 발견하길 바랐다. 하지만 아무것도 없었다. 스텍스는 눈에서 소금기를 닦아 낸 후 최선을 다해 노를 저었다. 하지만 해는 무자비하게 멈추지 않았고 스텍스는 아무것도 찾을 수 없었다.

"미그스는 밤새 노를 저었어. 나도 그래야겠네. 그렇다고 해도 노 젓기 전문가 스텍스 스톤커터에게는 문제가 되지 않아!"

머릿속에서는 꽤나 기운차게 들렸지만, 실제로 입 밖으로 나온 말은 너무 작게 들렸다. 스텍스는 나침반을 힐끔거리며 자기가 판단할 수 있는 한 북쪽을 향하도록 노력하며 노를 저었다. 첫 별들이 동쪽 하늘에 나타났다. 해는 수평선 위 주황색 선으로 변하다가 하늘 뒤 얼룩이 되었다. 그러다가 하늘은 창백한 달을 제외하고는 어두워졌다.

"가자. 그냥 계속 가는 거야."

스텍스는 자신에게 속삭였다.

그렇게 했지만 이제 겁이 났다. 일정한 방향으로 배를 모는 것은 어려웠다. 나침반 바늘은 계속 그가 생각한 북쪽에서 벗어났다고 가리켰다. 게다가 스텍스는 지쳐 있었다. 곧 잘 수 있을 거라고 확신하던 지난 이틀에 비해 더 피곤했다.

스텍스는 노를 한 번 더 저은 후 고개를 뒤로 젖히고 가만히 있었다. 그러다 몸을 한 번 털고는 다시 노를 저었다. 하지만 노를 한 번 젓고 난 후 멈추는 시간이 점점 더 길어졌고 결국에는 노 위로 몸을 굽히고는 그렇게 가만히 반쯤 잠이 들었다.

마침내 수평선 위로 색이 살짝 올라왔다. 아침놀이었다. 스텍스는 배를 돌려 떠오르는 해가 자기 오른쪽으로 오도록 했다. 그렇게 북쪽을 향해 다시 노를 저었다. 몸은 이미 지쳐 있었다.

더 나쁜 것은 어찌할 도리 없이 길을 잃었다는 것이었다. 아닌 척해도 소용없었다. 스텍스는 그냥 언제 북쪽으로 방향을 틀어야 할지 짐작해 움직였다. 남쪽으로 방향을 틀어 불행의 바다를 가로지르기 전에 푸지의 무리가 회색 산맥이 보이는 해변을 지나 작은 섬에서 밤을 보낸 것을 기억했다. 하지만 북쪽에서 땅이 나타날 기미는 보이지 않았고 강도들이 노선을 여러 번 바꾸는 와중에 스텍스는 자고 있었을지도 몰랐다.

얼음덩어리들만 찾을 수 있다면 집으로 돌아갈 수 있을 것이다. 집에서도 보였던 얼음 기둥이었으니까 말이다. 하지만 그곳까지 어떻게 가야 하는지 전혀 알지 못했다. 집으로 가는 길은 어릴 때 할아버지, 할머니와 함께했던 퍼즐과 비슷하다고 생각했다. 다만 지금 그에게는 중요한 조각들이 없었다.

스텍스는 기억나는 산이 많았던 땅을 발견하기를 바라며 북쪽으로 쉬지 않고 노를 젓는 방법밖에는 없다고 결정했다. 따라서 말린 켈프를 약간 먹고, 쥐가 나고 아픈 다리를 펴려고 멈출 때 말고는 종일 멍하니 노를 저었다.

하지만 땅은 나타나지 않았다. 산도 섬도 없었다. 이제는 증오하게 된 바다만 있었다. 바다는 계속 변하고 있었다. 바다의 색은 위에 떠 있는 해와 하늘의 색을 따라 바뀌었다. 그럼에도 불구하고 그의 상황은 그대로였다. 이 냉담한 곳에서 벗어나는 방법을 찾지 못했다. 스텍스는 노를 젓는 속도를 점점 줄였다. 그러다 밤이 되자 그는 좀 더 노를 젓다가 멈추었다.

처음 빛을 보았을 때 스텍스는 꿈을 꾸는 줄 알았다. 그리고 곧 그것이 꿈이길 바라게 되었다.

12장
밤의 감시자들

#이상한 물고기 #낯익은 목적지

스텍스가 꿈이라고 생각했던 이유 중 하나는 그 빛이 등대나 배 위의 랜턴이 비추는 것처럼 선명하지 않았기 때문이다. 게다가 색도 달랐다. 주황기가 도는 붉은색이 아니라 가물거리고 흔들리는, 푸른기 도는 흐릿한 초록색이었다.

스텍스는 잠에서 완전히 깨려고 바닷물로 세수를 했다. 끝이 없어 보이는 어두운 바다에서 상상의 빛을 쫓지 않아도 이미 걱정거리는 충분했기 때문이다. 세수하다가 실수로 물을 삼키는 바람에 기침을 했다. 그 소리는 넓고 고요한 바다의 어둠 속에서 위험할 만큼 크게 퍼졌다.

빛은 여전히 그의 정면에서 살짝 오른쪽에 있었다.

'동쪽일 거야.'

스텍스는 이렇게 생각했지만 나침반을 확인하니 바늘은 빛이 북서쪽에 있다고 가리켰다. 나침반이 다른 곳을 가리키기 시작했거나 그가 노 위에 웅크려 잠들었을 동안 배가 다시 방향을 틀었는지도 몰랐다.

"이건 나중에 고민하기로 하자."

스텍스는 소금기로 거칠어지고 쉬어 버린 목소리로 속삭였다.

스텍스는 빛을 향해 노를 젓기 시작했지만, 가다 보면 빛이 사라지지는 않을까 반쯤 기대했다. 잔인한 바다가 꾸민 또 다른 속임수라면 말이다. 하지만 빛은 희미하게 반짝이며 어둠 속에서 자리를 지켰다. 훨씬 더 가까이 다가가고 나서야 빛이 땅 위 건물이나 바다 위 배에 있는 것이 아니라 바닷속에 있다는 것을 깨달았다.

넋을 잃은 채 노를 천천히 저으며 다가간 스텍스는 물속을 보려고 눈을 가늘게 떴다.

물속에는 기이하고 섬뜩한 땅이 보였다. 수면 아래로 희미한 언덕과 계곡이 있었다. 숲도 있었다. 해류에 따라 흔들리는 켈프 줄기로 이루어진 숲이었다. 흰색 언덕 꼭대기에 흐릿한 초록색 돌로 만든 성이 뻗어 있었고, 주변에는 탑 여러 개가 흩어져 있었다. 스텍스를 이끈 미스터리한 빛은 성 안에서 나오는 듯했다.

이 기묘한 풍경에 매료된 스텍스는 배가 그냥 둥둥 떠다니게 내버려 두었다. 갑자기 배 밑바닥에 무언가 쿵 하고 부딪치는 바람에 스텍스는 배 밖으로 떨어질 뻔했다.

"뭐, 뭐야?"

스텍스는 고개를 이리저리 돌려 공격자를 찾으려 애를 쓰며 소리쳤다. 배는 다시 튕겼고 근처 바닷속 어딘가에서 꾸르륵거리는 낮은 소리가 들려왔다.

매우 잘 아는 소리였다. 스텍스는 필사적으로 노를 저었다. 힘껏 노를 젓자 배는 성이 있는 쪽으로 재빨리 미끄러졌다.

어둠 속에서 무언가가 번쩍이더니 보랏빛을 냈다. 스텍스는 삼지창이라고 생각했지만 빛은 그의 앞에서부터 이어지는 광선이었다. 스텍스를 따라 광선도 방향을 바꿨고 스텍스의 가슴에 꽂혔다. 스텍스는 어리둥절해하며 광선을 내려다보았다.

광선은 노란색으로 변했고 스텍스는 고통에 울부짖었다. 살이 타는 듯한 느낌이 들었다. 그는 몸을 숙인 채 노를 저어 뜨거운 빛으로부터 멀어졌다.

이제 스텍스는 초록색 해저 유적 위에서 그들이 내뿜는 유령 같은 빛을 뒤집어쓴 채 있었다. 매혹적이었던 아래 풍경은 오싹하게 바뀌어 있었다. 커다란 물고기 같은 뾰족뾰족한 생명체들이 스텍스 밑에서 헤엄치며 하나뿐인 눈으로 그를 매정하게 올려다보았다. 회색 피부의 드라운드들이 입을 동그랗게 벌리고 검은 입속을 드러낸 채 수면으로 올라오는 것도 보였다.

다른 보랏빛 광선이 배를 지나 어둠을 뚫었다. 스텍스는 재빨리 노를 저으며 수중 성과 수비대들에게서 멀어지려고 애를 썼다. 다시 무언가 배 밑에 부딪혔고, 그 충격에 스텍스는 옆으로 쓰러지면서 노 하나를 놓쳤다. 배는 제자리를 돌았고 바닷물이 한쪽으로 들어왔다.

스텍스는 반항하듯 소리치며 나무 검을 찾아 더듬거렸다. 보라색 창이 그의 귓가에서 번쩍였다. 이번에는 정말로 삼지창이었다. 스텍스는 검을 내려놓고 노를 힘차게 저으며 힘들어 끙끙댔다. 빛을 내는 성은 그의 뒤에 있었지만 아직 충분히 멀어지지 못했고, 아무 때나 삼지창이 자기 어깨뼈 사이를 찌르거나 불타는 광선이 공격해 올 수 있었다.

'계속 가자. 멈추면 안 돼. 계속 가자!'

스텍스는 속으로 외쳤다.

스텍스는 계속해서 노를 저었다. 두 팔은 옆으로 처졌고 숨이 가빴다. 이상한 노란빛 광선이 지나간 가슴은 아팠다.

하지만 그는 **살아 있었다.**

스텍스는 위험을 무릅쓰고 어깨 너머로 뒤를 돌아보았다. 생각보다 더 멀리 와 있었다. 초록색 빛은 뒤에서 점처럼 보였다. 이만큼 떨어져 있게 되니 저 멀리 있는 감시자들은 그가 더는 위협이 아니라고 여기거나 추격을 포기한 듯했다.

스텍스는 절실하게 쉬고 싶었지만 계속 노를 저었다. 바람이나 물살이 그를 저 이상한 성이 있는 곳으로 밀어 버린다면 다시 공격을 받을 테고 그렇게 되면 이번에는 도망칠 수 있을지 확신하지 못했기 때문이다.

스텍스는 자기 뒤 불빛이 보이지 않을 때까지 노를 저었다. 그리고 다시 지칠 때까지 더 저었다. 그러다 자기도 모르게 다시 노 위로 몸을 웅크린 채 잠이 들었다. 잠에서 깰 때는 이미 해가 뜬 뒤였다. 해는 수평선 멀리 올라와 있었다.

이후 이틀간은 이미 얘기한 것과 매우 비슷한 날들이 지났다. 스텍스는 너무 피곤해서 더 이상 팔을 움직이지 못할 때까지 노를 저었다. 혼잣말은 이제 하지 않았다. 말을 하기조차 힘들 만큼 지쳐 있었다. 그리고 나침반도 거의 보지 않았다. 노만 저었다. 이제는 노 젓는 것 말고 다른 것을 한 적이 있는지 거의 기억이 나지 않을 정도였다.

섬들을 발견하고 나서야 지친 그의 뇌가 다시 활동했다. 섬 두 개를 동시에 발견했는데, 하나는 왼쪽에 다른 하나는 오른쪽에 있었다. 흙과 바위로 이루어진 점 같은 두 섬은 거의 똑같아 보였다.

하지만 스텍스의 뇌는 즉시 제 역할을 하지 못했다. 그간 시련에 너무 압도되었던 나머지 머리가 장난을 치고 있다고 생각했다. 따라서 가까운 섬으로 가 쉬는 대신 두 섬을 지나쳐 버렸다. 하지만 섬들은 더 나타났다. 북쪽에도, 남쪽에도 섬이 있었다. 마침내 섬들이 뭔가 익숙하다는 느낌을 받았다.

두어 시간이 지나자 의심할 여지가 없었다. 회색 절벽과 파도에 부서진 난파선이 보였다. 강도들이 위험한 불행의 바다를 떠난 후 항해한 넓은 만이었다.

스텍스는 이곳으로 오게 된 것이 단순히 운이 좋아서인지 흐릿하게 남아 있던 기억 덕분인지는 몰랐지만, 이제는 굳센 의지로 노를 저었다. 그토록 떠나고 싶어 했던 우울한 누더기 탑을 떠올렸다. 그는 눈을 크게 뜨고 앞에 있는 바다를 보며 팔이 덜덜 떨리고 흐느적거릴 때까지 노를 저었다. 다시 해와 경주하고 있었다. 해는 그의 뒤로 내려앉기 시작했고 앞으로 보이는 하늘은 이미 어두워지고 있었다. 오버월드의 위험에 노출된 채 하룻밤을 더 살아남을 수는 없다고 본능이 알려 주었다. 스텍스는 노를 젓고, 또 저었다.

첫 별들이 나타났을 무렵, 스텍스는 앞에 익숙한 늪지대를 발견했다. 그 뒤로는 흐릿한 모래 언덕이 보였고 해변에 삐죽 솟아오른 돌도 보였다. 스텍스는 소리를 지르며 해변을 향해 배를 돌리고는 배가 모래와 자갈에 스칠 때까지 노를 저었다. 배에서 내린 스텍스는 서 있지 못하고 옆으로 쓰러져 얕은 물 위에 손과 무릎을 대고 일어났다. 숨을 헐떡거리며 가까스로 섰지만, 그의 뇌는 주변이 위아래로 계속 흔들리고 있다고 우겼다. 그는 힘을 들여 한 발짝씩 다리를 움직였고, 친숙한 탑의 누더기 문을 열었다.

덜덜 떨리는 손으로 침대를 조립한 스텍스는 그 위에 쓰러져 중얼거렸다.

"다시 돌아왔어."

그는 소리 내어 웃고 싶었지만 마른 목이 내는, 끔찍하게 쉰 소리만 나왔다.

13장

새로운 방향으로

#난 괜찮아 #예상치 않은 초록색 땅 #오두막과 수수께끼

스텍스는 무언가를 하기에는 너무나도 피곤했다. 그저 말린 켈프를 먹는 것으로 며칠을 그냥 보냈다. 하지만 조금씩 시련을 극복해 나갔다. 탑 안에 화로와 작업대를 다시 만들고, 앞바다에서 켈프를 더 모았으며, 배 바닥에 갈라진 판자도 고쳤다.

그런 일들을 하면서 스텍스는 놀랍게도, 많은 것이 잘못되었지만 자기가 두려워했던 것만큼 실망하지는 않았다는 것을 깨달았다. 손수 배를 만들고, 위험한 여정에서 살아남았고, 안전한 곳으로 돌아왔으니까. 얼마 전까지만 해도 혼자 밤을 보낼 수 있을지조차 의심스러웠지만 여전히 이렇게 살아 있었다.

"하지만 그런 식으로는 집으로 돌아갈 수 없어."

인간의 목소리를 듣고 싶은 스텍스는 다시 혼잣말을 했다.

"그렇게 해서는 성공할 수 없을 거야."

스텍스는 새로운 계획을 세웠다. 마른 가지를 모으고 화로에서 켈프를 부지런히 굽는 와중에도 계획의 세부 내용을 머릿속으로 바꾸고 또 바꿨다.

집으로 가는 가장 좋은 방법은 푸지였다. 어쩌면 유일한 방법일지도 몰랐다. 푸지는 스톤커터 사유지로 가는 법을 알고 있고 스텍스의 아버지가 만든 지도도 훔쳤다. 그리고 스텍스의 인생을 망친 것도 푸지였다. 그러니 대가를 치러야 하는 것도 푸지 아닐까?

하지만 푸지와 앞잡이들에 맞설 생각을 하니 스텍스는 몸서리를 쳤다. 그들은 싸움으로 단련된 노련한 전사였다. 반면 스텍스에게는 한 번도 써 보지 않은 나무 검만 있었다. 그러나 그들 앞에 서는 것이야말로 고양이들을 되찾고, 빼앗긴 집과 인생을 다시 마련할 수 있는 유일한 방법이었다.

스텍스의 생각이 맞는다면 서쪽이 아니라 동쪽으로 가야 했다. 동쪽은 강도들이 스텍스를 버리고 떠난 방향이었다.

며칠간 스텍스는 이 생각만 했다. 매일 배 옆 바위에 앉아 손바닥 위 나침반을 내려다보았다. 바늘은 동쪽을 가리켰다. 집으로 가는 방향은 아니었지만 그가 가야 할 방향이었다.

특히나 아름다웠던 밤, 스텍스가 나침반을 보고 있는데 꾸르륵 소리가 들렸다. 그 소리에 스텍스는 더 이상 놀라 펄쩍 뛰지 않았다. 이제는 익숙해진 소리였다. 드라운드가 밤 순찰을 시작했으니 탑 안으로 들어가야 한다는 뜻이었다.

"하지만 내일은 다를 거야. 내일 밤에는 여기서 멀리 떨어져 있을 테니까."

다음 날 아침, 스텍스는 얼마 전에도 그랬던 것처럼 짐을 꾸려 배에 실었다. 하지만 이번에는 노를 저어 탑에서 멀어지며 이곳이 끔찍했다고 생각하지 않았다. 다시는 탑을 볼 일은 없을 거라고 장담하지도 않았다.

스텍스는 동쪽으로 노를 저었고 새로운 해안선을 보며 살짝 기분이 좋아졌다. 새로웠지만 그가 떠나온 해변처럼 황폐하기는 마찬가지였다. 사막 언덕 아래 해변에는 초록색 선인장이 드문드문 있었다. 다른 점은 한 가지뿐이었다. 무너진 건물이나 난파선이 보이지 않았다. 스텍스는 그 이유를 몰랐다. 그가 머문 탑이 예전 탐험가들이 아무것도 없다며 포기하고 돌아가기 전 가장 멀리까지 항해한 곳인 것을 알 리 없었다.

스텍스는 이번에는 한밤중까지 물 위에 있는 대신, 어두워지기 전에 배를 대고 멈추겠다고 다짐했다. 스텍스는 노를 저으면서도 푸지의 강도들이 머문 흔적을 찾았다. 그들이 버리고 간 음식은 오래전에 배고픈 동물들이 덥석 물어 갔겠지만, 쓸 만한 도구는 남아 있을지도 모르기 때문이다.

오후가 반쯤 지났을 무렵 스텍스는 멀리 초록색 무언가가 있다고 생각했다. 불행의 바다가 숨겨 둔 유령 같은 수중 성이라면 해변으로 도망갈 마음의 준비를 한 채 안개 사이를 살폈다.

하지만 이 초록색은 물 위에 있었다. 스텍스는 계속해서 노를 저었고 몇 분 후 입을 쩍 하고 벌렸다. 그의 앞에는 분명 풀이 덮여 있고 나무가 흩어져 자라는 초록색 언덕이 있었다.

스텍스는 더 세차게 노를 저었다. 이번에는 두려움이 아니라

기쁨으로 더 힘을 낼 수 있었다. 사막과 이 놀라운 초록색 땅은 강으로 나뉘어 있었다. 스텍스는 해변에 배를 갖다 댔다. 괴물이 있는지 경계하며 앞으로 나아가 풀을 밟고 놀라워했다.

"초록색이 어떻게 생긴 색이었는지 잊고 있었어."

스텍스는 중얼거리며 무릎을 꿇었다. 그는 모래가 아니라 햇볕을 받아 따뜻해진, 부드러운 흙 위에 있었다. 집 주변과 마찬가지로 자작나무와 참나무가 있었고, 주황색 튤립도 있었다. 벌들은 나무 사이를 정신없이 왔다 갔다 하면서 꽃가루를 꿀로 만드는 그들 고유의 일을 하느라 바빴다. 바람은 바다에서 온 톡 쏘는 소금기 없이 깨끗하고 시원했다.

사막에서 고립된 날들을 보내고 나니 스텍스는 마치 천국에서 자유를 만끽하는 기분이 들었다. 맑은 강물을 꿀꺽꿀꺽 삼키다가 헤엄치는 물고기를 바라보기도 했고, 손을 들어 손가락으로 나뭇잎을 스치며 잔디를 어슬렁거리기도 했다. 가능한 한 팔과 다리를 멀리 뻗은 채 잔디에 누워 거의 잊어버리고 있었던 풍경과 소리에 다시 익숙해졌다. 손가락 사이에 잡히는 잔디에서 봄기운을 느꼈고, 참나무 잎을 지나는 바람의 중얼거림과 벌들이 내는 윙윙거리는 소리도 들었다.

그렇게 누워 있는데 다시 들을 수 있을지조차 알 수 없었던 소리가 들렸다. 양이 매에 하고 우는 소리였다.

스텍스는 얼른 일어나 혹시 상상 속에서 들리는 소리는 아닌지 의심하며 나무 사이를 살폈다. 그리고 그의 주변에 있는 이 모든 것이 피곤과 스트레스로 인해 생긴 망상일까 봐 겁이 났다. 하지만 진짜였다. 양 두 마리가 근처 언덕 옆에서 풀을 씹으며 별다른 관심 없이 그를 쳐다보았다.

스텍스는 양들이 도망가지 않도록 천천히 다가갔다. 그가 손을 뻗어 소금에 절여진 매트리스와는 다르게 부드러운 양털을 쓰다듬어도 양들은 전혀 신경 쓰지 않았다.

손가락 아래 양털을 느끼자마자 배에서 꼬르륵 소리가 났다. 스텍스는 통통한 양을 내려다보며 고개를 저었다.

"정말정말 미안해."

그는 양에게 사과했다.

세 시간 후, 스텍스는 참나무 그루터기에 앉아 손가락을 빨며 아주 오랜만에 인간다운 기분을 느꼈다. 양고기 몇 덩어리를 먹었는데, 정확히 말하자면 여전히 뜨거운 고기를 손가락과 혀를 데이며 엄청난 속도로 먹어 치웠다. 배고픔이 가라앉자 남은 양고기를 익혀 다음 주까지 먹을 식량을 마련했다. 그리고 그의 탑 근처 난파선에서 구한, 햇볕에 타 뒤틀린 판자를 교체할 새로운 참나무 판자를 잘랐다. 새롭게 얻은 양털로 깨끗한 흰색 침대도 만들었다. 침대, 작업대, 화로가 들어갈 만한 작은 오두막도 지었다.

스텍스는 남은 켈프를 바다로 던져 버리고 싶었지만 그렇게 하지 않았다. 짜고 쫄깃한 켈프가 얼마나 싫든 간에 절박했던 순간에 켈프로 목숨을 유지할 수 있었고, 일이 다시 잘못되면 필요할 것이다. 그리고 남은 식량을 조절하지 않으면 무엇을 먹어야 하는지 기억하는 데 유용하게 쓰일 테니까 말이다.

스텍스가 오두막을 지을 곳으로 고른 장소는 쾌적했다. 앞에는 튤립과 수레국화가 있어서 스텍스는 뼛가루를 구해 꽃을 키울 상상도 잠시 했다. 시간과 노력을 조금 들이면 파란색 꽃과 주황색 꽃을 줄지어 심은 정원을 꾸밀 수도 있을 것 같았다.

"이곳에 오래 머무를 건 아니니까, 안 그래?"

해가 지기 시작하자 스텍스는 혼잣말을 했다.

"그래도 오두막은 그대로 둘 거야. 그래야 다른 사람이 오면 유리하게 자리 잡을 수 있을 테니까. 먼저 이곳에 온 사람으로서 이웃에게 도움을 주려는 거지."

스텍스는 쓸모 있는 것을 발견하기를 바라며, 한편으로는 크리퍼처럼 위험한 것이 나타날까 두려워하며 주변을 걸었다. 하지만 나무와 꽃과 풀 말고는 찾지 못했다. 한 가지 특이한 점은 오두막 뒤 잔디에 나 있는 홈 같은 부분이었다. 홈은 남쪽에서 북쪽으로 나 있었다. 스텍스는 그것이 양 같은 동물이 풀 뜯는 장소를 왔다 갔다 하며 남긴 발자국인지, 사람이 지나다니다 생긴 좁은 길인지 확신하지 못했다.

스텍스는 이 미스터리를 아침에 해결하기로 했다. 어두워지기도 했고 계속 하품이 나왔기 때문이다. 그는 주변 풀밭에 마지막으로 감사의 눈길을 보낸 뒤 오두막 안으로 들어갔다.

14장
카라반

#라모아를 만나다 #스텍스의 선택 #밤중 의견 충돌

스텍스는 아주 오랜만에 푹 자고 일어났다. 양털로 만든 새 매트리스는 부드럽고 깨끗했으며, 그의 배는 말린 켈프가 아닌 것으로 차 있었고, 문 앞까지 철벅거리며 걸어와 섬뜩하게 꾸르륵 소리를 내는 드라운드도 없었다.

스텍스는 들려오는 종소리만 아니었어도 계속 잤을 것이다. 그는 졸린 눈을 비비며 오두막 문을 열어 주변을 둘러봤다.

종소리는 계속해서 들렸다. 종소리뿐만 아니라 말이 힝힝대는 소리, 소가 음매 하고 우는 소리, 당나귀가 시끄럽게 우는 소리도 들렸고, 소리쳐 동물을 부르고, 웃고, 노래를 부르는 소리도 섞여 있었다. 해변이 아니라 오두막 뒤쪽에서 들려왔다.

스텍스는 다른 사람의 목소리를 들은 지 아주 오래되었기 때문에 소리가 들리는 쪽으로 뛰어가고 싶은 충동이 일었다. 하지만 첫걸음을 내딛자마자 멈췄다. 그가 마지막으로 들은 목소리의 주인은 푸지 템프로였고, 그와 강도들은 스텍스가 죽게 내버려 두고 떠났다. 저들 역시 강도라면 어떻게 할까?

스텍스는 서둘러 오두막으로 들어가 침대를 분해하고 나무검을 찼다. 처량한 무기였지만 빈손으로 가는 것보다는 나았다. 그는 작은 오두막 문을 살며시 닫고, 오두막을 토닥이며 안전하게 보호해 줘서 고맙다고 인사를 한 후, 잔디로 향했다.

스텍스가 예상한 것처럼 소리는 길 역할을 한다고 생각한, 잔디에 난 홈에서 들려왔다. 그는 옆을 지나는 동물들과 사람들을 주시하며 천천히 다가갔다. 무거운 짐을 싣고 가느라 축 처진 당나귀도 있었고, "여이, 여이!" 외치고, "쯧쯧." 혀를 차며 소 떼를 몰고 가는 가축상도 있었고, 짖는 개들을 따라 서둘러 쫓아가는 양 떼도 있었으며, 화려한 겉옷을 입고, 근육이 멋진 말 등에 탄 채 멸시하듯 내려다보는 상인들도 있었다.

카라반을 한 번도 본 적이 없는 스텍스는 이 행진이 놀라웠다. 그가 줄곧 살았던 스톤커터 반도에서는 상인들이 집단으로 이동한 적이 없었다. 한편으로는 다시 사람과 동물을 만나 약간 어리벙벙한 상태였다. 바다와 사막에서 고요함과 외로움을 겪은 후 그가 본 카라반은 엄청나게 정신이 없는, 소음과 색깔과 움직임이 어우러진, 맥박이 뛰는 살아 있는 생물과도 같았다.

"이봐요."

스텍스의 목소리는 자기 귀에도 거칠고 이상하게 들렸다.

"안녕하세요! 저기요!"

처음에는 스텍스를 보고 그가 양이 아니라는 것을 알고 별 볼

일 없다고 파악한 늑대 한 마리를 제외하고는 아무도 그를 주목하지 않았다. 하지만 이어서 수염이 난 두 남자가 그를 발견했다. 둘은 경계하는 자세를 취했고, 그중 한 명은 허리에 찬 검에 손을 올렸다. 그러다가 다시 생각을 고쳤는지 옆 동료를 툭 치고 스텍스 쪽을 가리켰다.

카라반이 뒤로 지나가는 와중에 둘은 스텍스에게 다가왔다.

"당신은 뭐요? 거지? 은둔자? 미치광이?"

"저, 전 그런 사람 아, 아닙니다."

스텍스의 뇌에서는 입이 소리로 표현할 수 있는 것보다 말들이 더 빨리 쏟아져 나와 쌓였다.

"지, 집이 부서져서 사, 사막에 고, 고립됐는데……."

"무슨 소리야? 그만 더듬어, 이 더벅머리 불량배야. 네가 누구든 가는 길 방해하지 말고 비켜 서. 아니면 혼쭐날 테니까."

"위험한 놈 같지는 않아, 치감."

키가 좀 더 작은 동료가 말했다.

"저거 봐. 나무로 만든 검이 있잖아. 보니까 손으로 만든 것 같은데."

치감은 스텍스가 허리에 차고 있는 검을 힐끗 보더니 누런 이를 드러내며 웃었다.

"하하! 사과를 상대로 싸울 거냐? 아니면 봉투랑 결투할 거야? 하하하!"

"집이 부서졌고 내가 가진 모든 것은……."

스텍스는 입을 열었다가 멈췄다. 두 사내는 듣고 있지 않은 게 분명했다.

"리쵸? 치감? 무슨 일 있어?"

바랜 파란색 바지에 초록색 상의를 입은, 호리호리한 젊은 여성이 다가왔다. 활 하나와 짙은 노란색 깃털이 달린 화살로 가득 찬 화살통을 어깨에 메고 있었다. 곱슬거리는 검은색 머리카락은 어깨에 드리워져 있었고, 회색 눈은 창백한 얼굴 위에 도드라졌다. 그녀는 두 파수꾼을 향해 볼에 빨간색 주근깨가 난 얼굴을 찡그렸다.

"아무것도 아니야, 라모아. 이 떠돌이가 방해해서 말이야."

리쵸가 중얼거렸다.

"떠돌이?"

라모아는 스텍스를 보며 물었다.

"선생님, 본인이 떠돌이라고 생각하시나요?"

"네? 아니요. 집이 부서졌고 난 해적 때문에 고립됐어요. 불행의 바다를 건너 집으로 가려고 했는데 길을 잃어서 여기로 온 거예요. 사막에서 말이죠. 제가 고립된 곳이에요. 사막이요."

라모아는 입술을 오므리고 고개는 한쪽으로 기운 채 스텍스의 설명을 들었다. 스텍스는 자신이 두서없이 얘기하고 있다는 것을 알았지만 멈출 수 없었다. 다시 누군가와 얘기하니 기분이 이상했다.

"불행의 바다에서 여기까지 노를 저어 왔다고요? '황폐의 만'에 고립돼 있었나 보네요. 용감하신 분이군요, 성함이……."

"스텍스, 스텍스 스톤커터입니다. 그곳에 있는 동안 전 이제

121

다른 사람은 못 볼 줄 알았어요."

"불행의 바다라니, 나 원 참. 이자가 거짓말한 거 아니면 제정 신이 아니야. 둘 다일 수도 있겠지. 그냥 둬, 라모아. 우린 할 일 도 있잖아, 안 그래?"

치감이 말했다.

"그래, 맞아 우린 할 일이 있어. 우린 카라반이니까. **서로 보호 하기 위해** 여행자들이 뭉쳐서 만든 게 카라반이지. 그리고 여기 스톤커터 씨도 여행자야. 그러니까 원한다면 우리와 함께 이동 할 수 있고 자기 능력을 더 큰 가치를 위해 쓸 수도 있어."

라모아가 말했다.

"더 큰 가치라고?"

리쵸가 헛웃음을 쳤다.

"이자가 갖고 있는 무기는 뾰족한 나뭇가지야. **불에 탈 수도** 있다고."

"그리고 우리 중엔 무기가 아예 없는 사람도 있지. 동물에 관 해 좀 아시나요, 스톤커터 씨?"

라모아가 물었다.

"네, 알아요. 집에서 양, 소, 돼지, 닭을 키웠어요. 고양이도 있 었고요."

"안타깝게도 이번에는 닭이나 고양이는 없네요."

라모아는 살짝 미소를 지었다.

"하지만 다른 동물은 많아요. 저와 같이 가시는 거 어때요? 황 폐의 만에서 어떻게 살아남으셨는지 궁금하네요."

"정신 나간 여자와 가짜 검을 든 고양이 키우는 남자라, 둘이 아주 잘 어울리네."

리쵸가 빈정댔다.

라모아는 자리를 옮기는 리쵸와 치감을 쏘아봤다.

"사람에겐 사람이 필요해요."

라모아는 이렇게 말하고는 잠시 슬픈 표정을 지었다.

"저 둘처럼 벼룩이 득실득실한 시골뜨기한테도 말이죠. 언젠간 깨달을 거예요. 여하간 따라와요, 스톤커터 씨."

"네. 그런데 어디 가는 건지 알 수 있을까요?"

스텍스가 묻자 라모아가 웃으며 답했다.

"어디로 가는지 아는 것은 중요하죠. '텀블스 항구'로 가는 중이에요. 북쪽에 있는 큰 마을이에요. 해변을 따라 이틀 정도 걸어가면 나올 거예요. 매달 열리는 큰 박람회에 이 동물들을 데리고 가는 거죠. 채굴 회사도 있고 다른 것도 많아요."

"채굴 회사요?"

스텍스는 기분이 들떴다.

"아마 '텀블스 채굴 기업'이라든가 그럴 거예요. 난 채굴에는 딱히 관심이 없어요. 위를 올려다봤는데 하늘이 안 보이면 기분이 안 좋거든요. 어때요, 스톤커터 씨? 우리 카라반과 함께할래요? 솔직히 우리와 함께하자고 권하고 싶어요. 제대로 된 무기 없이 이동하는 사람에게 이 지역은 무자비하거든요."

스텍스는 생각에 빠졌다. 나침반이 가리키는 동쪽에서 며칠 간 벗어나는 건 옳지 않은 듯했다. 반대로 갑옷도 없이, 나무 검

하나만 가지고 푸지와 부하들을 상대할 수 있을지도 의문이었다. 어쩌면 집으로 갈 수 있는 다른 길이 있을지도 몰랐다. 만약 텀블스 항구에 채굴 회사가 있다면 그곳에 스텍스의 가족을 아는 누군가가 있을 수도 있고, 스톤커터 사유지로 돌아가는 법을 알려 줄지도 몰랐다. 텀블스 항구라는 지명은 아버지가 가 보고 싶을 곳처럼 들렸다.

"스톤커터 씨, 재촉해서 미안하지만 내가 할 일이 있어서요. 우리랑 같이 갈래요, 아님 여기서 작별 인사를 할까요?"

라모아가 허리춤에 양손을 올리고 물었다.

스텍스는 뒤를 돌아 나무 사이로 보이는 그의 작은 오두막 벽을 바라보았다. 그리고 주머니에 손을 넣어 푸지에게 안내해 줄지도 모르는 나침반을 만졌다. 이어서 북쪽을 향하는 동물들과 동물들을 몰고 가는 사람들을 쳐다보았다.

"같이 갈게요."

스텍스의 말에 라모아는 미소를 짓고 따라오라고 했다.

라모아는 그를 카라반 뒤쪽으로 데려갔다. 일행은 라모아에게 손을 흔들거나 모자챙을 살짝 잡고 인사를 했지만, 스텍스를 보고는 자기들끼리 중얼거리거나 눈길을 피하며 불안해했다.

"여기선 아무도 날 반기지 않네요."

스텍스의 말에 라모아는 어깨를 으쓱였다.

"스톤커터 씨가 난폭한 사람처럼 보이니까요. 옷은 소금물에 절어 있고, 찢겨 있고, 티셔츠 가운데는 불에 타 버렸고, 장화는 너덜너덜한 데다, 수염은 엉망으로 자랐네요."

스텍스는 손으로 턱을 쓰다듬었다. 짧게 깎았던 수염이 듬성 듬성 자라 있었다.

"몰랐어요. 추해 보이겠네요."

"눈에 띄는 외모이기는 해요."

라모아는 살짝 웃었다.

"굉장한 모험을 하고 온 게 분명히 나타나 있어요. 하지만 우리 카라반 사람들은 모험을 싫어하지요, 스톤커터 씨. 아니면 스텍스라고 편하게 불러도 될까?"

"응, 스텍스라고 편하게 불러 줘."

스텍스는 자기 첫인상이 별로인 건 알고 있었지만, 다시 사람들 사이에 있으려니 살짝 충격을 받았다. 카라반에 합류하기로 한 결정이 옳은 것인지도 확신하지 못했다.

"정식으로 인사할게. 내 이름은 라모아 페란체야. 스텍스, 이들은 텀블스 항구로 동물과 물자만 싣고 가면 된다고 생각하는 사람들이야. 그리고 이동하는 동안 가급적 아무 일도 일어나지 않기를 바라고 있지. 그런데 오버월드가 늘 협조해 주는 건 아니잖아? 황폐의 만에서 살아남은 사람한테 굳이 따로 말하지 않아도 알겠지만."

"그곳 이름이 따로 있는지는 몰랐어. 넌 알고 있었구나. 불행의 바다도 알고 있었고."

"응. 위험한 곳들이야. 특히 불행의 바다는 더 그래. 드라운드가 득실대는 데다 깊은 바다 해저 유적 근처에는 광선을 쏘는 엘더 가디언들도 있지. 날씨가 좋아도 불행의 바다를 안전하게 건널 항로를 찾는 건 어려워."

"걔네들을 엘더 가디언이라고 부르는구나. 그들 중 하나가 날 이렇게 태워 버렸어."

스텍스는 가슴을 문질렀다.

"이쪽 오버월드에서는 그렇게 불러. 타오르는 눈, 바다의 신이라고도 하지. 해저 유적에서 프리즈머린을 빼 와 집을 만들었다고 하는 여행자를 '레인즈 항구' 근처에서 만난 적도 있어. 하지만 내 눈으로 직접 그 집을 본 건 아니니 사실이라고는 장담 못 해."

"황폐의 만, 불행의 바다, 레인즈 항구."

스텍스는 혼자 되풀이해 말했다.

"그러면 불행의 바다 너머에는 뭐가 있는지 알아? 그러니까 바다에서 서쪽으로 가면 말이야. 그쪽 어딘가에 얼음덩어리들이 나오고 이어서 이곳과 비슷한 숲도 있고 풀도 있는 푸른 땅이 나타날 거야. 내가 가야 하는 곳이 그쪽이야."

스텍스는 기대하며 라모아를 쳐다봤지만 라모아는 고개를 저었다.

"난 동쪽 바다만 나가 봤어. 내 고향은 동쪽 바다의 남쪽에 있어. '빛나는 사막'의 동쪽으로 이동하는 게 돌아가는 셈이 되더라도 더 안전하거든. 하지만 언젠간 서쪽 바다도 가 볼거야. 북극부터 남극까지, 한쪽 끝에서 다른 쪽 끝까지 오버월드 전체를 가 보지 않으면 만족하지 못할 것 같아."

"오버월드 전체를 가 볼 거라고? 가능한 거야?"

"아니, 가능하진 않겠지. 하지만 최선을 다할 거야. 내가 마지막으로 숨을 내쉴 때 내가 한 번도 가 보지 못한 곳이 있을 거라는, 그런 곳이 많을 거라는 생각을 하면 미칠 것 같아. 비슷한 생각해 본 적 없어?"

"아니. 난 운이 좋아 집으로 돌아가게 된다면 다시는 집을 떠나지 않을 거야."

스텍스가 답했다.

"정말? 어떻게 그렇게 말할 수 있어? 물론 네가 살던 곳은 아름다운 곳일 거야. 하지만 내가 가 본 곳은 어마어마했어. 달빛이 비치는 용암 폭포도 있고, 바다 밑바닥에서 시작해 구름 위까지 솟아오른 산도 있었어. 땅이 갈라진 곳에는 반짝거리는 다이아몬드와 에메랄드가 박혀 있었지. 파란 바다에 있는 섬들은 존재하는지조차 몰랐던 색의 꽃들로 덮여 있었고."

라모아의 시선은 멀리 숲을 향했고 마음 또한 먼 곳에 있는 듯했다.

"난 그림으로 온전히 옮기지 못할 정도로 큰 것들을 보는 게 좋아. 할 수 있는 거라곤 그저 바라만 보는 것이기 때문에 영원히 기억하겠다고 약속하게 되는 장소 같은 거 말이야."

해 지기 한 시간 전쯤, 카라반 지도자들은 그날의 행진을 멈추고 두 개의 강 사이에 난 넓은 초원에서 밤을 보낼 것이라고 전했다. 라모아와 스텍스는 행렬의 끝으로 가 서둘러 만든 울타리 안으로 가축을 모는 일을 도왔다. 모닥불은 타올랐고, 소고기 굽는 냄새가 났으며, 노래와 웃음소리도 들렸다.

"내가 가장 좋아하는 순간이야. 사람들은 다 모여 있고, 하루 더 우리가 서로를 안전하게 지켰다며 되돌아보는 때거든."

라모아의 말에 스텍스는 고개를 끄덕였다. 그가 가장 최근에 본 모닥불은 강도들이 피운 거였지만, 지금 이 모닥불은 느낌이 달랐다. 남을 해치려고 모인 불량배들이 아닌 서로를 보호하기 위해 모인 집단의 모닥불이었다.

스텍스와 라모아를 포함한 카라반의 파수꾼들은 바깥쪽 테두리에 자리가 배정되었고 교대로 자기로 했다. 처음으로 망보기 전에 스텍스는 강으로 가 머리카락에 있는 소금기를 씻어 냈다. 그리고 머리카락은 짧게 다듬고 수염은 사라진 상태로 모닥불로 돌아왔다. 부드러운 턱을 만지니 느낌이 이상했다.

"와, 스텍스. 다시 태어난 것 같네."

라모아가 말했다.

"이 누더기 옷만 빼면 말이지."

스텍스는 갑자기 해지고 소금물에 뻣뻣해진 옷과 나무 검 차림이 부끄러워져 중얼거렸다.

"텀블스 항구에 가면 해결할 수 있어. 파수꾼 일을 하는 사람은 모두 잡화점에서 수표로 물건을 살 수 있거든. 그 명부에 이름을 넣어 줄게."

"고마워, 라모아."

스텍스는 모닥불 옆에 앉아 말했다. 꼬치에 끼운 고기가 지글지글 소리를 내며 익는 중이었다. 스텍스는 기대감에 실제로 침을 흘릴까 봐 걱정이 될 정도였다.

스텍스가 라모아에게 물었다.

"그럼…… 박람회가 끝나면 남쪽으로 갈 거야?"

"아니. 텀블스 항구에서 헤지라 텐부츠라는 친구를 만나기로 했어. 헤지라는 북쪽 정글을 탐험 중인데, 나도 정글을 봐야 한다고 해서. 아! 우리랑 같이 가자."

스텍스는 고개를 저었다.

"난 집으로 가야 해. 아니면 푸지 템프로를 찾든가."

"그 사람이 네 집을 부순 해적들 두목이야?"

라모아가 물었다.

"응."

스텍스는 주머니를 뒤져 나침반을 꺼냈다.

"푸지나 강도 중 한 명이 이걸 두고 갔어. 아버지는 어디 가실 때마다 늘 나침반을 가져가셨거든. 이걸로 집을 찾을 수 있을 거라 생각했는데 그 생각은 틀렸나 봐. 하지만 나침반을 따라가면 푸지를 찾을 수 있지 않을까 싶어."

라모아는 나침반을 들고 스텍스가 보기에 능숙한 시선으로 나침반을 관찰했다.

"두고 가기에는 좀 비싼 물건인걸. 철과 레드스톤이 있어야 나침반을 만들 수 있거든. 그런데 왜 이것으로 푸지를 찾을 수 있을 거라 생각하는 거야?"

라모아가 물었다.

"그게, 그 나침반은 푸지 거니까."

129

라모아는 무슨 뜻인지 모르겠다는 듯 쳐다봤다.

"사실 난 나침반을 써 본 적이 없어."

스텍스가 실토했다.

"쓸 일이 한 번도 없었어. 이 나침반은 늘 동쪽을 가리키는데 그게 푸지가 있는 곳이어서 그렇다고 생각했어."

라모아는 고개를 저었다.

"나도 나침반은 안 써. 해를 보며 방향을 잡는 게 더 좋거든. 하지만 원한다면 나침반을 어떻게 써야 하는지 알려 줄게."

"알려 줘."

"나침반은 오버월드의 원점을 가리켜. 성직자가 말하는 처음 인간이 존재하기 시작한 곳 말이야. 따라서 어느 장소를 찾는 데 나침반을 쓰려면 그 장소가 원점을 기준으로 어디에 있는지를 알아야 해."

스텍스는 잠시 나침반을 물끄러미 쳐다봤다. 아버지가 그에게 알려 주려고 했던 것이 바로 스톤커터 사유지와 원점 위치의 관계였다. 단순한 공식이었을지도 모른다. 하지만 스텍스는 아버지의 말을 귀담아듣지 않았고, 이제 그 비결은 영영 알 수 없었다. 아버지가 아마 서재 어딘가에 적어 두었겠지만, 서재에 있던 책들은 타 버리거나 그들이 가져갔다.

"그럼 나침반으로 어떤 사람을 찾으려면……."

라모아는 스텍스가 스스로 답을 찾을 수 있도록 아무 말도 하지 않았다. 스텍스는 나침반을 다시 주머니에 넣고 화를 내며 땅을 발로 찼다. 나침반은 그를 집으로 데려다주지도 못하고 푸지를 찾는 데 도움을 주지도 못했다. 즉 아무짝에도 쓸모가 없었다. 불 속에 집어던질까도 잠깐 생각했지만 그만두었다. 어쩌면 텀블스 항구에서 새 옷이나 다른 것으로 교환할 수 있을지도 모르니까 말이다.

가축 몰이꾼 한 명이 꼬챙이에 꽂은 소고기 덩어리를 갖다 주었다. 스텍스는 고개를 끄덕여 감사의 표시를 하고 꼬챙이를 받았다. 그리고 턱 아래로 흐르는 육즙을 닦아 내며 게걸스럽게 고기를 씹었다.

"첫 번째 경비가 곧 시작이야. 나랑 같이 경비 설래?"

고기를 다 먹고 난 후 꼬챙이를 불 속에 던지고 나서 라모아가 말했다.

"그래."

스텍스는 잠시 망설인 후 답했고 라모아는 이를 눈치챘다.

"난 사람들을 돕고 싶어."

라모아는 자리에서 일어나며 말했다. 스텍스의 얼굴에 다시 오래된 슬픔이 드러났고, 라모아는 이를 알아보았다.

"난 널 돕고 싶어. 너만 괜찮다면 말이야."

"난…… 그래. 미안. 그게……. 그간 많은 일이 있었거든."

"이해해. 푸지 템프로를 믿었겠지. 그런데 이렇게 돼 버렸고. 하지만 난 괜찮은 사람인 걸 깨달을 거야. 적어도 난 내가 괜찮은 사람이라고 생각하거든. 가자, 스텍스."

스텍스는 라모아를 따라 모닥불 가장자리로 갔다. 해가 지고 달이 뜨고 있었다.

"이 주변에서 가장 큰 위협은 해골과 거미야."

라모아는 어깨에 멘 활을 들고 사정거리를 확인했다.

"뭐가 보이든 그게 우릴 공격하기 훨씬 전에 해치울 거야. 네가 할 일은 내가 모든 걸 볼 수 있게 도와주는 거야. 내가 혹시라도 뭘 놓치면 그 검으로 세게 쳐."

"내 무시무시한 나무 검으로 말이지? 그게 소용이 있을까?"

스텍스가 물었다.

"맨주먹과 거친 말보다야 소용이 있지. 하지만 걱정하지 마. 난 놓치지 않을 테니까."

라모아가 답했다.

"그럼 난 왜 따라온 거지?"

"내 말동무가 되어 주는 게 그 이유 중 하나야. 푸지 템프로에 관해 얘기해 봐. 물론 내키면 말이야."

스텍스는 얘기하고 싶은 마음이 들었다. 모닥불 가장자리에서서, 푸지가 집으로 온 일부터 강도들이 집을 부순 것과 괴로웠던 항해와 고립돼 있을 동안 그가 참아 내야 했던 것 등 그간 있었던 일을 쏟아 냈다. 라모아는 진지하게 스텍스의 말을 들어 주었다. 드라운드와 해저 유적과 그곳을 지키고 있던 경비들과의 위험한 만남에 관해 물어볼 때만 끼어들었다.

"잠깐만."

스텍스가 서쪽 대신 동쪽으로 가기로 결정한 부분을 얘기하려고 할 때 라모아가 말했다.

"밤엔 이상한 것들이 나타난다니까."

스텍스는 라모아의 시선을 따라 나무 쪽을 바라보았고, 나무 아래 홀쭉한 흰색 형체를 발견했다. 활을 든 해골이었다.

"이상한 녀석들이야."

라모아는 생각에 잠긴 듯 말하며 화살통에서 화살 하나를 꺼내 깃털을 다듬었다.

"혹시 해골과 싸우게 된다면 가만히 있어야 해. 특히 화살이 날아오기 시작하면 피해야 한다는 생각이 들겠지만 말이야. 해골이 쏘는 화살은 움직이는 대상을 쫓는 건 잘하지만 가만히 있는 대상을 공격하는 데에는 형편없거든."

스텍스는 시선을 해골에 고정한 채 고개를 끄덕였다. 라모아는 화살 하나를 시위에 메우고 겨냥한 후 화살을 날렸다. 화살은 해골의 두개골을 탁 하고 쳤다. 라모아는 익숙하고 부드러운 몸짓으로 두 번째 화살을 잡아당겼다. 두 번째 화살은 해골의 갈비뼈 사이에 꽂혔다.

이제 둘을 발견한 해골도 화살 하나를 자기 활 시위에 메웠다. 세 번째 화살을 턱에 갖다 댄 라모아가 스텍스를 슬쩍 보고는 미소를 지으며 말했다.

"기억해. 움직이면 안 돼."

해골은 화살을 쐈다. 스텍스는 움찔거렸지만 화살은 상당하게 빗나갔다. 해골이 다음 화살을 쏘기 전에 라모아가 다시 공격했고 해골은 쓰러졌다.

"다른 녀석이 더 있을까?"

라모아의 활 실력에 놀란 채 해골이 쓰러진 곳을 쳐다보고 있는 스텍스에게 라모아가 물었다. 스텍스는 빼어 들었던 나무 검을 슬며시 다시 넣었다.

"아무것도 안 보이는데?"

스텍스는 어둠을 훑으며 말했다.

"좋아."

라모아는 다시 활을 어깨에 메고 풀 사이를 걸으며 앞을 응시했다. 그리고 해골이 쏜 화살을 주워 화살촉에 묻은 흙을 털어냈다. 화살을 스텍스에게 건넸다.

"난 한 번도 활을 쏴 본 적이 없어."

스텍스가 말했다.

"아, 내가 가르쳐 줄게. 적이 날 해칠 수 없도록 하는 가장 좋은 방법은 적이 떨어져 있을 때 내가 먼저 공격하는 거야. 아까 텀블스 항구까지 얘기했던가?"

스텍스는 남은 얘기도 마저 했다. 작은 오두막을 지었고 종소리를 들었다는 부분에서 끝이 났다.

"스스로를 자랑스러워해야 해. 사람들 대부분은 포기했을 테지만 넌 절대로 포기하지 않았잖아. 앞으로 어떻게 할 거야?"

라모아가 말했다.

스텍스는 이 문제를 계속 생각해 왔고 답도 있었다.

"카라반과 함께 텀블스 항구로 가야지. 그곳이 큰 채굴 마을이라면 우리 가족을 아는 사람이 있을 거야. 어쩌면 내가 집으로 가는 걸 도와줄 수 있는 사람이 있을지도 몰라."

라모아는 인상을 찌푸렸다.

"난 오버월드의 많은 곳을 다녔는데, 스톤커터 가족에 관해 들어 본 적도 없고 네가 말하는 집이 있는 장소에 대해서도 들어 본 적이 없어. 만약에 네가 생각하는 대로 되지 않으면? 그러면 어떻게 할 거야?"

"그럼 푸지를 쫓아야지. 그렇게 하려면 지금보다 나은 도구와 재료가 필요할 거야. 난 어렸을 때부터 채굴하는 법을 배웠어. 텀블스 항구에서 날 필요로 하는 사람이 있을 거야."

"난 푸지라는 사람에 대해서도 들어 본 적이 없어."

라모아가 말했다.

둘은 잠시 조용히 있었다. 그들 위로 별이 쏟아졌다.

"내 계획이 별로라고 생각하는구나."

스텍스가 말했다.

"그게 아니야. 다만 오버월드는 아주 커. 끝이 없다고 말하는 사람도 있어. 이 푸지라는 사람을 영영 못 찾을지 몰라. 실패할지도 모르는데, 그리고 그 이유가 네 잘못도 아닐 텐데, 실패해서 마음을 다치고 화가 치밀어 오를 수 있는 그런 불확실한 목표를 위해 몇 년을 허비하지 말았으면 해."

"그럼 그냥 그자가 나한테 한 짓을 받아들여야 해? 그냥 그렇게 내버려 둬?"

"푸지가 네 인생을 빼앗아 갔다는 거, 나도 이해해. 하지만 네 미래까지 가져가 버리게는 두지 마."

스텍스는 화가 차올랐다. 스텍스가 그간 겪은 일들을, 푸지가 스텍스에게 한 모든 짓을 라모아는 알 길이 없었다.

"내가 뭘 해야 하는지 다 생각해 뒀나 보네. 그럼 그 대신 난 뭘 해야 하는데?"

"나랑 헤지라랑 같이 가자. 세상은 넓어. 물론 세상에는 끔찍한 것도 있지. 내가 알려 주지 않아도 잘 알겠지만. 하지만 아름다운 곳도 많아. 내가 보여 줄게."

"그러니까 그냥 도망치라고?"

"그런 뜻이 아니야."

"나한텐 그렇게 들려. 넌 도망치는 게 문제를 해결해 준다고 생각하는지 모르겠지만 난 그렇게 생각하지 않아."

라모아도 화가 섞인 목소리로 말했다.

"넌 나에 관해 아무것도 몰라, 스텍스 스톤커터. 내가 무슨 일을 겪었는지, 그런 일들을 어떻게 마주했는지도."

"맞아. 난 몰라. 그리고 너도 생각하는 만큼 날 알지 못해. 그러니 그냥 경비나 서자."

스텍스도 딱딱하게 말했다.

스텍스는 자기를 쳐다보는 라모아의 시선을 느끼며 라모아가 할 말이 더 있는지, 자신은 라모아가 계속 말을 하기를 바라는지 궁금했다. 하지만 잠시 후 라모아는 고개를 돌렸고 둘은 남은 경비 시간 동안 침묵을 지켰다.

15장
텀블스 항구

#화해의 몸짓 #달갑지 않은 재회 #무료로 얻은 조언

다음 날 아침, 스텍스는 언덕을 올라 라모아가 해골을 쏜 풀밭으로 갔다. 스텍스는 불행한 괴물이 남기고 간 뼈 하나와 화살 하나를 찾았다. 그는 이 두 가지를 가지고 돌아가 화해의 의미로 라모아에게 조용히 건넸다.

라모아는 미소를 지으며 뼈를 받았다. 집 정원에 쓸 뼛가루를 만드는 데 아주 좋은 재료가 되겠다고 말했다. 라모아는 화살은 스텍스가 갖고 있으라고 제안했다. 하지만 전날 밤 화가 담긴 말이 아직 둘 사이에 남아 있는 듯했고, 처음 만났을 때처럼 편했던 관계로 완전히 돌아가지는 못했다.

카라반은 종일 이동했다. 그날 밤 라모아는 거미 두 마리에 화살을 맞혔다. 화살이 거미의 몸에 꽂히자 붉은색 눈이 질끈 감겼다. 다음 날 아침 라모아는 거미들이 남기고 간 길고 구불구불하며 질긴 실 두 가닥을 가져왔다.

"다시 불행의 바다에 갇히게 되면 낚싯대가 필요할 거야."

라모아는 실을 스텍스에게 주었다.

라모아의 말이 맞았다. 다시 말린 켈프를 먹을 생각을 하니 스텍스는 구역질이 났다. 스텍스는 실을 돌돌 말아 소지품과 함께 가방에 넣었다.

카라반이 지나간 자리는 동물들이 다니는 좁은 길에서 곧 사람도 다니는 넓은 길로 변했고, 풀밭은 흙길로 변했다. 카라반은 다른 여행객들과 만나기도 했다. 가끔 나타나던 여행객은 점점 더 자주 보였고 길에는 바큇자국과 구덩이가 늘었다. 가축을 모는 이들과 상인들과 파수꾼들 사이에서는 언제쯤 텀블스 항구에 도착할 것이며 만약 늦게 도착하면 어떻게 될지에 관한 대화가 늘었다.

카라반이 어느 산마루에 올라갔을 때는 오전이 반쯤 지났을 무렵이었다. 스텍스는 아래쪽에 보이는 마을을 내려다보았다. '무너지다'라는 뜻의 텀블스라는 이름은 항구와 아주 잘 어울렸다. 그곳은 초승달 모양의 만이 물속으로 쏟아질 것처럼 보였고, 가파르고 높이가 들쭉날쭉한 언덕으로 둘러싸여 있었다. 만은 돛대가 높은 배와 여러 척의 작은 배로 가득했고, 배들 위로 솟아오른 언덕에는 집과 상점이 매달려 있다시피 있었다.

스텍스는 이렇게 큰 마을은 한 번도 본 적이 없었다. 스톤커터 사무실이 있는 작은 마을은 집이 열 채 정도밖에 없었다. 사방으로 빽빽한 건물을 스텍스는 멍하니 쳐다보았다.

한편 마을 사람들은 카라반을 보고 기뻐했다. 창밖으로 몸을 내밀고 옛 친구를 큰 소리로 부르고, 늦었다며 기분 좋게 핀잔을 하거나 손을 흔들었다. 가축 몰이꾼들은 과장되게 소리를 질러 군중에게 과시하며 동물들을 중앙 광장에 있는 울타리로 몰았다. 박람회는 시작을 앞두고 있었다. 일꾼들은 화려한 휘장을 걸었고 상인들은 진열대를 설치했다.

"저게 여관이야."

라모아는 광장 한쪽에 있는 건물을 가리켰다.

"거기에 있는 카라반 직원한테 가면 급여를 받을 수 있어. 오늘 밤 잘 방은 마련해 주지만, 내일 아침부터는 알아서 해결해야 해. 나와 헤지라와 함께 가겠다고 마음을 바꿨다면 모르겠지만 말이야."

"아니, 내 마음은 그대로야."

스텍스는 이렇게 답했지만 라모아가 여전히 자기를 생각해 줘서 안심했다. 하지만 그 말에 다른 뜻이 있음을 알아차렸다.

"그럼 박람회는 안 보고 가는 거야?"

라모아는 고개를 끄덕였다.

"계속 이동하려고. 난 마을은 별로거든. 물건을 많이 사면 지체되니까. 하지만 한두 달마다 마을에 들르니까 네가 어디로 가는지 잡화점 주인인 브럽스한테 메시지 남겨 줘. 브럽스는 아는 사람이 많거든. 그럼 널 찾을 수 있을 거야."

스텍스는 그렇게 하기로 했고 라모아는 미소를 지었다. 둘은 잠시 서로를 쳐다본 후 살짝 어색하게 악수했다. 그런 뒤 라모아는 뒤를 돌아 군중 사이를 헤치며 갈 길을 갔다.

스텍스는 한숨을 쉬었다. 정말 라모아가 다음에 마을에 들를 때 자기를 찾을지 확신하지 못했다. 그는 별다른 이유 없이 라모아에게 화를 냈고 그 때문에 이 낯설고 새로운 마을에서 한 명의 친구라도 사귈 기회를 잃었다고 생각했다.

이제 스텍스는 뭘 해야 할지 몰랐다. 황무지에서 지내다가 믿기지 않을 정도로 북적대는 텀블스 항구에 오니 보이는 것도, 들리는 것도, 맡게 되는 냄새도 너무나 많았다. 스텍스는 자기도 모르게 부딪치거나 팔꿈치로 찌르게 되는 사람에게 정중히 사과하며 혼잡한 광장을 지나 시장 가장자리까지 갔다. 스텍스는 한 가게의 벽에 기댔다.

"밤에 꾸르륵대는 죽은 괴물을 제외하면 탑이 있는 데가 조용하긴 했어. 거기가 나았으려나?"

스텍스는 혼자 중얼거렸다.

"그건 아닐 것 같은데, 낯선 사람아."

쇠가죽 뭉치를 지고 있던 어느 남자가 대꾸했다. 그는 씩 웃더니 스텍스의 어깨를 밀치며 군중 사이로 들어갔다.

"자, 가장 먼저 할 일은 혼잣말을 그만두는 거야."

민망해진 스텍스는 이렇게 말했지만, 이 말 역시 입 밖으로 내뱉었다.

이후 스텍스는 한동안 모여든 사람들을 바라보기만 했다. 문득 아버지도 텀블스 항구에 온 적이 있는지 궁금해졌다. 바다를 건너 가져온 보석과 광석 견본 상자를 들고 군중 사이에 있었을 아버지의 모습을 상상해 보았다. 옛 지인들과 인사를 나

넓을까? 먼 지역 소식을 주고받았을까? 여관에 들러 수프 한 그 릇을 먹었을까?

아버지가 텀블스 항구에 온 적이 있는지 알 길은 없지만 비슷 한 마을에는 가 봤을 게 분명했다. 이런 곳에 있다가 스톤커터 선착장에 배를 세우고 농장 동물 소리와 자작나무 잎 사이를 지 나는 바람 소리 말고는 들리지 않는 집으로 돌아오는 기분은 어 땠을지도 궁금했다. 조용하고 고요한 곳으로 돌아와 안심하며 한숨을 내쉬었을까? 아니면 지루해서 다시 떠날 날을 손꼽아 기다렸을까? 스텍스는 알지 못했다. 아버지가 사라지기 전에 물어봤더라면 좋았겠지만 이제는 너무 늦었다.

박람회의 공식적인 시작을 알리자 군중은 환호성을 질렀다. 열성적인 구매자들은 가장 먼저 제일 좋은 물건을 사기 위해 앞 다투어 달렸고, 상인들은 군중 사이에서 음식을 팔았다. 수박, 호박, 식빵, 코코아 꼬투리, 고기 꼬치, 생선 튀김, 조각 케이크 등 종류도 다양했다.

스텍스는 꼬르륵 소리가 나는 배를 토닥였다.

"미안하지만 말린 켈프를 파는 사람은 없나 봐. 급여나 받으 러 가야겠다."

스텍스는 혼잣말을 하지 않기로 한 사실을 금세 잊어버렸다.

스텍스는 재밌게도 말린 켈프를 파는 생선 장수를 지나서 군 중 사이를 빠져나와 여관 문을 열었다. 여관은 카라반의 가축 몰이꾼들과 일꾼들로 가득했다. 그들은 떠들고, 웃고, 잔을 부 딪치며 무사히 도착한 것을 기념하고 있었다.

얼핏 낯이 익은 가축 몰이꾼 한 명이 카라반 직원 사무실을 가리켰다. 불행하게도 리쵸와 치감 뒤에 줄을 서야 했다. 스텍스는 머리카락을 잘랐으니 두 사내가 자기를 못 알아보길 바라며 아무 말도 하지 않았다. 하지만 잠시 후 리쵸가 치감을 툭툭 쳤고 둘은 스텍스를 보며 히죽거렸다.

"어이, 길거리에서 만난 라모아의 애완 거지 아닌가. 이름이 스텍스 스톤거진가 그랬지?"

리쵸가 깔깔대며 웃었다.

"거지가 아니라 은둔자라니까. 모래와 소금의 비밀에 관해 명상하며 몇 년을 보냈다지?"

치감이 말했다.

"난 거지라고 주장하고 넌 은둔자라고 주장하니 우리 그냥 '쓸모없는 부랑자'라고 통일하는 게 어때?"

리쵸가 어깨를 으쓱였다.

스텍스는 그들을 무시하기로 작정하며 몸을 돌렸지만, 치감은 스텍스를 놓아주지 않았다.

"리쵸, 조심해. 스텍스 스톤거지는 아직도 나무 검을 가지고 있어. 스텍스 선생이라고 부르지 않으면 나무 가시가 박힐지도 몰라."

치감이 리쵸에게 말했다.

"나무 검뿐만 아니라 화살도 두 개나 있어. 화살은 있는데 활은 없네! 완전 걸어 다니는 무기 창고잖아! 다음 행운의 카라반에서 얼마나 훌륭한 파수꾼 역할을 해내실까, 스텍스 스톤거지 선생!"

리쵸가 빈정댔다.

"집에 다이아몬드 검이 있었어."

스텍스가 약간 경직된 채 말했다.

"그러셨겠지. 머리부터 발끝까지 다이아몬드로 치장했겠죠, 스텍스 선생."

치감이 말했다.

리쵸와 치감이 급여를 받은 후 온갖 조롱하는 몸짓으로 인사를 하며 사라질 때까지 스텍스는 입을 다문 채 참았다.

카라반 직원은 작은 사무실에서 커다란 가죽 표지 책에 잉크 깃촉으로 휘갈겨 쓰며 앉아 있는 작은 남자였다. 스텍스가 다가갔지만 그는 쳐다보지도 않았다.

"에메랄드예요, 수표예요?"

직원은 단조로운 억양으로 물었다.

"네?"

스텍스는 당황해하며 물었다.

"에메랄드예요, 수표예요?"

직원은 같은 질문을 했다.

"급여를 어떻게 받을 거냐고요."

"수표가 뭐예요?"

스텍스가 물었다.

직원은 한숨을 내쉬었다.

"당나귀에서 떨어지기라도 한 거요? 수표는 여기 여관에 있

143

는 텀블스 항구 잡화점이랑 박람회 상인한테 쓸 수 있는 돈 같은 거예요. 이름은요? 자기 이름은 **알죠?**"

"스텍스 스톤커터예요."

직원은 황당하다는 듯 인상을 찌푸리며 장부를 넘겼다.

"제 이름은 끝에 있을 거예요. 텀블스 항구에 도착하기 이틀 정도 전에 등록했거든요."

직원은 의심의 눈초리로 스텍스를 힐끗 쳐다봤다. 스텍스의 누더기 옷을 보고 고개를 절레절레 흔들며 장부 뒷장을 넘겼다.

"여기 있네요."

직원의 목소리는 실망한 것 같았다.

"어차피 정해졌네요. 에메랄드 하나를 받을 만큼 일은 하지 않았으니 수표로 줄게요."

스텍스는 직원이 건네는 종이쪽지를 받았다. 쪽지에는 그의 이름과 흘겨 쓴 숫자가 쓰여 있었다. 스텍스는 나가려다 다시 뒤돌아 물었다.

"친구가 그러던데 오늘 밤은 여기서 잘 수 있다면서요?"

"그건 당연히 여관 주인한테 물어봐야죠."

직원은 장부에서 시선을 떼지 않은 채 말했다.

스텍스는 텀블스 항구가 마음에 들지 않는다고 생각했지만, 다행히 여관 주인은 친절하게 도움을 주었다. 주인은 스텍스 앞으로 예약된 작지만 깨끗하고 깔끔한 방을 안내했다. 잡화점으로 가는 방향을 가리키며 박람회 때문에 마을 대부분 상점이 그렇듯 잡화점도 종일 닫혀 있을 거라고 알려 주었다.

스텍스는 다시 사람들이 모여 있는 곳으로 돌아가 가판대마다 무엇을 파는지 구경하려고 힐끔거렸다. 상상할 수 있는 모든 종류의 음식은 다 있었고, 스텍스는 먹을 수 있을 거라고 생각해 보지 못한 것도 많았다.

먹을거리 말고도 다양한 물건이 많았다. 목재 판매상들은 판자를 팔았는데, 스텍스는 한 번도 본 적 없는 고품질 나무도 있었다. 금속 세공사들은 마법을 부여해 기괴하게 붉은빛을 띠는 검을 자랑했다. 판매대에는 정성스레 세척하고 빗질한 온갖 색의 양털이 넘쳤다. 가죽과 철로 만든, 사슬 달린 갑옷을 들어 보이는 대장장이도 있었고, 원하는 색이나 디자인으로 휘장을 만들어 주겠다는 직공도 있었으며, 종이가 희고 깨끗한 학술서를 과시하는 책 장수도 있었다. 이상한 풍경을 그린 그림, 화분에 심은 이국적인 꽃, 화려한 색의 물고기, 윤을 낸 거북이와 조개 껍데기 등 특이한 물건도 보였다.

돈이 문제가 되지 않았던 몇 주 전이었다면 스텍스는 스톤커터 저택의 벽을 장식할 장신구와 물건으로 즐겁게 보관함을 채웠을 것이다. 처음 보는 음식도 다 먹어 봤을지도 모른다. 그리고 라피스, 에메랄드, 콜에게 줄 진기한 생선도 샀을 것이다. 하지만 지금은 대부분의 물건이 그가 값을 치를 수 있는 것보다 비쌌다. 라모아의 경고대로 돈을 아껴야 했다. 스텍스는 양고기 꼬치 하나와 과자 하나만 샀고, 다음 날 잡화점에서 필요한 것을 사기로 했다.

지금은 마을을 둘러보기로 마음먹었다. 스텍스는 박람회는 뒤로하고 선착장을 따라 산책했다. 그곳에서는 사람들이 노래를 부르며 갑판에서 보관함, 원통, 블록, 꾸러미 등을 내려 선착장에 가지런히 쌓고 있었다. 배마다 줄무늬, 원, 마름모 장식을 한 화려한 휘장을 자랑했다.

스텍스는 조선소 사이를 지나, 나무와 돌로 지은 건물이 늘어선 좁은 길로 들어갔다. 길에는 조약돌이 깔려 있었는데 스텍스는 자기도 모르게 세공 상태와 구성을 살폈다.

시장을 가로질러 밖으로 이어지는 길을 따라가다 보니 스텍스 주변에는 볼일을 보느라 바쁘거나 단순히 산책을 하러 나온 현지인 몇 명만 남았다. 스텍스는 걸음을 멈춰 마을을 내려다보며 그곳이 이상적인 항구가 될 거라 판단한 첫 번째 탐험가가 도착하기 전에는 어떤 모습이었을지 상상해 보았다.

반달 모양 모래밭과 모래밭을 둘러싼 푸른 풀밭, 그리고 풀밭 끝에 솟아오른 언덕이 생생하게 떠올랐다. 스텍스는 해변에 지은 집 한 채를 상상했다. 처음엔 밤에 찾아오는 위험한 존재들로부터 피하려고 잔디에 마련한 단순한 은신처였을 것이다. 그러다가 몇 채를 더 짓고 그렇게 수가 늘다가 그곳에 살게 된 사람들이 모임을 만들어 무언가를 결정하고, 배를 댈 수 있게 선착장을 만들고, 마을의 공동 공간을 만들고, 길을 닦고, 그 밖의 것들을 꾸려 갔을 것이다.

그런 식으로 결정을 내리는 일은 스텍스에게 한 번도 문제가 된 적이 없다. 스텍스는 스톤커터 사유지에서 그 누구와도 상의할 필요 없이 자기가 하고 싶은 것이라면 무엇이든 할 수 있었기 때문이다. 반면 텀블스 항구가 지닌 창의력 소동과 통제된 혼돈을 만들어 낼 수 없을 것이다. 그렇게 하기 위해서는 사람이 더 필요하니까 말이다.

마을을 내려다보며 스텍스는 미소를 지었다. 그 모든 일이 있기 전 아름다웠던 원래 모습의 만이 떠올랐지만, 사람들의 창의성이 가져온 지금의 가치도 알아볼 수 있었다. 그들의 노력으로 아름다웠던 장소가 번화한 항구로 다시 태어난 것이다.

스텍스가 언덕 위로 올라갈수록 집들은 작아졌고, 울타리를 친 작은 마당을 사이에 두고 이웃 간 떨어져 있는 집들이 늘었다. 몇 분 더 걷자 다섯 갈래의 길이 모인 산등성이가 나왔다. 표지판 중 스텍스가 들어 본 적은 있지만, 살짝 다른 이름으로 알고 있는 한 군데로 가는 방향을 가리켰다. 표지판에는 '텀블스 채굴사'라고 쓰여 있었다.

"내가 어떤 예감을 눈치챌 만한 능력이 있는지는 모르겠지만, 저걸 보니 좋은 예감이 드는걸."

스텍스가 말했다.

그는 길을 따라 연달아 나오는 낮은 언덕을 오르다가 꼭대기가 정사각형으로 잘린 지형 아래에 도달했다. 산허리에 검은 굴이 울타리 뒤에서 입을 벌리고 있었다. 울타리 옆에는 회색 돌로 지은, 창문 없는 낮은 건물이 있었다. 스텍스는 회색 돌이 안산암인 것을 알아보았다. 건물 앞에는 참나무로 만든 문이 있었고, 문 옆에는 다음과 같은 표지판이 달려 있었다.

스텍스가 막 문을 두드리려는 찰나에 누군가 사무소는 닫혀 있다고 외쳤다.

"오늘은 휴일인 데다 박람회까지 있어서요."

굽은 허리에 녹슨 검을 찬, 회색 수염의 남자가 발을 질질 끌며 걸어왔다.

"광부요? 관리자가 일꾼 채용하는 데 좀 까다로워서 말이지."

"아니요. 그러니까, 네."

스텍스가 답했다.

"뭐요? 어느 쪽이요? 광부요, 아니요?"

남자는 스텍스를 빤히 쳐다봤다.

"광부는 맞는데요, 일자리 때문에 온 게 아니라서요. 집을 찾고 싶어서 왔어요."

"텀블스 채석장에 사는 게 아니라면 잘못 찾아왔소."

"그게 상황이 좀 복잡해서요. 사장님은 내일 오시나요?"

스텍스가 물었다.

"사장님이요? 아마 아닐 거요. 저쪽으로 언덕 몇 개 넘으면 나오는 큰 저택에 사시죠. 시골이 내려다보이는 곳에요."

남자는 한쪽으로 막연하게 손을 흔들었다.

"하지만 관리자는 올 겁니다. 타우니 부인이죠. 철자만 보면 테이니라고 발음해야 할 것 같지만 타우니가 맞아요. 잘 보여야 한다면 발음을 틀리면 안 돼요. 모든 채굴 사업은 타우니 부인을 거쳐야 하니까 말이요."

"알겠습니다. 내일 다시 올게요."

스텍스가 말했다.

"조언 하나 해도 되겠소? 오기 전에 도구 몇 가지 가지고 와요. 도구 없는 사람은 만나 주지 않아요. 그리고 옷도 새 걸로 갈아입고. 말했듯이 타우니 부인은 사람 고용하는 데 아주 까다롭거든. 그런데 그쪽은 거지나 난파선에서 기어 나온 사람처럼 보여서 하는 말이오."

"틀린 말씀은 아니네요. 내일 다시 오겠습니다."

스텍스는 남자에게 살짝 고개를 숙여 인사했다.

16장
흥미로운 세 명의 인물

#새 옷 쇼핑 #갑작스러운 면접

스텍스가 마을로 돌아왔을 때쯤, 박람회 군중은 많이 줄어 있었고 상인들은 가판대를 정리 중이었으며 가축 몰이꾼들은 팔리지 않은 소, 양, 돼지를 몰러 여관에서 나왔다. 스텍스는 스튜 한 그릇을 사 먹고 여관으로 돌아가 잠이 들었다.

다음 날 잠에서 깨자 참나무 판자 천장과 조그만 사각형 창문으로 들어오는 빛을 보며 혼란스러웠지만, 이내 자기가 어디에 있는지 깨달았다.

빵에 꿀을 발라 아침 식사를 한 후, 스텍스는 마을 광장을 가로질렀다. 소란스럽고 혼잡했던 어제와 다르게 광장은 텅 비어 있었다. 그는 잡화점을 둘러싼 낮은 계단으로 올라갔다.

잡화점은 박람회를 축소해 놓은 가게와도 같았다. 선반에는 각종 상품이 높게 쌓여 있었다. 하지만 어제 박람회에서 팔던 코코아 꼬투리를 가득 담은 통이나 열대 지역 생선이 들은 양동이 같은 특이하고 이국적인 제품은 없었다.

"안녕하세요, 젊은 양반. 뭘 찾으시나요?"

계산대 뒤에 서 있는 땅딸막한 남자가 즐겁게 인사했다.

스텍스는 누더기 옷 때문에 자기를 깔보는 말을 듣거나 적어도 의심의 눈초리를 받을 거라 예상했는데, 공손한 인사를 받자 긴장을 풀었다. 아주 키가 크고 늘씬한 다른 남자는 계산대 다른 쪽에서 금속 양동이에 윤을 내고 있었다.

스텍스는 더럽고 추레한 자신의 티셔츠를 가리켰다.

"새 옷이 필요해서요. 이 수표로 살 수 있을까요?"

"물론입니다, 손님."

남자는 스텍스가 건넨 종이를 확인한 후 말했다.

"처음 뵙는 손님인 것 같네요. 카라반과 같이 오셨나요?"

스텍스는 이 친절해 보이는 남자에게 간단히 소개를 했다.

"네, 맞아요. 전…… 사연이 좀 긴데요, 고립된 상태로 좀 지냈어요."

"고생하셨겠군요! 이제 끝났으니 다행입니다. 난 브럽스예요. 저기 조용히 서 있는 사람은 신시고요."

"스텍스 스톤커터입니다."

브럽스는 스텍스와 따뜻하게 악수했고 신시는 이들이 있는 쪽을 쳐다보며 살짝 고개를 숙였다.

"만나서 반가워요, 스텍스! 하지만 아쉽게도 입고 있는 티셔츠처럼 고급스러운 옷은 없네요. 많은 일이 있기 전엔 품질 좋은 옷이었을 것 같은데요."

"괜찮아요. 화려한 건 필요 없어요. 그냥 작업복이면 돼요. 그리고 정보도 찾고 있는데요, 불행의 바다 끝에 있는 지역에 관해 뭐 아시나요?"

"흠, 전 아는 게 없어요. 텀블스 항구 밖으로 하루 이상을 외출한 적이 없으니까요. 신시, 뭐 아는 거 있어?"

키가 크고 날씬한 남자는 고개를 저었다.

"선착장에 가서 물어보세요. 박람회가 있어서 그런지 지난 몇 개월 중에 어제 배가 가장 많더라고요. 물론 박람회가 끝나서 이제 대부분이 닻을 올리고 떠나긴 했지만요."

브럽스가 말했다.

스텍스는 마을과 박람회의 광경과 소리에 빠져 선장들에게 물어볼 생각을 못한 자신에게 화가 났다.

"고향이 그쪽인가요? 불행의 바다 반대편?"

브럽스가 물었다.

브럽스의 부드러운 눈길에 스텍스는 고개를 끄덕였다.

"불행히도 돌아가는 법을 모르겠어요."

"신시랑 내가 무슨 소식을 듣게 되면 알려 줄게요. 우선은 옷부터 갈아입어요."

브럽스가 말했다.

브럽스의 도움을 받아 스텍스는 무늬 없는 갈색 티셔츠와 파란색 바지를 고르고는 잡화점 뒤쪽에서 갈아입었다.

"훨씬 낫네요. 이건 어떻게 할까요?"

브럽스가 소금기로 덮인 해지고 낡은 옷을 들어 보였다.

"태워 주세요."

스텍스는 옷을 보며 역겨워했다.

"그럼 화로에 넣도록 하죠. 그리고 새 옷을 입고 새 집에서 새 출발을 하면 되겠네요."

브럽스가 다정하게 대하려고 그런 말을 했다는 것은 알았지만, 예전 집을 잊어버리라는 제안에 스텍스는 기분이 언짢아졌다. 눈치 빠른 브럽스는 이를 깨닫고 스텍스의 등을 가볍게 두드리고 다른 손으로 가게에서 파는 여러 상품을 가리켰다.

"더 뭐 필요한 게 있나요?"

스텍스는 타우니 부인이 직원 후보들을 어떻게 평가하는지 알려 준 채굴 회사 경비의 조언을 떠올렸다.

"곡괭이요."

스텍스가 답했다.

"있고말고요! 가져와 보여 드릴게요."

브럽스는 자기 가게에서 판매 중인 다양한 곡괭이의 장점을 외치며 뒷방으로 사라졌다. 스텍스는 수표를 힐끗 보며 괜찮은 장비를 살 여유가 있는지, 남은 돈을 이렇게 쓰는 게 맞는 것인지 고민했다. 새 곡괭이를 손에 들고 타우니 부인을 찾아갔는데 부인이 아버지의 옛 친구라는 게 드러나 기꺼이 집으로 돌아가는 것을 도와주지만, 곡괭이를 샀기 때문에 불행의 바다를 건널 돈이 충분하지 않게 되는 상상을 했다.

"광산에서 일하게 되는 아주 바보 같은 시나리오지."

스텍스는 입 밖으로 말했다. 혼잣말하는 버릇은 여전했다.

"뭐라고요, 스텍스?"

브럽스가 뒷방에서 얼굴을 내밀었다.

"혼잣말한 거야."

신시가 툴툴댔다.

"여기요, 스텍스. 재고로 있는 게 이런 거예요."

브럽스는 나무, 돌, 쇠 곡괭이를 무겁게 들고 왔다.

스텍스는 쇠 곡괭이를 골랐다. 아주 잘 만들어진 도구였다. 배를 타고 갈 비용을 마련하기 위해 한두 주 일해야 한다고 해도 크게 달라질 것은 없었다. 외딴 해변 부서진 탑 옆에 남았더라면 그런 기회를 얻기 위해 뭐든 하지 않았을까?

하지만 챙겨야 할 게 한 가지 더 있었다.

"곡괭이 날을 약간 더 긴 막대기에 연결해 주시겠어요? 손잡이 길이가 정확히 한 블록이었으면 좋겠어요. 이건 좀 짧네요."

스텍스가 말했다.

브럽스는 신시 쪽을 쳐다봤고, 신시는 어깨를 으쓱했다.

"그렇게 해 드리죠. 그런데 이유를 여쭤봐도 될까요?"

브럽스가 물었다.

"아버지가 늘 그렇게 쓰셔서 저도 그런 곡괭이만 써 왔거든요."

스텍스는 원하는 대로 길이를 늘인 곡괭이를 샀다. 잔액이 거의 남지 않은 상태로 그는 브럽스와 신시에게 인사를 하고 나왔다. 한쪽 어깨에 새로 산 곡괭이를 걸치고 언덕을 올라 텀블스 채굴사를 찾아갔다.

채굴 사무실 문은 열려 있었다. 어제 만난 회색 수염 경비는 스텍스를 전혀 알아보지 못했다. 스텍스는 좋은 징조라고 생각했다. 경비에게 공손하게 인사한 후 사무실로 들어가니 머리카락은 희고 얼굴형이 길고 날카로운 여자가 책상에 앉아 있었다. 책상 위 명패에는 '관리자 귀네비어 타우니'라고 적혀 있었다.

타우니 부인은 스텍스가 기억하는 날씬하고 강단 있고 강인했던 할머니와 살짝 닮아서 마음 한구석에 희망이 피어올랐다.

타우니 부인의 짙은 색 눈이 스텍스의 옷차림과 곡괭이를 휙 하고 훑더니 그의 얼굴을 쳐다봤다.

"한 번도 쓰지 않은 곡괭이로군요. 긁힌 자국도, 닳은 부분도 전혀 없네요."

타우니 부인의 이 말은 마치 비난하는 것처럼 들렸다.

스텍스는 곡괭이 없이 나타나면 타우니 부인이 자기를 탐탁하게 여기지 않을 거라는 데에만 신경 쓴 나머지 곡괭이를 들고 나타나도 자기를 탐탁하게 여기지 않을 수 있다는 점에 대해서는 전혀 생각해 보지 않았다. 당황한 스텍스는 무어라 말을 해야 할지 모르고 입을 벌린 채 서 있었다.

"쓰던 곡괭이를 잃어버렸거든요."

마침내 스텍스가 말했다.

"부주의하군요. 그런 사람은 필요 없어요."

타우니 부인은 딱딱하게 말했다. 할머니와는 전혀 달랐다.

스텍스는 자신에게 무슨 일이 있었는지 설명할까도 생각했지만 그러지 않기로 했다. 타우니 부인은 집이 부서지고 황폐한 해변에 고립된 것도 부주의해서 그런 거라고 말할지도 몰랐다.

이쯤에서 스텍스는 아는 사람이 많지 않았다는 점을 독자들에게 다시 알린다. 그는 살면서 대부분의 시간을 고양이들과 나무와 꽃과 보냈는데, 이들은 사랑스럽기는 해도 알맞은 대화 상대는 아니다. 따라서 타우니 부인이 어떤 종류의 사람인지 스텍스는 확신하지 못했다. 다만 이 면접은, 이게 면접인지는 모르겠지만, 잘되어 가고 있지 않다는 것만은 확신할 수 있었다.

"잃어버린 곡괭이를 쓴 적은 있나요?"

타우니 부인이 물었다.

스텍스는 호감을 줄 수 있도록 노력하기로 마음먹었다.

"네. 사실 전 평생을 광부로 살았습니다. 제 이름은 스텍스, 스텍스 스톤커터예요. '석공이라는 뜻이 담긴 스톤커터라는 성답게 광물을 다루는 데에는 우리가 전문가죠.' 아버지가 하시던 말씀이에요."

스텍스는 스톤커터라는 이름을 듣고 타우니 부인이 깜짝 놀라며 고개를 들어 올리길 바랐지만, 부인은 "아"와 "흠" 사이에서 나는 소리를 낼 뿐이었다.

"혹시 저희 아버지를 만나신 적이 있을까요? 아버지는 가족 채굴 회사를 운영하면서 많은 곳을 들르셨거든요. 텀블스 항구에도 오신 적이 있지 않을까 싶은데요."

"스톤커터라는 성은 처음 들어 보네요."

타우니 부인의 답에 스텍스는 고개를 떨구었다. 부인은 쌓여 있는 대장 중 한 부를 꺼내 열었다.

"자격 요건을 살펴보죠. 높은 곳을 무서워하나요?"

"아뇨."

스텍스는 스톤커터 광산 계단 가장자리에서 뒷걸음질하던 푸지가 떠올랐다. 이제 그 광산은 푸지 때문에 홍수가 났고 망가졌지만 말이다.

"폐소 공포를 느낀 적은요? 좁은 공간을 무서워하는지 묻는 거예요."

"폐소 공포증이 뭔지 압니다."

"그렇군요. 그런 경험이 있나요?"

"없습니다."

"어둠을 무서워하나요?"

"아니요."

"용암으로 떨어져 타 죽게 될까 봐 겁이 나나요?"

"네?"

"용암으로 떨어져······."

"당연히 겁나죠. 상식이 있는 사람이라면 누구든 무섭지 않겠어요?"

"흠."

타우니 부인은 다른 줄에 체크 표시를 했다.

"애초에 용암으로 떨어지지 않으면 되겠죠? 할머니께서 아버지께 용암으로 떨어지지 않는 법을 가르쳐 주셨고 아버지는 다시 제게 가르쳐 주셨어요. 어떻게 하면 용암 웅덩이 밑에서 채굴하는 것을 확실히 피할 수 있는지도 알려 주셨어요. 광산에

157

있을 때 그거야말로 진짜 위험하거든요."

"난 당신 아버지나 할머니를 채용하려는 게 아니에요. 그렇다면 좀비가 몸을 가르거나, 해골이 쏜 화살을 맞거나, 크리퍼에 맞아서 몸이 산산조각 나는 건 어떤가요? 이런 일이 생길까 봐 걱정하나요?"

"매우 그렇죠."

"그런데도 광산에서 일하겠다는 거네요."

타우니 부인은 몸을 뒤로 젖히고 가슴 위로 팔짱을 꼈다.

"말씀하시는 일들이 생기면 나쁘겠지만 그런 건 광산에서 실수를 할 때에만 생기는 일들이에요. 광원을 적절한 간격으로 두면 괴물은 나타나지 않을 거예요. 동굴이나 어느 틈으로 들어가게 되면 그 입구를 막은 다음에 돌아서 나가거나, 충분한 인원과 함께 위험 요소를 제거하며 천천히 들어가면 돼요. 다 저희 가족 광산에서 일을 하면서 배운 것이죠."

타우니 부인은 스텍스를 꽤 오래 쳐다봤다. 그리고 놀랍게도 미소를 지었다.

"약간의 상식을 지닌 사람이 와서 좋네요. 우리를 찾아오는 지원자들 대부분은 곡괭이 어느 끝으로 바위를 내려쳐야 하는지도 모르더라고요. 언제부터 일할 수 있나요?"

스텍스는 일자리를 구하러 온 것은 아니었다. 하지만 푸지에 관한 단서도 없었고 집으로 돌아갈 방법도 모르는 데다 갖고 있는 돈도 빨리 줄어들고 있었기에 "지금부터요."라고 답했다.

"성급한 젊은이라니, 그 점도 좋네요. 멍청한 것도 아닌 듯하고 일에 부적합하지도 않은 듯하니 우리가 어떻게 작업하는지 알려 줄게요. 우린 세 명씩 조를 짜서 일해요. 광부 두 명에 감독 한 명이죠. 모두 역할을 바꿔 가며 작업해요. 광석과 보석을 모아서 땅 위로 가지고 올라오면 돼요. 일하는 날만큼 보수를 받고, 발견하는 게 있으면 그에 따라 추가 보수도 받을 거예요. 섬록암, 화강암은 보수가 낮고 석탄, 철, 레드스톤은 보수가 높아요. 금, 청금석, 다이아몬드가 가장 높지요."

"에메랄드를 발견하면요?"

"아마 텀블스 항구에서 채굴한 첫 에메랄드가 되겠지요. 위쪽 갱도에 있는 광석 반에서 시작하세요. 이번 달은 바너클 씨가 광석 반을 맡고 있는데, 마침 빈자리가 났으니 그 반에 배정해 줄게요. 바너클 씨가 흥미로운 사람이란 걸 알게 될 거예요."

스텍스는 이 말이 무슨 의미인지 알아듣지 못했지만, 타우니 부인은 말을 계속 이었다.

"바너클 씨가 좀 귀찮을 수는 있지만 잘 참으면 두어 주 있다가 보석 반으로 옮겨질 거예요. 반면에 제대로 못하면 해고할 거예요. 그리고 예고 없이 해고될 겁니다. 질문 있나요?"

"제가 잘 만한 데가 있을까요?"

"광부들 기숙사가 있어요. 일하는 날도 아닌데 그곳에서 먹거나 자면 급여에서 비용을 차감할 거예요. 일하는 날이라면 부담할 비용은 없고요. 다른 질문은?"

스텍스는 고개를 저었다.

"없는 것 같아요."

"그렇다면 환영해요. 사무실에 가서 리 양을 찾아요. 침대와 개인 물품을 넣을 수 있는 서랍장을 배정해 주고 횃불과 식량을 줄 거예요. 준비가 완료되면 바너클 반과 채석장으로 내려가면 돼요. 행운을 빌어요, 스톤커터 씨."

스텍스는 타우니 부인과 악수를 한 후 곡괭이를 들고 채석장 입구로 향했다.

"다시 생각해 보니 할머니 역시 꽤 완강한 분이셨어."

스텍스는 할머니를 떠올리며 미소를 지었다.

17장
광산 안으로

#까다로운 바너클 #채굴 방식 설명과 불만 #브랜디와인힐 광산

그렇게 해서 스텍스는 텀블스 채굴사의 광부가 되었다.

바너클 반의 다른 광부들은 그가 아주 오래전 스톤커터 광산에서 일을 배웠을 시절을 생각나게 했다.

크레숍은 조용히 일하는 것을 좋아해서 암석을 캐는 소리 말고 다른 소리가 나면 싫어했다. 호디는 나이 어린 소년이었다. 말하는 것을 좋아했는데, 광부로 부자가 되고 난 후 어떤 굉장한 일을 할 것인지 모두에게 알렸다. 빌럽스는 일을 진행하는 방식에 관해 불평이 많았고 뭘 바꿔야 하는지 의견도 많이 냈다. 스텍스의 아버지가 '갱도 변호사'로 부르는 종류의 사람이었다. 태너는 예리한 눈으로 암석 조직이 바뀌는 걸 알아차렸지만, 안전 규칙에는 부주의했고 도구 가져오는 것을 깜박하곤 했다. 반면 지르오는 모든 게 정확하게 제자리에 있지 않으면 땅 파는 일을 거절했다. 파익스, 기번스, 올리아스, 그리고 스텍스가 미처 이름을 듣지 못한 광부들도 있었다.

이름을 아는 광부들 중 스텍스가 제대로 파악하지 못한 단 한 명은 오스크 피카르라는 젊은 여자였다.

오스크의 피부는 창백했고 붉은색 머리카락은 심한 곱슬머리였다. 오스크는 채굴 일을 특별하게 잘하는 것은 아니었다. 우선 힘이 세지 않아서 다른 광부들이 암석을 캘 때 오스크가 곡괭이 위로 넘어지는 바람에 작업을 멈출 때도 있었다. 또한 자기 말을 듣는 사람이 있을 때마다 자기가 꿈꿔 온 발명품에 관해 설명하면서 그것이 세상을 바꿀 거라고 떠들었다. 그 굉장한 기계에서 중요한 재료는 레드스톤이라고 했다.

스텍스는 스톤커터 광산에서 봐 왔기 때문에 레드스톤이 익숙했다. 레드스톤은 붉은색 빛을 내는 광물로 나침반과 시계를 만드는 데 쓰였다. 하지만 수요가 많지 않아서 보통 레드스톤은 쌓여 있었다. 예쁘기는 하지만 쓸모가 별로 없다고 할머니는 말씀하셨고, 스텍스 역시 그렇게 생각했다.

다른 광부들은 다정하고 밝은 오스크의 성격 때문에 부족함을 참았지만, 바너클은 오스크를 싫어했고 혼낼 기회만 엿보았다.

스텍스는 바너클과의 관계가 좋지 않을 거라고 즉시 예상할 수 있었다. 덩치 큰 바너클은 언짢은 표정으로 스텍스의 손을 아플 만큼 꽉 쥐며 악수한 뒤 이렇게 말했다.

"네가 그 사업하는 부잣집 아이로군."

스텍스는 자기 재산은 입고 있는 옷과 곡괭이, 나무 검, 침대, 화살 두 개(게다가 활은 없었다), 거미줄 한 가닥, 나침반, 그리고 잡화점에서 쓸 수 있는 돈 약간이 전부라고 설명하려고 했다. 이 전부를 더해도 부자라고 할 수는 없을 것 같았다.

하지만 바너클은 사실에는 관심이 없어 보였다. 바너클은 틈만 나면 "게으른 놈은 참을 수 없다.", "채굴은 엄숙한 노동이다."라는 잔소리를 늘어놓았다. 또 스텍스와 들릴 만한 거리에 있는 광부들을 향해 자신이 얼마나 존중받아 마땅한 사람인지에 대해 큰소리로 떠들었다.

우선 스텍스는 "네, 반장님", "아닙니다, 반장님" 정도로만 답을 제한했다. 자기가 채굴에 관해 얼마나 잘 알고 있는지 반장이 알고 나면 그와의 사이가 더 좋아질 거라 기대했다.

스텍스는 열심히 일해서 반장이 자신에 대해 불평하지 못하게 하기로 마음먹었다. 다행히도 난파선에서 판자를 빼고 바다에서 노를 저은 날들이 그의 손을 더 강하게, 그의 팔을 더 튼튼하게 만들었다. 광산에서 하루 종일 하는 작업이 편하다고는 하지 못해도 감당할 수는 있었다.

스텍스는 광산에서 다시 작업을 하면서 즐거워하는 자신을 깨닫고는 놀랐다. 광맥을 찾아 암석을 파는 과정이 곧 몸에 익었다. 횃불을 설치하고, 곡괭이 끝으로 암석을 깨고, 앞에 있는 암석 블록 하나를 부수고, 돌 부스러기를 치우고, 그 블록 뒤에 뭐가 있었는지 확인하는 순이었다.

아버지가 가르쳐 준 주의점도 기억했다. 곡괭이를 휘두르기 전에 뒤에 아무도 없는지 확인하고, 횃불을 붙여 광산 안을 충분히 밝게 만들고, 물이 새거나 너무 많은 열이 나오지는 않는지 천장과 벽과 바닥을 살피고, 좀비가 내는 신음이나 물 흐르는 소리가 나는지 귀 기울이는 것이었다.

이 모든 것이 스텍스의 머릿속에 다시 떠올랐다. 지하에 있을 때 느낄 수 있는 시원한 공기, 드러난 암석의 깔끔한 줄무늬, 그리고 쇠가 돌을 때릴 때 남기는 톡 쏘는 듯한 희미한 탄 냄새 같은 즐거움도 있었다. 텀블스 채굴사에서 일하는 것은 그렇게 나쁘지 않았다. 남은 평생을 일할 생각은 없었지만, 처음에 스텍스가 두려워했던 것처럼 고생스럽지는 않았다.

적어도 바너클이 스텍스와 다른 광부들을 가만히 둘 때는 그랬다. 아쉽게도 그런 적은 드물었다. 바너클은 늘 광부들을 비난할 이유를 찾아냈고, 특히 스텍스에게 큰 소리로 화를 냈다. 대부분은 스텍스가 광부로서든 감독으로서든 느리기 때문에 하는 불평이었다. 바너클이 볼 때 스텍스는 무슨 일을 하는 데 너무 오래 걸렸다. 그리고 그것은 스텍스가 안전을 중요시해서가 아니라 게을러서라고 여겼다.

둘이 처음으로 제대로 부딪친 것은 스텍스가 일을 시작한 지 이 주 정도 되었을 때였다. 그 달의 마지막 날이었기 때문에 다음 날부터 바너클의 반은 보석이 더 많은 더 깊은 곳에서 일을 하게 되어 있었다. 즉 바너클 반의 광부들과 바너클 자신도 더 많은 보수를 받을 기회가 생긴 것이다.

스텍스가 감독할 차례였다. 자신에게 배정된 광부인 호디와 지르오에게 아버지가 가르쳐 준 방법으로 채굴하라고 지시했다. 처음에는 너비가 블록 두 개인 줄기 갱도를 팠다. 즉 두 광부는 나란히 서서 길이가 64블록인 굴을 팠다. 횃불은 굴 왼쪽에만, 블록 여덟 개 간격으로 배치했다.

스텍스가 지하에서 어떻게 정확하게 거리를 측정할 수 있는지 궁금할 것이다. 스텍스가 곡괭이를 살 때 브룹스에게 손잡이를 바꿔 달라고 한 것이 답이다. 손잡이 길이를 정확하게 블록 하나로 바꿨기 때문에 스텍스는 곡괭이를 가지고 암석을 조각낼 뿐 아니라 길이를 측정하는 도구로도 사용할 수 있었다. 스텍스가 이 방법을 처음 보여 줬을 때 그와 함께 일하는 광부들은 감탄했다. 이후로 정확한 거리에 맞춰 굴을 팠기 때문에 스텍스는 그들을 고쳐 줄 일이 거의 없었다.

지르오조차 불평하지 않았다. 다만 호디가 다이아몬드층을 발견해서 얻게 될 돈으로 애인에게 지어 줄 화려한 수중 유리 집을 묘사할 땐 집중이 흐려졌다. 스텍스는 불행의 바다에서 마주친 뾰족뾰족하고 비늘이 난 엘더 가디언을 떠올렸다. 그때 가슴에 입은 심한 화상으로 아마 평생 없어지지 않을 분홍색 흉터가 남았다. 스텍스는 그 기억 때문에 몸을 약간 떨었지만 죽음과 스친 경험을 얘기하고 싶지는 않았다.

줄기 갱도를 파는 작업은 오전 내내 이어졌지만, 그들은 짧은 섬록암 광맥 몇 개와 화강암 광맥 하나만 발견했다. 스텍스의 고집으로 그와 호디, 지르오는 헐거워져 나온 돌을 여러 갱도가 교차하는 곳으로 옮겼다. 나중에 처분할 수 있도록 그곳에 있는 간이 사무실에 돌을 보관했다. 스텍스는 깔끔한 직선으로 깎인 줄기 갱도를 만족스럽게 쳐다봤다.

"좋아요, 여러분. 이제 돈을 좀 벌어 봅시다."

스텍스는 동료 광부들을 줄기 갱도 양쪽에 가지 갱도를 파도록 지시했다. 이 두 가지 갱도는 정확히 길이가 16블록이며 시작 부분에서 거리가 8블록 되는 위치에 횃불을 하나 놓을 것이고, 갱도 끝에 횃불을 하나 더 놓을 거라고 설명했다.

지르오가 오른쪽 갱도를 반쯤 팠을 때 얇은 석탄층을 발견했고, 몇 분 후 호디가 갱도 천장에서 철을 발견했다고 외쳤다. 스텍스는 흥분한 호디를 진정시키고 지르오에게 갔다. 철광석 광맥은 천장 위를 몇 블록 정도만 가로질러 있었으나 석탄 광맥은 다음 가지 갱도 위치까지 길게 뻗어 있었다.

광맥을 다 채굴해 석탄과 철광석을 옆에 두고 난 후 스텍스는 다른 이들에게 광석이 빠진 틈을 자갈로 채우라고 했다. 가지 갱도 벽을 구멍이 숭숭 난 채로 두는 대신 원래대로 메운 것이다. 그런 뒤에 잠시 휴식을 취하며 줄기 갱도에 앉아 스텍스가 잡화점에서 사 온 꿀 바른 빵을 먹었다.

간단하게 점심 식사를 마칠 무렵 바너클이 나타났다.

"게으른 놈들! 회사 돈이나 쓰며 내가 보너스도 못 받게 하는 이 게으름뱅이에 쓸모없는 녀석들!"

바너클은 굴을 따라 성큼성큼 걸어오더니 소리 질렀다.

호디와 지르오는 벌떡 일어나 초조하게 눈을 깜박였지만, 스텍스는 조용히 마지막 빵 조각까지 삼킨 후 일어났다.

"아이고, 뭐 하러 일어나십니까, **스텍스 선생**. 다른 사람들이 뼈 빠지게 일할 동안 계속 그렇게 빈둥거리시지 그래요?"

바너클이 빈정거렸다.

스텍스가 바너클이 그를 모욕하는 별명인 스텍스 선생을 어떻게 알게 되었는지 궁금했다. 카라반에서 치감과 리쿄를 만나기라도 한 것일까?

"바너클 반장님, 반장님이 받으실 보너스에 관해 말씀드리자면 오늘 오전에 좋은 성과가 있었습니다. 지르오 씨가 꽤 긴 석탄 광맥을 찾았고 호디 씨는 철층을 찾았어요."

스텍스가 말했다.

"'반장님이 받으실 보너스에 관해 말씀드리자면'"

바너클은 스텍스 목소리를 흉내 내며 거만하게 말했다.

"아무개 씨가 어쩌구저쩌구. 넌 날 속이지 못해, 스텍스 선생. 넌 그렇게 예의나 차리며 손 하나 까딱하지 않으려고 하지. 이렇게 잔치를 벌이는 대신 계속 일을 했다면 뭐라도 더 발견하지 않았을까? 그런 생각은 안 해 봤어?"

스텍스는 반박하려고 했지만, 바너클은 화가 나 얼굴이 시뻘게진 채 이미 성큼성큼 걸어서 오른쪽 가지 갱도를 따라 멀어지고 있었다.

"석탄을 찾았다는 게 여기야? 벽을 왜 다시 메운 거지? 이런 시간 낭비를 하다니! 도대체 뭐 때문에? 벽이 예뻐 보이라고? 네 아빠 광산에서는 어떻게 작업했는지 모르겠지만, 스텍스 선생, 여기선 예쁜 거 가지고 돈을 주지 않아. 광맥과 보석을 찾아야 돈을 준다고."

지르오가 항의하려고 입을 열었지만 스텍스는 고개를 저었다.

"예쁘라고 메운 게 아니에요. 그렇게 해야……."

스텍스는 바너클을 향해 말했다.

"자기 위치를 알 수 있으니까요."

다른 목소리가 말을 이었다.

타우니 부인은 스텍스가 처음 만난 날보다 더 엄한 표정으로 나타났다. 바너클이 당황해하는 와중에 타우니 부인은 줄기 갱도를 따라 걸어와 양쪽 가지 갱도를 자세히 살폈다.

"첫 가지 갱도를 팠군요, 스텍스. 다음 가지 갱도는 중앙 갱도에서 얼마나 떨어진 곳에 팔 건가요?"

타우니 부인이 물었다.

"여덟 블록이요. 중앙 갱도와 평행으로 팔 겁니다. 그다음에 횃불이 있는 곳에서 안쪽으로 블록 여덟 개 길이로 파고 복도 끝에서 다시 가지 갱도를 더 파고요. 그렇게 바둑판이 되게 하는 거죠."

"최소한으로 횃불을 사용하지만 모든 곳에 적절한 조명을 갖춘 바둑판이군요. 횃불은 왼쪽에 설치하고요, 맞죠?"

스텍스는 고개를 끄덕였다.

"그렇게 하면 절대로 길을 잃는 법이 없죠. 바둑판을 아무리 확장해도 말이에요."

타우니 부인은 몸을 돌려 바너클을 뚫어지게 쳐다봤다.

"어디에 있는지 방향 감각을 잃게 된다면 횃불을 오른쪽에 두고 넓은 굴이 나올 때까지 걸으면 되지요. 가족 광산도 이렇게 운영한 거죠, 스텍스?"

"네. 아버지가 할머니와 함께 그 방식을 만드셨어요."

스텍스가 답했다.

"두 분은 훌륭한 광부셨네요. 바너클 씨, 바로 이게 내가 설명했던 방식이에요. 여러 번 설명했지만 당신은 제대로 이해하지 못했죠. 이곳을 시범 프로젝트로 지정합니다. 스텍스, 당신 방식을 따라서 바둑판 전체를 채굴하도록 해요. 다 끝내면 걸린 시간과 채굴한 광맥 양을 계산해 보죠. 결과가 나오면 아마 다른 광부들도 이 방식을 배울 수 있을 것 같군요."

"네, 알겠습니다."

스텍스가 답했다.

"좋아요. 그럼 계속해요."

타우니 부인은 몸을 우아하게 돌리더니 온 길로 되돌아갔다.

스텍스는 바너클이 수치심을 더 느끼지 않게 하는 것이 현명할 거라 판단했다.

"지르오 씨, 호디 씨, 다시 일을 시작하죠. 어서 갑시다."

스텍스는 손바닥을 짝 하고 마주치며 강조했고 바너클 쪽은 일부러 쳐다보지 않았다.

지르오와 호디는 곡괭이를 들고 스텍스를 따라 줄기 갱도 안으로 더 깊게 들어갔다. 하지만 스텍스는 바너클의 시선을 느낄 수 있었다. 불행의 바다 감시자들이 그랬던 것처럼 그의 몸을 활활 태우는 듯한 기분이 들었고 앞으로 불화가 더 있으리라고 짐작했다.

지르오도 같은 느낌을 받았다.

"예감이 좋지 않아요."

바너클이 뭐라 중얼거리며 세 명에게서 멀어지자 지르오가 스텍스에게 말했다.

"바너클은 매일 우리 뒤를 쫓으며 왜 자기가 받아야 마땅한 보너스를 갖다 주지 않는지 다그칠 거예요. 우리가 그를 속인 다거나 게으름을 피운다고 비난할 거라고요."

"그건 걱정하지 맙시다. 열심히 일하면서 더 풍족한 광맥을 찾길 바라자고요. 그리고 그렇게 될 거예요, 두고 봐요. 벌써 오늘 석탄과 철을 찾았잖아요?"

"바너클에겐 충분하지 않을 거예요. 브랜디와인힐 광산이 파산한 이후로 그자는 만족한 적이 없어요."

"그 이름 꺼내지 마. 불운을 가져온다는 거 알잖아."

지르오가 짜증을 냈다.

"미안."

호디는 더 이상 그 얘기를 꺼내지 않으려고 했지만, 스텍스는 지나치지 않았다.

"브랜디와인힐 광산이 뭔데요?"

호디는 지르오 쪽을 쳐다봤고 지르오는 넌더리 난다는 듯 두 손을 치켜올렸다.

"동쪽 산마루에 있는 광산이에요. 바너클은 그곳에 보석이 엄청나게 많이 묻혀 있다고 타우니 가족에게 장담했는데, 타우니 가족이 믿지 않자 자기 돈을 쏟아부었죠. 결국 바너클이 틀린 것으로 드러났고요. 그때 이후로 잃은 돈을 만회할 대박을

170

찾으려고 필사적이 되었어요."

"그게 불운 탓이라고요?"

스텍스도 미신을 믿는 광부들을 알고 있다. 그들은 채굴을 예측할 수 없는 일이라고 여겼다. 단 한 블록 차이로 다이아몬드 광맥을 지나쳐 천 년간 묻혀 있을 수도 있었다. 그렇게 운이 안 좋은 광부들에 관해서는 들어 본 적이 있었지만, 광산이 운이 안 좋다는 것은 스텍스에게는 새로운 얘기였다.

"난 그 광산에서 일했는데 사실이에요. 매일 같이 일해도 돌 밖에 나오지 않았어요. 돌은 백 상자 넘게 파냈는데 간신히 숯 두 덩어리만 발견했어요. 그런 광산은 정말 처음이었어요. 그래서 그때 일은 안 꺼내요. 게다가 바너클이 브랜디와인힐이라는 말만 들어도 제정신을 잃어서 며칠은 고약하게 굴 거예요."

지르오가 말했다.

"그건 믿겨지네요. 그 광산에 대해 더 알려 주세요. 전부 다 알고 싶어요."

스텍스가 말했다.

18장
이상한 인물들

#챔피언의 정체 #스텍스의 제안 #무언가 모자란 오스크의 발명품

텀블스 채굴사 회사에서 일하는 동안 스텍스는 삼사 일마다 잡화점에 들렀다. 광부 기숙사 외의 장소에 가서 광맥과 보석을 다루지 않는 대화를 들으면 기분 전환이 되었고, 브럽스가 전해 주는 소식과 소문을 즐겼다.

갈 때마다 스텍스는 불행의 바다 너머에 있는 땅에 다녀온 사람이 있는지 물었고, 매번 없다는 답을 받았다. 마침내 스텍스는 그곳을 다녀온 사람을 찾을 수 없을 거라는 사실을 깨달았다. 그렇다고 집으로 돌아갈 길을 알려 줄 박식한 선장이 나타나기만을 기다릴 수도 없었다. 다른 방법을 찾아야 했다.

스텍스가 떠올릴 수 있는 단 하나의 답은 그를 두렵게 만들었다. 바로 푸지 템프로를 찾는 것이었다. 푸지는 불행의 바다 동쪽 끝에서 스톤커터 사유지로 가는 방법을 알고 있었다. 게다가 그가 스텍스에게 한 짓을 고려한다면 당연히 알려 줘야 했다.

스텍스는 푸지의 나침반을 내려다보며 복수하는 장면을 그려 보았지만, 무자비한 강도와 맞설 각오는 하지 못했다. 지난 몇 주간 스텍스는 어렵고 위험한 상황에서도 살아남았고, 채굴하는 기술을 기억해 냈으며, 종일 지하에서 힘든 일을 하며 보내는 일상에도 적응했다. 하지만 이런 성취가 그를 전사로 변화시켜 주지는 않았다. 그는 여전히 나무 검과 화살 두 개 말고는 다른 무기도 없었다. 푸지와 맞서 이기기 위해서는 더 많은 것이 필요했다.

따라서 브럽스가 어느 가죽 상인과 챔피언이라고 부르는 사람에 관해 얘기하는 것을 엿들었을 때, 스텍스는 행운의 여신이 자기를 찾아왔다고 생각했다. 대화를 들어 보니 이 챔피언이라는 신비한 사람이 여자인지 남자인지는 모르겠지만 대단한 사람이라는 느낌이 들었다.

스텍스는 생각해 보니 챔피언이라는 이름을 한두 번 들어 본적이 있다는 것을 깨달았다. 광부들끼리 얘기할 때 언급되거나, 잡화점에서 손님들이 그 이름을 꺼냈거나, 여관에서 마을 주민들이 얘기했던 것 같았다. 가죽 상인이 나가자 스텍스는 옆 걸음질을 하며 계산대로 다가갔다.

"방금 챔피언이란 사람에 대해 얘기하던 것 같던데 그게 누구예요?"

스텍스가 물었다.

"챔피언을 모른단 말이에요?"

브럽스는 놀라는 표정을 지었다.

"다크 율리크에게 정의의 맛을 보여 준 사람인데요? 스플린 터 아래에 있는 크리퍼 둥지를 없앤 사람인데요? 뮬러벤 강도 들을 야생으로 쫓아낸 사람인데요?"

스텍스는 고개를 저어야만 했다.

"여기선 아주 유명한 영웅이에요. 일주일 정도는 마을 밖 동 쪽 산에서 지내고요. 하지만 챔피언이 불행의 바다 너머로 가 봤느냐고 묻는 거라면 거긴 안 갔을 것 같아요."

"아니요, 그런 건 아니에요. 그럼 전투 경험이 많겠네요?"

"그 사람에 관한 이야기가 사실이라면 이 세계의 가장 뛰어난 검객이 되겠죠. 가끔 여기 오기도 했는데 난 그 사람을 몇 년 전 에 보고 못 봤어요. 자기 성을 기지로 삼아 네더나 엔드 같은 이 상한 세계로 탐험하러 간다고 하더라고요. 착한 사람을 위협하 는 괴물이 있는 곳이라면 그가 가 있을 거예요."

스텍스는 희망에 부풀어 올랐다. 자신은 착한 사람에 속한다 고 생각했고, 괴물들과 비참하게 마주한 적도 물론 있었다.

"그럼 사람들이 먼저 도와달라고 하기도 하나요?"

스텍스는 브럽스에게 물었다.

"그렇죠. 하지만 도움을 요청하는 사람들이 감당할 수 있는 선에서 무언가를 받는다고 하더라고요. 자기가 갖기 위해서가 아니라 도움을 필요로 하는 다른 사람들에게 주려고요."

"그럼 돈을 받고 활동하는 사람인가요?"

스텍스가 물었다.

브럽스는 아니라고 말하려고 하다가 멈추고 웃었다.

"그렇게 들리긴 하네요. 좋은 교훈이네요, 스틱스. 영웅이 전설 속 그 모습 그대로일 거라고 믿으면 안 되겠죠. 하지만 챔피언이 무언가를 받기 위해 활동한다고 해서는 안 될 것 같아요. 뮬러벤 강도들을 내쫓아 달라고 부탁한 건 가난한 농부들이었어요. 챔피언은 매주 신선한 빵 덩어리 하나를 주면 하겠다고 동의했고요. 하지만 파날루르 왕국 쌍둥이가 납치됐을 때에는 챔피언이 왕자와 공주 남매를 되찾아 주는 대신 왕과 왕비에게 남매의 다음 생일까지 모든 세금 징수를 중단해 달라고 했다더군요. 꽤 공평한 결과 아니겠어요?"

"그런 것 같네요."

스틱스가 답했다. 그는 브럽스에게 감사 인사를 하고 깊은 생각에 잠긴 채 잡화점에서 나왔다. 챔피언의 성을 찾아가서 자기가 푸지 템프로 때문에 겪은 온갖 일들을 이 위대한 전사에게 말해 주면 무슨 말을 할지 상상했다.

스틱스는 자기 사정은 강도의 공격을 받은 농부들보다는 납치된 왕가의 아이들 경우에 더 가까울 거라고 판단했다. 그러니 매주 받는 빵 덩어리보다 더 많은 것을 요구할 것 같았다. 스틱스는 광부로 일하면서 받은 급여와 보너스를 약간 모았지만 왕족 몸값에 견줄 만한 돈은 전혀 아니었다.

그때 스틱스에게 좋은 생각이 떠올랐다.

"뭘 하고 싶다고요?"

타우니 부인이 물었다.

"브랜디와인힐 광산을 다시 열고 싶다고요. 그곳에 가면 운이 나쁘다거나 그곳에 저주가 내려졌다거나 하는 건 전 안 믿어요. 제 방식을 이용해서, 저희 집안 방식을 이용해서, 부인을 위해 그 광산에서 뭘 캐낼 수 있는지 확인하고 싶어요."

타우니 부인은 흔들림 없는 시선으로 스텍스를 응시했다.

"난 스텍스와 다른 광부들 앞에서 바너클에게 수치심을 주었어요. 그렇게라도 내 말을 듣게 하려고 한 거였죠. 이제 내 뜻을 전했으니 다시 바너클을 곤란하게 할 필요는 없을 것 같은데요. 그게 목적인가요?"

"아니에요."

스텍스가 답했다.

"그러면 도대체 **뭘** 바라는 거죠?"

"죗값을 치르게 하고 싶어서요."

스텍스는 완강하게 말했다.

"어떤 사람이 내 인생을 망쳤어요. 그에 대한 벌을 받게 하려고요."

스텍스는 푸지 템프로가 자기 집을 습격한 일과 해변에 고립된 일, 집으로 돌아가는 방법을 모른다는 것과 챔피언 이야기를 들려주었다. 타우니 부인은 책상에 팔꿈치를 올리고는 양손 손가락을 맞대어 뾰족 탑 모양을 만든 채로 진지하게 들었다.

"챔피언에 대해서는 들어서 알고 있어요. 그렇다면 푸지 템프로를 찾는 데 챔피언을 활용하고 그가 푸지를 무찔러 주길 바라는군요. 그렇게 하려면 돈이 필요할 테고요."

"그렇습니다."

"돈은 지금 벌고 있잖아요. 최근에 한 채굴로 받은 보너스가 꽤 클 거예요. 그리고 다음 달에는 보석 채굴 팀에 들어가니 보너스도 더 올라갈 텐데요."

"맞아요. 하지만 제가 마음이 좀 급해서요."

"그렇군요. 그렇다면 무엇을 제안하고 싶은지 말해 봐요."

스텍스는 자신의 손을 쳐다봤다. 며칠을 곡괭이를 휘두르며 보낸 탓에 손바닥은 거칠어졌고 굳은살이 박였다.

"브랜디와인힐 광산은 개인 시간을 이용해서 채굴할 거예요. 저와 함께하겠다고 지원하는 광부가 있다면 같이 갈 거고요. 부인은 그들 급여만 주시면 됩니다. 저에게는 안 주셔도 되고요. 대신 광부들에게는 일반 보너스를 주시면 되고 전 반장 몫에 해당하는 보너스를 받게 해 주세요. 물론 부인은 소유자에 해당하는 몫을 챙기시면 됩니다."

"그 광산에서 생각하는 것만큼 수익을 얻을 수 있다고 해도 챔피언을 고용하는 데에는 못 미칠 거예요."

"알고 있습니다."

스텍스가 말했다.

"그렇다면?"

"브랜디와인힐 광산 수익이 좋다면 부인은 더 많은 광부를 채용하실 테고 작업도 확장하시겠죠."

"그리고 당신을 반장으로 세우고요. 그게 계획인가요?"

타우니 부인이 물었다.

"그렇습니다."

타우니 부인이 심사숙고하는 동안 스텍스는 부인의 결정을 기다렸다.

"조건이 있어요."

마침내 타우니 부인이 입을 열었다.

"첫째, 매일 밤 최대 네 시간만 일하는 거예요. 피곤한 몸으로 출근해 근무 시간에 실수하는 광부는 필요 없어요. 둘째, 삼 인일 조로 작업하세요. 당신과 다른 광부 두 명이서 말이죠. 셋째, 당신 주장이 맞는다는 걸 이번 달 내에 증명하세요. 더 길게는 시간을 못 줘요."

스텍스는 머릿속으로 날짜를 계산해 보았다. 주어진 시간은 일주일 정도였다. 스텍스는 움찔거렸지만 고개를 끄덕였다.

"넷째, 바너클은 당신이 반장으로서 받게 되는 보너스에서 광부에게 해당하는 몫을 받을 거예요."

스텍스는 이에 반대 의견을 말하려고 했지만, 타우니 부인이 손을 들고 말을 막았다.

"바너클의 성격이 괴팍하다는 건 나도 잘 알아요. 아니, 당신보다 훨씬 더 잘 알죠. 하지만 그 사람은 나와 내 남편이 언덕에 구멍을 긁어내는 수준으로 어리석게 작업했던 초창기 때부터 함께했어요. 우리에겐 충실한 직원으로 지내 왔고, 나 역시 그에게 충실하고 싶어요. 바너클도 자기 몫을 받아야 해요."

"알겠습니다."

선택권이 없는 스텍스는 동의해야 했다.

"어느 광부를 데려가고 싶은가요?"

"크레솝과 태너요."

스텍스가 답했다.

"둘 다 안 돼요. 모든 반장이 원하는 일류 광부들이니까요. 그들은 지금 일하는 곳에 계속 있어야 해요."

"그러면 호디를 데려가겠습니다."

"오스크도 데려간다면 호디를 데려가도 좋아요."

타우니 부인이 말했다.

"그 꼬마 발명가요? 곡괭이도 제대로 휘두르지 못하던데요?"

"오스크가 광부로서의 자격은 부족하지만, 당신 밑에서 일한다면 바너클 밑에서 일할 때보다는 좀 더 열심히 할 것 같다는 기분이 드네요. 오스크는 영리해요. 마지막 조건과도 연결이 되는군요. 마을 외곽에 있는 오스크의 실험실을 방문해요. 오스크가 천재인 건지, 제정신이 아닌 건지, 둘 다인지 판단을 내릴 수가 없어서 다른 사람의 의견이 필요해요."

"그렇다면 밤에 한 번 교대해서 작업할 수 있고, 오스크와 호디를 데려갈 수 있으며, 바너클과도 수익을 나눠야 하고, 이번 달 말까지 보여 드려야 하는데 그 전에 오스크의 정신 나간 기계들까지 둘러봐야 하는군요."

"맞아요."

타우니 부인이 답했다.

"그렇게 하시죠."

스텍스는 손을 내밀어 악수를 청했다.

오늘은 오스크가 쉬는 날이었다. 스텍스는 타우니 부인의 허락을 받고, 오후 오스크의 실험실을 찾아갔다.

스텍스는 타우니 부인이 알려 준 대로 텀블스 항구 변두리에 위치한 작은 집으로 향했다. 집은 주변 이웃집들과 비슷했다. 다만 횃불이나 랜턴이 있는 다른 집들과는 달리 이 집 울타리에는 깎아 만든 이상한 정육면체가 있었다.

"이상하네."

혼잣말을 하는 버릇을 완전히 버리지 못한 스텍스가 말했다.

현관으로 올라가자 다른 집들처럼 참나무나 자작나무로 만든 것이 아니라 철로 만든 대문을 발견했다. 스텍스가 노크를 하자 이 금속 문은 **쾅쾅쾅** 소리를 냈다.

아무 일도 일어나지 않았다. 스텍스가 문을 다시 두드리자 이번에는 안에서 뭐라고 소리치는 소리가 웅얼웅얼 들렸다.

"네?"

스텍스도 소리쳤다.

"버튼이요! 버튼을 눌러요!"

스텍스는 문 옆에 달린 작은 나뭇조각을 발견했다. 그것을 누르자 집 안에서 초인종 소리가 들렸다. 문이 활짝 열리는 바람에 스텍스는 하마터면 머리를 부딪칠 뻔했다. 그는 뒤로 비틀거리며 나뭇조각이 밝은 노란빛을 내는 것을 보았다.

오스크는 빨간 얼룩투성이인 줄무늬 가죽 앞치마를 입은 채 문 쪽으로 나왔다.

"아, 안녕하세요, 스텍스. 표지판 안 읽었어요?"

오스크가 말했다.

"표지판 없는데요?"

"없어요? 아, 그러네요. 없네요. 붙이는 걸 깜박했어요. 귀찮은 일이거든요."

오스크는 잠시 후 '초인종을 누르세요'라고 쓰여 있는 표지판을 가지고 와 현관문 바깥쪽 옆 벽에 비스듬히 세웠다.

"레드스톤 회로예요. 눌러서 문을 열 수도 있고, 내가 실험실에 있을 때 알림이 오면 방문자를 들여보낼지 말지를 결정할 수도 있지요. 현관에 구덩이도 파 놓을까 생각 중이에요. 판매원이 오면 빠지게요. 하하. 농담이에요. 어쨌든 이 장치 괜찮지 않나요? 게다가 불도 들어오니 밤에도 볼 수 있어요."

"조명은 울타리 입구에 있던데요. 이미 현관까지 왔다면 울타리 조명을 켜는 건 늦은 것 같아요."

"어, 그러네요. 그건 미처 생각하지 못했어요."

오스크의 풀이 죽은 모습에 스텍스는 미안해졌다.

"쉽게 고칠 수 있는 부분일 거예요."

스텍스가 짚어 주었다.

"네, 쉽게 할 수 있을 거예요! 해가 지면 자동으로 조명이 켜지게 고칠까 봐요. 아주 좋은 생각이네요. 고마워요, 스텍스!"

"천만에요."

실제로 아무런 생각도 하지 않은 스텍스는 오스크의 말에 오히려 얼떨떨했다.

"어쨌든 반가워요. 내 발명품을 보여 주게 해 달라고 타우니 부인께 말씀드렸는데 와 줬네요. 환영해요! 어서 들어와요!"

"잠깐만요. 날 보내 달라고 부인께 말씀드렸다고요?"

"그럼요. 그 곡괭이 손잡이를 활용한 방법 말이에요. 아주 영리한 방법이니까요. 채굴에는 훨씬 더 많은 혁신이 필요해요. 들어와요. 보여 줄 게 아주 많아요!"

오스크의 집 안은 엉망이었다. 아주 지독한 폭풍이 지나간 것처럼 도구들이 여기저기 흩어져 있었다. 오스크는 한쪽 구석에 있는 다락문으로 스텍스를 데려가 문 옆에 있는 버튼을 눌렀다. 하지만 아무 일도 일어나지 않았다.

"귀찮게 되어 버렸네."

오스크는 결국 직접 다락문을 열고 사다리를 내렸다.

스텍스는 오스크를 따라 넓게 펼쳐진 지하 실험실로 내려갔다. 실험실은 쇠 가로대, 조약돌로 만든 것처럼 보이는 납작한 사각형 블록, 나무줄기가 삐져나와 있는 돌 블록 등 당황스러울 정도로 다양한 물건으로 가득했다. 탁자는 책과 도형이 그려진 종이와 끈적거릴 것 같은 초록색 공과 빛나는 레드스톤 가루 더미로 덮여 있었다.

"광산에서 받은 급여로 이 전부를 만들었어요?"

스텍스는 놀라 물었다.

"네? 아니에요. 새로운 발명에 쓸 아이디어를 얻을 수 있을 것 같아서 타우니 부인 회사에서 일한 것뿐이에요. 그리고 부인이 내게 레드스톤을 좀 싸게 팔거든요."

"그렇군요. 그럼 오스크는 원래 **무슨** 일을 하나요?"

"돈이 되는 일이라면 뭐든 하죠!"

오스크는 씩 웃으며 대답했다.

"다들 그렇지 않나요? 난 마법사예요. 텀블스 항구에서 최고 죠. 적어도 두 번째는 될 거예요. 흠, 그림블도 잘하긴 하니 어 쩌면 내가 세 번째가 되겠네요. 어쨌든 마법 부여하는 일을 하 는데 솔직히 말하면 좀 지루해요. 그래서 건축가와 기술자로도 활동하기도 하죠. 하지만 되고 싶은 건 발명가예요."

"발명가요?"

스텍스가 물었다.

답을 하는 대신 오스크는 붉은 가루를 한 움큼 쥐었다.

"이게 뭔지는 알죠?"

"레드스톤이잖아요. 나침반과 시계를 만드는 데 쓰죠."

스텍스는 이 말을 하며 주머니 안에 있는 나침반을 손으로 확 인했다.

"나침반이랑 시계요?"

오스크는 고개를 절레절레 흔들었다.

"좀 더 **크게** 생각해야죠! 레드스톤은 그것보다 훨씬 더 많은 곳에 쓰인다고요! 전력을 보내고 기계를 만드는 데에 쓸 수도 있어요. 채굴 방식을 완전히 바꿔 줄 도구를 보여 줄게요. 도면 을 어디에 뒀더라?"

오스크는 쌓여 있는 종이를 뒤적이며 용도를 알 수 없는 장치 의 도면을 들었다 놨다 하다가 그중 도면 하나를 스텍스의 코앞 에 들이밀었다. 도면에는 잔뜩 쌓인 블록과 레버가 그려져 있었고, 어떤 사물을 나타내는 도형도 있었다.

"TNT를 떨어뜨리는 장치인가요?"

"맞아요!"

오스크는 흥분해서 말했다.

"그리고 여기 이 장치가 따라와서 물을 휩쓸어 버리죠. 커다란 채석장도 깨끗이 치울 수 있어요. 텀블스 채굴사 광산에서 사용하면 작업 속도를 높일 수 있을 것 같아요."

"도시 하나를 파괴할 만큼 TNT가 있다면 말이죠. 그리고 이 모든 장치를 구입할 에메랄드가 있어야겠죠. 게다가 우리가 광산을 깎는 걸 타우니 부인이 허락해야 할 테고요."

"그냥 이런 아이디어가 있다고요."

오스크는 살짝 방어적으로 대꾸했다.

"괜찮아 보여요."

스텍스는 오스크가 제안한 장치가 무섭다는 생각이 들기는 했지만 이렇게 말했다.

"당신은 광산에 대해 잘 알잖아요. 다른 좀 더 작은 장치는 없나요? 비용도 적절한 걸로요."

"있죠. 잠깐만 기다려 봐요!"

오스크는 책장 옆 빈틈으로 재빨리 가더니 안으로 들어갔다. 윙 하는 소리와 딸까닥 하는 소리가 마구 들리더니 잠시 후 오스크는 한 손에는 쇠 곡괭이를, 다른 손에는 쇠 양동이를 든 채 가죽 갑옷 차림으로 나타났다.

"이건 내가 '아이언 광부맨'라고 이름 지었어요. 30초 안에 자동으로 채굴 준비를 끝내 주죠!"

"그 장치가 있으면 태너가 장비를 깜박하는 일은 막을 수 있겠네요. 하지만 지하에서는 갑옷을 입지 않아요. 너무 무거우니까요. 그리고 난 마주 보는 엄지라는 마법 덕에 스스로 곡괭이를 쥘 수 있답니다."

"굳이 구식으로 작업하고 싶다면야."

오스크는 갑옷을 벗으며 투덜거렸다. 하지만 잠시 후 다시 표정이 밝아졌다.

"그럼 이런 건 어때요? 밤이 오면 그걸 탐지해서 광산 안 레드스톤 램프가 저절로 켜지는 장치 말이에요."

"오스크, 광산은 낮에도 어두워요. 그래서 항상 조명을 켜 둬야 해요."

"아, 맞네요. 이상하게도 매번 잊어버린다니까요. 타우니 부인께 내가 멍청하다고 말씀드릴 건가요?"

오스크는 바닥을 내려다보며 슬프게 물었다.

"이 실험실에 좋은 아이디어가 몇 개 있는데 좀 더 다듬을 필요가 있다고 말씀드릴 거예요. 우리가 일할 때마다 겪는 어려움에 관해 생각해 보라고 제안하고 싶네요. 몇 블록 떨어진 곳에서도 보석을 탐지할 수 있는 장치는 어때요? 아니면 멀리 떨어져 있어도 물이나 용암이 있는 곳을 파악할 수 있는 기계는요? 용암을 무력하게 해 주는 설비도 좋고요."

오스크는 눈썹을 찌푸린 채 가죽 앞치마를 잡아당기며 옷에 묻은 레드스톤 가루를 털어 냈다.

"마지막 아이디어는 괜찮네요. 흠. 물론 물이 있어야 할 테고, 빛 센서도 필요할지 몰라요. 해당 구역을 막아 줄 피스톤도 있어야겠죠. 그러면 되겠네요. 좀 더 생각해 볼게요."

"타우니 부인의 관심을 끌 수 있을 것 같아요. 하지만 작아야 해요. 너무 비싸도 안 되고요."

스텍스가 말했다.

"그건 좀 짜증 나네요. 하지만 그런 제한된 상황에서 천재가 탄생하는 법이죠. 돈이 있으면 낫겠지만요. 날 못 믿는 거 알지만, 레드스톤은 정말 미래의 자원이에요. 레드스톤만 있으면 뭐든 할 수 있어요. 광업, 농업, 운송업 전부 바꿀 수 있어요."

"난 당신을 믿어요, 오스크. 그리고 제안할 것도 있어요. 새로운 아이디어가 떠오를지도 몰라요."

스텍스는 브랜디와인힐 광산 작업 계획과 타우니 부인이 내세운 조건을 말했다.

"발견하는 레드스톤은 다 내가 가질 수 있다면 합류할게요."

오스크는 미소를 지었다.

"다 가져도 돼요."

스텍스는 브랜디와인힐 광산에 정말로 레드스톤이 많기를 바랐다. 물론 레드스톤 말고 다른 광맥도 많기를 바랐다.

19장
불운의 광산

#작업반에 합류한 호디 #브랜디와인힐 아래에서 #보물 감시자들

다행히도 호디는 스텍스의 제안을 즉시 받아들였다. 스텍스는 그렇게 작업반을 꾸렸다.

스텍스가 타우니 부인과 맺은 계약 소식은 곧 바너클 귀에 들어갔다. 일과가 끝난 후 바너클은 스텍스, 오스크, 호디가 장비를 챙기고 있던 방으로 으스대며 들어갔다.

"이런."

호디가 말했다.

바너클의 얼굴은 새빨갰고 검은 두 눈은 무언가를 찾는 듯 반짝였다. 그의 입은 씰룩거렸다.

그리고 바너클은 소리 내어 웃었다.

"그러니까 저 저주받은 굴에서 수익을 얻을 수 있다고 믿는단 말이지?"

그는 숨을 헐떡이며 말했다.

"남들보다 훨씬 똑똑하다고 생각하나 봐? 그래, 어디 시간 낭비해 봐. 네 말을 믿을 만큼 멍청한 놈들이랑 말이야. 그 굴은 다 네가 가져, 스텍스 선생. 그곳에 묻히게 될 테니까 말이야."

바너클은 깔깔대며 나갔다.

"잘됐네요. 일주일 뒤 우리 모두 부자가 되면 바너클이 어떤 표정을 지을지 궁금해지네요."

스텍스는 미소를 지었다.

한 시간 후, 셋은 브랜디와인힐 광산 입구를 열고 암석을 뚫어 만든 갱도를 살폈다.

스텍스는 쯧쯧 혀를 찼다. 사방으로 아무렇게나 파낸 바너클의 흔적이 보였다. 스텍스는 본능에만 의존해서 새로운 곳을 파게 했을 덩치 큰 반장의 모습을 떠올렸다. 바너클은 조바심을 내며 광부들을 감시했을 것이고, 커다란 부를 찾아내지 못하자 그들을 탓했을 것이다.

광산 전체를 둘러본 후 스텍스는 가장 낮은 층 중간에 오스크와 호디와 함께 앉았다.

"이 광산의 가장 큰 문제는 필요한 만큼 깊게 파지 않았다는 거예요. 금은커녕 철이나 숯을 발견하지 못한 것은 운이 나빠서였지만, 보석을 전혀 찾지 못한 건 그럴 만했어요."

스텍스가 설명했다.

오스크는 씩 웃었다. 오스크는 레드스톤을 믿는 자기를 조롱하는 바너클이 싫었다. 한편 호디는 넋이 나간 얼굴로 스텍스의 말을 한 마디도 놓치지 않고 들었다. 스텍스는 자신을 향한 젊은 광부의 믿음이 정당한 대접을 받게 되기를 바랐다.

"아버지는 가장 값진 매장물을 찾는 방법을 고안했어요. 가장 높은 수익을 안겨 주는 깊이를 찾기 위해 해수면에 맞춰 작업하셨죠. 하지만 여기는 해수면이 어딘지 모르겠네요. 아버지가 위치 측정을 어떻게 하셨는지도 모르고요."

"해수면 측정을 할 수 있는 장치를 만들어 달라는 말인가요? 꽤 어려운 과제군요."

오스크가 말했다.

"할 수 있다면 큰 도움이 될 것 같아요. 그러나 장치를 마련하는 동안 알맞은 깊이를 찾는 다른 방법도 있어요. 해수면에서 아래로 내려가는 대신 기반암에서 위로 올라가는 거죠."

"기반암이요? 전 기반암은 본 적이 없는데요, 스톤커터 씨. 그건 오버월드 중심 층에 있는 암석 아닌가요?"

호디가 물었다.

"그럴지도 모르죠. 사실 난 과학을 좀 어려워해서요. 하지만 기반암을 찾아 오버월드 중심부까지 파지 않아도 돼요. 어쨌든 용암층 아래에 있을 테니까요. 용암층이 뭔지 알죠?"

오스크는 고개를 저었지만 호디는 끄덕였다.

"용암 호수가 많이 발견되는 층을 가리키는 거죠."

호디가 답했다.

"맞아요. 그리고 보석을 발견하기 좋은 깊이는 용암층 바로 위예요. 따라서 우리가 할 작업 중 가장 위험한 부분은 정확한 위치를 확보하기 위해 기반암까지 땅을 파내려 갔다가 더 안전한 층으로 올라가는 거예요. 그러니 기반암에서 곡괭이질을 하기 전에 뜨거운지 확인해야 해요. 천장이나 벽에 수증기나 작은 방울이 보인다면 즉시 알려 주세요. 물이 튀는 소리나 보글거리는 소리가 들려도 알려 주세요. 그리고 항상 근처에 물을 채운 양동이를 두어야 해요. 잊지 말아요. 내 짐작이 맞는다면 우리 발밑 어딘가에서 보석을 찾게 될 거예요. 호디, 당신이 애인에게 꿈의 수중 집을 지어 줄 만큼 돈을 벌게 될 거예요. 하지만 죽으면 아무것도 짓지 못해요. 명심해요."

오스크는 엄지를 치켜들었고 호디는 웃으며 박수를 쳤다.

셋은 아래로 향하는 계단을 팠다. 계단은 좁아서 내려가려면 계속 왼쪽으로 회전해야 했고 살짝 어지럽기까지 했다. 다행히 용암을 발견하지는 않았다. 하지만 값어치가 있는 광맥이나 보석도 발견하지 못했다. 작은 숯 광맥조차 없었다. 첫 번째 밤이 끝나 갈 무렵, 스텍스는 브랜디와인힐 광산이 저주받은 광산이라는 소문이 사실일까 봐 초조했다. 하지만 동료들 앞에서는 태연하게 미소를 짓고 잠을 자라고 했다.

다음 날 스텍스는 피곤했지만 일을 계속하기로 했다. 저녁 식사 후 다시 오스크와 호디를 만나 두 번째 밤 작업을 했다. 그들은 약 두 시간을 땅을 파는 데 썼다. 그러던 와중에 호디의 곡괭이가 둔탁한 소리 대신 날카롭고 높은 음을 냈다.

"잠깐 멈춰요. 주변을 치우고 뭐가 있는지 봅시다. 흑요석도 그런 소리를 낼 때가 있거든요."

스텍스가 말했다.

호디는 처음으로 기반암을 볼 수도 있다는 생각에 신이 났다. 스텍스와 오스크는 뒤로 물러났고 호디가 헐거워진 암석을 치웠다. 모습을 드러낸 것은 분명 기반암이었다. 흐릿한 회색에 주름이 나 있었고 꿰뚫을 수 없는 암석이었다. 셋이서 늙을 때까지, 쇠 도구 수백 개가 닳아 무뎌질 때까지 기반암 한 덩어리를 쳐도 흠집 하나 남기지 못할 거였다.

"이제 다시 올라갈까요?"

호디는 땀을 흘리고 숨을 세차게 몰아쉬면서도 자기가 목표를 처음으로 달성했다는 생각에 크게 미소를 지었다.

"아직은 안 돼요. 기반암층은 고르게 퍼져 있지 않아요. 표면이 울퉁불퉁하다고 봐야죠. 따라서 우리가 가장 아래쪽을 찾았는지 확인해야 해요. 그래야 얼마나 올라가야 하는지 기준을 잡을 수 있어요."

"여기 아래에서 과학적 지식을 그렇게나 많이 염두에 두고 있어야 하는지 전혀 몰랐어요. 그냥 곡괭이로 돌을 치기만 하면 되는 줄 알았죠."

오스크가 말했다.

"그렇긴 해요. 채굴은 곡괭이로 **알맞은** 돌을 찍는 것이라고 할머니께서 말씀하셨죠."

스텍스가 말했다.

셋은 계단에서 나와 사방으로 흩어져 각자 서 있을 만한 공간을 만들었다. 스텍스는 오스크에게 깊이 측정기를 만드는 방법에 대해 떠들지 말고 뜨거운 부분이 있는지 살피고 가까이에 물 양동이를 두는 것을 기억하라고 여러 번 강조해야 했다. 그리고 기반암 아래 무엇이 있는지 궁금하더라도 기반암을 두들기는 것은 소용없다고 호디에게 거듭 말해 주었다.

스텍스가 예측한 것처럼 기반암은 다른 종류의 암석과 섞여 있었고 경계선은 오르락내리락하는 선으로 이루어져 있었다. 네 시간 정도가 지나자 스텍스는 작업을 멈추었다. 셋은 돌을 깎아 낸 공간을 살펴 가장 낮은 부분을 찾았다.

"저기보다 더 낮은 곳은 찾지 못할 것 같네요. 다들 수고했어요. 내일부터는 위로 올라가면서 진짜로 채굴을 시작합시다."

스텍스가 말했다.

적당하게 깊은 곳을 찾아내는 지루한 작업을 마치자, 스텍스는 얼른 다음 날 타우니 부인 광산에서 하는 작업을 끝내고 싶었다. 바너클이 쉬지 않고 그를 괴롭혔기 때문에 더욱 그랬다. 바너클은 스텍스가 퇴근 후 하는 작업에 대해 비웃다가도 약간 불안해하는 목소리로 무언가 찾았는지 알려 달라고 했다. 스텍스는 예의를 갖추며 별다른 답은 하지 않았고 반장에게 자기를 비난할 만한 거리를 주지 않으려고 애를 썼다. 어쨌든 바너클은 소리 지를 거리를 찾았고 결국 퇴근할 때쯤이면 스텍스는 몸도 지치고 기분도 나쁜 상태가 되었다.

하지만 오스크와 호디가 브랜디와인힐 광산 작업을 지속하기를 열망하는 모습을 볼 때면 기운이 났다. 그들은 암석을 파서 마련한 좁고 뱅글뱅글 도는 계단을 따라 기반암층까지 내려 갔다. 스텍스는 그들이 찾은 낮은 곳 중 하나를 골라 무릎을 꿇 은 채 곡괭이를 세워 천장까지 거리를 쟀다.

"세 블록 정도네요. 그 정도일 거라 생각했어요. 그러면 천장 에서 아홉 블록 위로 파야겠네요. 그 위치에서 시작하면 돼요."

스텍스의 주장에 따라 그들은 위로 올라가는 계단을 천천히 만들었다. 머리 바로 위로 파지 않고 늘 한쪽으로 치우친 채로 팠다. 그렇게 몇 분을 일한 뒤 스텍스는 작업을 중단하고 호디 에게 거리를 재 보라고 했다. 기반암에서 12블록 떨어졌다고 했고, 스텍스도 직접 재 보고 수치를 확인했다.

"아주 좋아요. 보석을 발견할 수 있는 이상적인 위치예요. 이 제 한 시간 정도 남았네요. 줄기 갱도를 파기 시작합시다. 너비 2블록에 길이 64블록으로 팔 거예요. 그렇게 파다 보면 뭔가 나 올지도 모르겠네요."

스텍스가 말했다.

그리고 그들은 줄기 갱도 천장을 가로지르는 철 광맥을 금세 발견했다. 셋은 광맥이 끊긴 몇 블록 위까지 철을 채굴했고 빈 공간을 채웠다. 하지만 기분 좋았던 것도 잠시, 이후로는 아무 것도 발견하지 못했다. 오스크와 호디는 작업이 끝나고 장비를 챙기며 내일은 스텍스의 말대로 더 많은 것을 발견하게 될 거라 고 낙관적으로 말했다.

다음 날, 줄기 갱도를 길게 팠지만 작은 숯 덩어리 몇 개 말고 는 아무것도 없었다. 그다음 날도 실망스럽기는 마찬가지였다.

가지 갱도를 여섯 개나 팠지만 띄엄띄엄 매장된 숯과 철을 약간 발견했을 뿐이었다. 바너클이 얻은 것보다는 많았을지 몰라도 그들이 투자한 시간에 비해서는 충분하지 않았다. 타우니 부인을 설득할 수도 없는 그런 양이었다.

지상으로 올라가면서 호디는 자기 할아버지가 들려준 꼬마 마귀에 대해 음울하게 중얼거렸다. 광산에서 시끄럽게 몰려다니는 꼬마 마귀들이 광부들보다 먼저 보석을 채굴하고 그 빈 자리를 돌멩이로 채운다는 거였다. 오스크는 고개를 숙인 채 레드스톤만이라도 찾았으면 좋겠다고 말했다. 스텍스가 내일은 다를 거라고 장담했지만 그의 말은 공허하게 들렸다.

스텍스에게 주어진 시간은 이제 이틀뿐이었다. 스텍스는 바너클의 거친 비난에 시달리며 종일 비틀거렸지만 비난을 받아 마땅하다고 인정했다. 추가 작업과 모자란 잠 때문에 지쳐 있었고, 오스크와 호디 역시 힘들 거라는 것도 알았다.

스텍스의 아버지는 희망과 운이라는 개념은 광업에 해당하지 않는다고 가르쳤다. 자기 손으로 한 측정과 자기가 결정한 작업 과정이 옳다는 믿음만 있다고 했다. 이러한 믿음과 인내와 확신이 있어야 부를 발견할 가능성이 자기에게 유리해질 수 있다고 했다.

그럼에도 스텍스는 약간의 운을 바랄 수밖에 없었다. 얼른 무언가를 발견해 기운을 차리고 남은 두 밤을 작업에 전념하게 되기를 바랐다. 가장 비싼 광물인 다이아몬드가 아니더라도 금이나 청금석이 박힌 작은 층을 찾는다면 계속해서 일하는 데 격려가 될 것 같았다. 레드스톤이라도 나타나면 적어도 오스크의 기분을 좋게 해 줄 거였다.

하지만 숯과 철이 약간 더 발견된 거 말고는 아무런 성과가 없었다. 이 작업을 시작한 뒤 처음으로 호디가 자러 갈 시각이 되었느냐고 물었다. 한 시간은 더 남았는데 말이다. 오스크과 호디는 쑤시고 더럽고 피곤한 몸과 낙담한 기분으로 발을 질질 끌며 움직였고, 스텍스는 그들의 심정을 토닥여 줄 말을 찾지 못했다.

"하룻밤만 더 참읍시다. 상황이 바뀔 여지는 아직 있어요."

스텍스가 말했다.

다음 날 스텍스는 온몸의 감각을 잃은 듯했다. 바너클이 내뱉는 조롱은 거의 들리지 않았다. 바너클은 스텍스와 정신 나간 바보 두 명만 빼고는 전부 믿고 있는 것처럼 스텍스의 계획이 실패로 끝났다고 했다. 타우니 부인이 선언하기만 하면 스텍스를 빌린 당나귀처럼 부리겠다고 장담했다.

스텍스는 마지막 날 밤 오스크와 호디가 나오지 않을지도 모른다고 생각했다. 하지만 그들은 광산 입구에서 기다리고 있었다. 브랜디와인힐 광산 안으로 내려가는 동안 모두 아무 말도 하지 않았다.

그들이 발굴해야 하는 가지 갱도는 줄기 갱도 왼쪽에 두 군데, 오른쪽에 한 군데, 총 세 군데였다. 스텍스는 피곤한 상태에서 남은 시간 내에 할 일을 다 끝낼 수 있을지 확신하지 못했다. 하지만 시작하는 것 말고 그들이 할 수 있는 것은 없었다.

첫 번째 갱도에서 레드스톤층이 나왔다. 오스크가 기뻐하자 스텍스는 미소를 지었다. 적어도 이 꼬마 발명가는 잘못된 모험을 통해 무언가를 얻었다. 두 번째 갱도를 반쯤 팠을 무렵, 스텍스는 평소보다 땀이 더 흐르는 것을 느꼈다. 그리고 호디에게 곡괭이질을 멈추라고 외쳤다.

호디는 깜짝 놀라 곡괭이를 반쯤 휘두르다 가까스로 멈추고 뒤를 돌아보았다.

"암석이 뜨거운지 확인해 봐요."

스텍스가 말했다.

호디는 벽을 쓰다듬었다.

"맞네요. 여긴 뜨거워요."

오스크가 한 손을 들어 올리며 말했다.

"쉿. 무슨 소리가 들려요."

스텍스도 들었다. 암석 벽 뒤에서 부글거리고 꾸르륵거리는 소리가 났다.

"용암이에요."

스텍스가 말했다.

"그럼 멈춰야 하나요?"

호디가 물었다.

"한번 확인해 보고요. 하지만 조심해야 해요. 천장을 파서 바닥 높이를 올립시다. 그래야 우리가 용암보다 위에 있게 되니까요. 그리고 그 높이에서 파 보죠."

스텍스가 답했다.

오스크와 호디는 스텍스가 시키는 대로 했다. 그들은 모두 뜨거운 굴 안에서 땀을 뻘뻘 흘렸다.

"좋아요, 호디. 오스크는 혹시 흘러나올 용암에 대비해 물 양동이를 준비하고요."

호디는 끙끙대며 암벽을 향해 곡괭이를 휘둘렀다. 호디가 세 번째로 쳤을 때 암벽이 안에서 폭발했다. 번쩍이는 빛이 갱도에 가득 찼고 셋은 갑작스러운 빛에 눈을 깜박였다. 스텍스는 호디의 어깨 너머로 암벽 반대쪽에서 부글거리는 용암 호수를 힐끗 보았다. 그곳에는 용암과 다른 무언가가 있었다.

화살 하나가 스텍스의 귀 위로 핑 하며 날아와 머리카락을 가르며 갱도 벽에 부딪쳐 튕겨 나왔다.

"해골이다! 어서 벽을 막아야 해요! 막아요! 저들이 넘어오기 전에!"

호디가 외쳤다.

"안 돼요!"

스텍스는 재빨리 오스크와 호디를 지나 벽 틈을 넘어 용암 호수 가장자리에 숨을 헐떡이며 섰다. 두 해골이 화살을 시위에 메운 채 그의 앞에 서 있었다. 해골들의 머리는 척추 위에서 미친 듯이 회전했다.

스텍스가 가까이에 있는 해골에게 곡괭이를 휘두르자 해골은 뒤로 쓰러져 용암에 빠졌다. 불이 붙은 해골은 용암 속으로 사라졌다. 용암 한 방울이 튀어 올라 스텍스의 팔에 떨어지는 바람에 스텍스는 비명을 질렀다.

두 번째 해골이 화살을 쐈다. 스텍스는 해골을 향해 곡괭이를 크게 휘둘렀지만, 해골을 놓쳤고 이어서 뒤로 다시 휘둘렀다. 해골은 아무런 소리도 나오지 않는 뼈만 있는 입을 벌렸다. 스텍스는 곡괭이를 계속해서 휘둘렀다.

누군가 그의 이름을 외치는 소리에 정신을 차렸다. 스텍스는 오스크라는 것을 깨달았다.

"스텍스! 그만해요! 해골은 다 사라졌어요! 이제 괜찮아요!"

스텍스는 곡괭이를 떨어뜨리고 두 손을 무릎에 올린 채 숨을 헐떡거렸다.

"나머지…… 나머지 부분도 살펴봐요. 다른 해골이 있을지도 모르니까요."

스텍스가 가까스로 말했다.

"이미 봤어요. 우리밖에 없어요. 어서 여기로 와 보세요!"

스텍스는 오스크가 가리키는, 바닥과 벽에 반짝이는 것을 확인했다. 금은 노랗게 빛을 냈고, 레드스톤은 붉게 번득거렸으며 청금석은 푸르게 반짝였다. 그리고 천장 근처에는 좀 더 차가운, 거의 얼음장 같이 차가운 빛이 있었다.

"저게 내가 짐작하는 그거 맞나요?"

호디는 경이로워하는 목소리로 말했다.

"네, 맞아요. 다이아몬드예요."

스텍스가 큰 소리로 웃었다.

20장

사고

#바너클의 집착 #잘못된 곳을 채굴하면 #어둠 속 빛

브랜디와인힐 광산 아래에 있는 용암굴은 보석용 원석의 결집지라고 할 수 있었다. 이후 며칠간 광산에서 나온 자원은 노인들마저 기뻐서 휘파람을 불게 했다. 스텍스는 영웅이 되었다. 다들 굴에서 일어난 싸움 이야기를 들려 달라고 수없이 요청했고, 스텍스는 광부들과 주민들 사이에서 돌고 있는 과장된 버전은 사실이 아니라고 몇 번이나 해명해야 했다.

아마도 몇 년 내에 이 이야기는 전설이 되어, 스텍스 스톤커터가 열이 넘는, 불붙은 화살을 쏘아 대던 다이아몬드 갑옷 차림의 해골들과 어떻게 싸웠는지 자기가 직접 봤다며 수군거리는 광부들의 입을 통해 전해질 것 같았다.

타우니 부인은 물론 만족해했고, 모인 광부들 앞에서 할머니가 손주에게 해 주듯 스텍스의 볼에 키스까지 했다. 부인은 텀블스 채굴사에서 앞으로 있을 채굴에 참여할 직원들을 고용하겠다고 발표했다.

바너클마저 스텍스를 칭찬했다. 자기 몫에 해당하는 할당량을 생각한다면 칭찬해야 마땅했다.

스텍스는 에메랄드 한 자루를 얻었다. 챔피언을 고용하기에는 부족했지만, 그래도 시작은 한 셈이었다. 그리고 반장이 되고 나면 광산이 성과를 낼 때마다 꾸준히 수익이 생길 것이었다.

스텍스는 밤에 광부 기숙사에 앉아 나침반을 내려다보며 푸지 템프로와 그로 인해 받은 온갖 고통에 관해 곰곰이 생각했다. 에메랄드 자루를 잡화점에 가져가 갑옷을 차려입고 날카로운 검을 사는 상상도 했다. 그런 뒤 텀블스 항구를 떠나 복수할 기회를 얻을 때까지, 혹은 그러다가 죽을 때까지 푸지를 찾는 생각을 했다.

하지만 푸지를 찾게 되리라는 보장은 없었다. 그리고 보석 한 보따리를 찾았다고 해서 스텍스가 전사가 되는 것은 아니었다. 인내심을 갖고 기다리는 것이 현명한 선택이라고 스텍스는 스스로에게 말했다. 그에게는 푸지를 망하게 하고 집으로 돌아갈 수 있게 해 줄 부를 가져다주는 일자리가 있으니까 말이다.

그러나 그렇게 생각하는 것보다 실제로 믿는 것은 훨씬 어려웠다. 따라서 스텍스는 자신을 조롱하는 것만 같은 나침반을 매일 밤 손에 쥐고 있었다.

그리고 다른 문제도 있었다. 타우니 부인이 브랜디와인힐 광산에서 하는 새로운 작업을 맡을 인력을 충분히 배치하기 전까지는 바너클 밑에서 계속 일해야 했다.

처음에는 그렇게 나쁘지 않을 거라 생각했다. 바너클은 스텍스를 '스텍스 선생'이라고 부르는 것을 멈췄고, 예전보다는 더 존중해 주었다. 하지만 스텍스가 브랜디와인힐 광산에서 성공하자 바너클의 돈 욕심은 더욱 늘어났고, 그곳에서 스텍스가 보여 준 것을 자기도 보여 주고 싶어 했다.

달이 바뀌자 바너클의 작업반은 보석을 찾아 깊은 갱도에서 채굴을 시작했다. 바너클은 광부들에게 무작위로 굴을 파라고 지시할 것이 뻔했다. 스텍스는 바너클에게 자기 아버지가 가르쳐 준, 광물을 찾을 기회를 최고치로 높여 주는 방법을 다시 알려 주었다.

스텍스는 왜 곡괭이 손잡이 길이를 한 블록에 맞춰 거리를 재는 데 활용하고 용암층 바로 위에서 채굴해야 하는지 설명했고, 바너클은 눈을 가늘게 뜬 채 들었다.

그리고 바너클은 스텍스의 말을 무시했다.

"거짓말은 이제 그만해, 스텍스. 그 용암굴에서 일어났다는 영웅 이야기는 그만 지껄이란 말이야. 넌 기반암에서 광맥을 발견한 거잖아. 그러니 기반암에서 채굴을 하면 되는 거야."

"용암굴에서 있었던 일은 진짜예요, 바너클 씨. 한 일주일 정도 있다가 직접 보여 드릴게요. 기반암에서 바로 채굴했다면 해골은 문제도 아니었을 거예요. 우린 죽었을지도 모른다고요! 그러니 그렇게 작업해서는 안 돼요!"

바너클은 손을 뻗어 스텍스 목덜미를 움켜쥐고 자기 쪽으로 끌어당겼다. 그의 목소리는 낮고 무시무시했다.

"나한테 어떻게 채굴해야 하는지 가르칠 생각 마. 난 네놈이 태어나기도 전에 땅 아래에서 밥벌이를 하며 지냈어. 너나 벽이 뜨거운지 살펴. 너나 이상한 층이 있는지, 밝은 부분이 있는지 살피라고. 그리고 반장이 지시하면 그 말을 따르도록 해."

다음 날 바너클은 기반암까지 내려가는 계단 굴착 작업을 감독했다. 그리고 기반암에 도달하자 너비 두 블록짜리 줄기 갱도를 파라고 지시했다.

타우니 부인은 오스크에게 하루 작업을 쉬고 깊이 측량기를 발명할 아이디어를 짜 보라고 허락했다. 따라서 꼬마 발명가의 자리에 태너가 들어왔다. 스텍스는 불안해졌다. 태너는 오스크보다 더 부주의해서 물 양동이, 횃불, 그리고 때로는 자기 곡괭이까지 잊곤 했다.

적어도 그에게는 호디가 있었다. 호디는 잠깐 쉬는 시간에 바너클의 눈을 피해 스텍스 옆으로 왔다.

"왜 여기 아래를 파는 거죠? 원래 먼저 위로 파야 한다고 하셨잖아요?"

호디가 물었다.

"반장님의 지시가 그러니까."

스텍스는 어쩔 수 없다는 듯 말했다. 그는 호디가 과격한 바너클과 대면할 만한 일이 생기지 않기를 바랐다.

하지만 태너는 자제력이 부족했다.

"반장이 멍청하니까 이 아래에서 채굴하는 거죠."

"용암이 가까이 있는지 확인하는 것만 잘 기억해 둬요. 그래 서 말인데, 태너, 물 양동이 어디다 뒀어요?"

스텍스가 물었다.

"아차! 교차 지점에 뒀어요. 가져올게요."

"물 양동이는 항상 곁에 둬야 해요. **꼭이요.**"

스텍스가 당부했다.

채굴 작업은 천천히 진행됐다. 광부들은 채굴하다가 반복해 서 기반암을 맞닥뜨렸고 기반암을 둘러 가는 길을 찾아야 했다. 스텍스는 그들이 값어치 있는 광물은 찾지 않게 되기를 바랐다. 보상이 없어야 자신의 말이 맞는다는 것을 바너클에게 증명할 수 있기 때문이었다. 하지만 작업 교대를 한 지 한 시간도 채 지 나지 않아 지르오의 작업반이 금맥을 발견했고, 이후 한 시간이 지나자 파익스의 작업반이 작은 청금석 광맥을 찾았다.

점심시간에 바너클은 기분 좋게 광부들의 등을 툭툭 치면서 곧 보석이 쏟아질 거라는 생각에 소리 내어 웃었다.

"그러면서 너흰 브랜디와인힐 광산만 수익이 날 거라고 믿었 지. 기다려 보라고!"

바너클은 점심시간을 20분 일찍 끝내고 다시 일하라고 지시 했다. 빌럽스는 근무 규칙을 어기지 말라고 항의했지만 다른 광부들은 빌럽스의 말을 무시했다. 광부들의 이런 행동은 놀랄 일도 아니었다. 규칙에 집착하는 빌럽스는 하루도 빠지지 않고 규칙을 위반한 경우에 관해 조목조목 따졌기 때문이다. 물론 바너클의 성질이 두렵기도 했다. 하지만 그보다는 모두 더 많은 부를 발견해서 그에 따르는 보너스를 들고 집으로 돌아가고 싶어 했다.

이런 마음은 위험했다. 광산에서는 서두르다가 목숨이 위험해질 수도 있었다.

바너클이 추가 장비를 요청하러 지상으로 올라가자 스텍스는 재빨리 모든 작업반을 돌며 열이 발생하는 곳이 있는지, 용암이 튀어서 굳은 곳이 있는지 확인하라고 재촉했다. 바너클이 알면 달가워하지 않겠지만 사고가 생기는 것보다는 나았다.

바너클은 30분 후에 돌아와 작업 속도를 올리라며 광부들에게 외쳤다. 그는 기반암 덩어리를 둘러가며 곡괭이를 위아래로 휘두르는 스텍스, 태너, 호디를 발견했다.

"왜 너흰 다른 작업반보다 반이나 뒤처진 거지? 이 게으름뱅이 삼총사야. 남이 작업 시작한 광산에서 재미를 좀 보더니만 너흰 편안하게 앉아서 곡괭이를 휘둘러도 된다고 생각하나 봐? 내가 감독하는 동안에는 그런 일 따위 있을 수 없어. 서둘러!"

바너클은 다른 광부에게 고함을 지르러 돌진했다. 스텍스는 고개를 저었다.

"우릴 게으름뱅이라고 하다니 참 뻔뻔하네."

태너가 중얼거렸다.

"우리가 얼마나 빠른지 보여 주겠어. 어이, 호디. 이 가지 갱도 작업 30분 만에 가능하겠지?"

"태너, 서둘러서는 안 돼요. 맡은 곳을 채굴하고, 채굴하다가 발견하는 게 있으면 그에 만족하면 되는 거예요. 이것도 아버지께서 가르쳐 주셨어요."

스텍스가 말했다.

하지만 태너와 호디는 곡괭이를 세차게 휘둘러 돌멩이가 튈 정도로 굴을 팠다. 떨어져 나온 돌멩이를 치우는 건 스텍스가 담당할 차례였다. 스텍스는 쉬지 않고 굴을 오르락내리락하며 돌멩이를 지상으로 가져가 치웠고, 다시 그가 옮겨 주기를 기다리는 돌멩이가 있는 굴 안으로 돌아왔다.

스텍스가 돌아오는 와중에 어떤 소리가 났다. 이상하게 울리는 탁 하는 소리에 쉭 하는 소리가 이어졌다. 그들이 파낸 굴은 기반암 덩어리를 피하려고 오른쪽으로 꺾여 있어서 스텍스는 태너와 호디가 일하는 곳을 바로 볼 수 없었다. 하지만 방향이 바뀌는 곳 너머로 빛이 보였다. 횃불이 내는 빛보다 밝았다.

이어서 호디의 비명 소리가 들렸다.

"용암이다! 태너! 양동이 가져와! 물 양동이 가져오라고!"

스텍스가 뛰려다가 무언가에 걸려 넘어졌다. 태너가 또 두고 간 물 양동이였다. 스텍스는 양동이를 잡아챈 뒤 모퉁이를 돌았다. 하지만 최악의 일은 이미 일어났으며, 너무 늦게 도착했다는 것을 단번에 알 수 있었다.

21장
스텍스, 다시 시작하다

#호디를 기리며   #스텍스의 새로운 일상   #헤지라의 규칙

"정말 마음이 바뀌지 않을 거라고 확신해요?"

타우니 부인은 네 번째로, 어쩌면 다섯 번째로 물었다.

"네, 확신해요."

장비를 챙긴 스텍스는 타우니 부인의 사무실에 앉아 있었다.

"스텍스, 당신 잘못은 아니었어요. 난 광산에도 눈과 귀가 있어요. 사고가 일어나기 전에 광부들에게 안전에 유의하라고 경고했다는 거 알아요. 태너가 물 양동이를 얼마나 자주 잊었는지도 알고, 스텍스의 충고를 듣지도 않고 너무 낮은 곳에서 채굴하라고 고집한 게 바너클이었다는 것도 알아요. 당신이 거기서 뭘 더 해야만 했을까요?"

"글쎄요. 그게 뭐가 됐든 난 하지 않았어요. 그래서 호디가 죽었어요."

"네, 호디는 죽었어요. 하지만 혼자 떠난다고 호디가 살아 돌아오지는 않을 거예요. 그건 사고였어요. 그리고 사고는 늘 일어나요. 혼자 작업하는 광부에게나 작업반 전체에게나 말이죠. 사실 사고는 혼자 작업하는 광부에게 일어날 확률이 더 높아요. 몸이 피곤해지면 해야 할 일과 하지 말아야 할 일을 기억하지 못하고 그걸 지적해 줄 사람이 아무도 없으니까요."

"제가 실수를 했다면 저만 그 대가를 치러야 해요. 그게 제가 원하는 거예요."

스텍스가 말했다.

타우니 부인은 한참 동안 스텍스를 보더니 고개를 끄덕였다.

"그럼 당신 계획은 오지로 가서 자기만의 농장을 세우는 건가요? 오지는 위험해요. 법도 없고 이웃도 없고 도움이 필요할 때 도와줄 사람도 없어요."

"압니다."

스텍스는 허리춤에 찬 검을 톡톡 두드린 후 검집에서 천천히 검을 뺐다.

"진짜 철로 만든 검이에요. 이제 나무 검은 없어요."

"시작이 좋네요. 벌써 브럽스와 신시를 보러 갔나 봐요."

타우니 부인이 말했다.

스텍스는 고개를 끄덕였다.

"나머지 짐은 잡화점에 있어요. 제가 고른 토지의 소유 증서도 둘이 보관하고 있죠."

철검과 장비, 토지 소유 증서를 사느라 스텍스는 텀블스 채굴사에서 받은 급여 중 삼 분의 이 이상을 썼다. 하지만 얼마나 돈이 없는지 말하고 싶지는 않았다. 그랬다면 타우니 부인은 그가 가장 하고 싶지 않은 일을 하라고 설득했을지도 모른다.

스텍스는 허리춤에 매달고 다니는 주머니를 뒤져 에메랄드 세 알을 꺼내 타우니 부인 책상에 나란히 놓았다.

"이 에메랄드를 호디의 애인에게 전해 주시겠어요? 호디가 늘 말하던 수중 집을 짓는 데에는 부족할 거예요. 하지만 그보다 작은 무언가를 마련할 수는 있겠죠."

타우니 부인은 고개를 끄덕이고 에메랄드를 서랍에 넣었다.

"우리가 잘 돌볼 거예요. 우리는 우리 식구를 잘 챙기니까요. 같이 일한 사람 모두 급여에서 일부를 보탰어요. 바너클은 브랜디와인힐에서 받은 보너스의 반을 주려고 하더군요."

스텍스는 예상하지 못한 바너클의 행동에 놀랐다.

"아무래도 당신이 떠나는 건 막을 수 없을 것 같군요. 잠시만 기다려요. 줄 게 있어요."

타우니 부인이 말했다.

부인은 뒷방에 들어가더니 잠시 후 커다란 꾸러미를 들고 나와 스텍스에게 열어 보라는 몸짓을 했다. 스텍스가 포장지를 열어 보니 새 곡괭이가 나왔다. 곡괭이 날은 차가운 푸른색을 띤 다이아몬드 날이었다.

"스텍스가 쓰는 쇠 곡괭이는 약간 닳기도 했고 혼자서 버티는 데 충분하지 않을 거 같아서요. 손잡이 길이를 재 보면 알겠지만 정확히 한 블록이에요."

스텍스는 고맙다고 말하며 손을 내밀어 악수를 청했다.

"어리석은 젊은이 같으니라고. 이리 와요."

타우니 부인은 스텍스를 껴안고 볼에 키스를 해 주었다.

"당신이 떠나는 건 슬프지만 그동안 어리석은 젊은이들을 많이 봐 왔기 때문에 당신의 마음이 바뀌지 않을 거란 걸 잘 알아요. 행운을 빌어요, 스텍스. 안전하게 잘 지내길 빌어요."

스텍스가 장만한 작은 땅은 텀블스 항구에서 몇 시간 걸어가야 나왔다. 해변에서 멀어지자 땅은 북쪽 산맥과 끝이 보이지 않는 동쪽 땅까지 아주 넓게 펼쳐진 초원으로 변했다.

스텍스의 땅은 초원 중간에 있는 작은 언덕 꼭대기에 위치했다. 잡화점에서 산 삽으로 황폐의 만 해변에 만들었던 오두막과 비슷한 흙 오두막을 지었다. 침대 하나, 보관함 여러 개, 작업대 하나, 화로 하나가 들어갈 정도의 크기였고 횃불 하나로 조명을 마련했다. 스텍스는 아카시아 나무를 잘라 문을 만들었고, 같은 나무로 오두막을 중간에 둔 울타리도 세웠다. 땅 한쪽에는 작은 웅덩이를 파내어 밀과 호박 몇 줄을 심었다. 이 정도면 필요한 식량은 충분히 얻을 수 있을 거였다.

스텍스의 계획은 텀블스 항구에서 세운 계획과 거의 같았다. 챔피언을 만나기 위해 가능한 한 재산을 많이 모은 뒤 푸지 템프로를 찾는 데 그의 도움을 요청할 생각이었다.

스텍스는 마당을 팠다. 삽으로 흙을 파내자 곧이어 암석이 나왔다. 스텍스는 새 다이아몬드 곡괭이를 들었다. 이 도구는 가벼운 데다 만족스러운 속도로 암석을 뚫었다. 오스크와 호디와 작업했던 것처럼 스텍스는 똑바로 아래로 굴을 팠고 굴 입구에는 나무로 뚜껑 문을 달았다. 며칠 동안 일한 결과 기반암까지 도착했다. 그는 화로에 불을 붙이고 몇 주간 횃불을 밝힐 숯을 모았고, 철 광맥도 여러 개 발견했다.

다시 용암 위에서 굴을 파야 할 때가 되자 스텍스는 지상으로 이어지는 계단과 파기 시작한 줄기 갱도의 교차 지점에 지하 간이 사무실을 마련했다. 간이 사무실은 장비로 가득한 보관함과 식량, 침대가 있어서 일하는 도중 스텍스가 쉴 수 있는 또 다른 작업 기지가 되었다. 그리고 스텍스는 그곳에서 점점 더 오랜 시간을 보냈다. 더는 할 수 없을 정도까지 굴을 판 다음 침대 옆에 곡괭이를 두고 간이 사무실에서 자곤 했다.

스텍스는 곧 일상에 습관을 들였다. 채굴하는 와중에 먹을거리를 밭에서 수확했다. 이 주마다 한 번씩은 텀블스 항구로 가 필요한 물건을 장만하고, 작은 사치로 빵에 발라 먹을 꿀도 사 왔다. 불행의 바다를 건너는 길을 아는 사람 소식이 있는지 브럽스에게 물어보기도 했다. (브럽스는 늘 없다고 답했다.) 나머지 시간은 채굴을 하며 보냈다.

이 새로운 작업을 하는 동안 찾아온 손님이 한 명 있었다. 오스크가 선물을 가지고 왔는데, 하나는 현관에 두는 압력판으로 손님이 오면 지하 사무실에 있는 레드스톤 횃불이 켜지는 기능이 있었다. 다른 선물은 금 시계였는데, 굴 안에 있는 스텍스에게 현재 오버월드가 낮인지 밤인지 알려 주었다.

하지만 스텍스를 찾아오는 사람이 없었기 때문에 울타리를 가로질러 스텍스의 밭을 뒤지려고 한 야생 돼지가 압력판을 밟았을 때 빼고는 지하 사무실의 레드스톤 횃불은 켜질 일이 없었다. 시계는 유용했지만 나중에는 몇 시인지 상관하지 않게 되었다.

스텍스는 굴을 판 후 자다가 다시 일어나 또 굴을 팠다. 따라서 옷은 해지고 더러워졌고, 머리카락은 길게 자랐으며, 턱에는 수염이 덥수룩하게 났다. 스텍스는 미처 깨닫지 못했지만, 그는 라모아의 카라반이 텀블스 항구로 가는 길에 그를 발견했을 때의 너덜너덜한 모습으로 돌아가 있었다. 혼잣말하는 버릇도 다시 생겨서 발견한 광맥의 품질이나 곡괭이를 사용하는 가장 효율적인 방법에 관해 중얼거리곤 했다.

광산과 작은 밭과 잡화점으로 축소된 세상에서 소중한 고양이들과 빛을 내는 섬록암, 화강암, 유리로 만든 언덕 위 아름다운 그의 집에 대한 추억도 흐릿해지고 희미해져 갔다.

그러나 무언가 바뀌었다.

그날은 밭을 가는 날이었다. 아니 적어도 스텍스는 밭을 가는 날이라고 생각했다. 낮과 밤이 얼마나 지났는지 잊었지만 딱딱해진 빵 껍질 몇 개와 냄새가 약간 이상한 호박 파이 한 조각밖에 남아 있지 않았기 때문이다. 스텍스는 나선형 계단을 터벅터벅 올라가 마당 위로 나왔다. 해의 위치를 봐서는 늦은 오후였지만 빛이 너무 강해 그는 눈을 깜박였다.

잘 익은 호박 줄기를 베고 있는데 목덜미가 서늘해지는 느낌에 스텍스는 벌떡 일어나 초원을 살폈다. 처음에는 헛것이 보이나 싶었는데, 멀리 텀블스 항구에서 초원으로 성큼성큼 걸어오는 한 사람의 모습이 보였다. 스텍스는 오스크일지도 모른다고 생각했지만, 괴짜 발명가보다는 훨씬 키가 컸다. 그리고 어떤 의도가 있다는 듯 걸음에 힘이 들어가 있었다.

스텍스는 철검을 오두막에 두었다는 것을 깨닫고는 얼른 들어가 가져왔다. 활이 있었다면 좋았겠지만, 화살은 두 개뿐이었고 어차피 상대는 너무 멀리 있었다. 기다리는 수밖에 없었다.

그 사람은 전부 검은색인 옷을 입고 있었고 밤색 피부에 회색이 섞인 검은 머리카락은 한 갈래로 묶은 채였다. 얼굴은 햇볕에 타고 비바람에 시달린 티가 났다. 상처와 곰보 자국도 많았다. 허리띠에 검 하나를 차고 있었고, 어깨 위로는 활을 하나 두르고 있었다. 놀랍게도 맨발이었지만 전혀 흐트러지지 않고 성큼성큼 걸어왔다. 마치 보이지 않는 줄이 그를 잡아당기는 것처럼 초원을 가로질렀다. 길에 있을 가시나 자갈은 조금도 신경 쓰지 않으며 말이다.

남자는 스텍스 집 현관 앞에 걸음을 멈추고 스텍스를 빤히 쳐다보았다.

"안녕하십니까, 스텍스 스톤커터 씨."

그의 목소리에 스텍스는 깜짝 놀랐다. 굵고 리듬감이 있는 데다 아름답기까지 한 목소리였다. 거칠어 보이는 방랑자가 아니라 시인이나 가수에게나 알맞을 만한 목소리였다.

"누구시죠?"

스텍스는 방문객이 아무리 공손하게 인사해도 결코 안심할 수 없다는 듯 퉁명스럽게 물었다. 푸지 템프로도 공손했다. 적어도 처음에는 말이다. 그런데 스텍스의 삶을 완전히 뒤집어 놓았다. 게다가 스텍스는 남과 대화하는 법을 연습한 지도 오래되었다.

"저는 헤지라 텐부츠입니다. 우린 같이 아는 친구가 있죠."

남자가 답했다.

어디서 들어 본 이름이었다. 푸지가 스텍스를 포로로 삼았을 때 언급했던 이름인가? 스텍스는 손을 검 자루에 올렸다. 눈 하나 깜박하지 않고 맨발로 초원을 걸어온 사람을 상대할 기회나 있을지 의심스러웠지만 말이다.

남자는 검을 만지는 스텍스를 보고 눈썹을 치켜세웠다.

"내 친한 친구이자 가끔 나와 함께 여행하는 라모아 페란체를 아실 거라 생각합니다만. 라모아가 당신에게 가 보라고 하더군요. 텀블스 항구 잡화점 주인이 이곳에 오면 당신을 만날 수 있을 거라고 하던데요."

안도한 스텍스는 어깨의 긴장을 풀었다.

"아, 난 당신이…… 들어가죠. 곧 어두워질 거예요."

스텍스는 흙으로 자기가 직접 만든 작은 집이 갑자기 부끄러웠다. 게다가 자신도 흙투성이였으니 말이다. 하지만 헤지라는 미안하다는 듯 미소를 지으며 고개를 저었다.

"아쉽게도 그건 내 규칙에 어긋납니다."

그가 말했다.

"당신 규칙이요?"

스텍스는 구체적으로 무엇이 어긋난다는 것인지 궁금했다.

"난 날 위해서든 다른 사람을 위해서든 지붕을 사용하지 않겠다고 맹세했어요. 난 집도 없고 지금 보이는 것 말고는 다른 소유물도 없습니다. 그리고 이틀 밤을 연속으로 한곳에서 머물지도 않지요."

스텍스는 못 믿겠다는 표정으로 헤지라를 쳐다봤다.

"지붕 없이 지낸다고요? 그럼 밤에 어떻게 살아남을 수 있죠?"

"나무가 있으니까요. 난 보통 가지 위에서 잡니다. 나무가 없다면 검과 활에 의지하며 뜬눈으로 밤을 보내지요. '마지막 한숨 사막'을 건널 때에는 엿새를 한 번도 자지 않고 보내기도 했어요. 좀 힘들긴 했죠."

스텍스는 배회하는 좀비와 해골에 둘러싸인 채 나무 위에서 밤을 보내는 일을 상상해 보았다. 초원에는 괴물이 많이 나타났다. 울타리 밖 높게 자란 풀 사이에서 썩은 고깃덩어리나 뼈마디가 발견될 때도 있었다.

"괴물들이 당신을 쫓아 나무 위로 올라오지 않나요?"

스텍스가 물었다.

"거미는 올라와요. 많이 물리기도 했죠. 거미의 본성이겠지만, 솔직히 말하면 거미는 싫어요. 내 경험상 해골이나 좀비는 나무를 타고 올라오진 않았어요. 해골은 화살을 쏘기도 하지만 실력이 별로더라고요."

"그렇군요."

스텍스가 보기에 그의 규칙은 터무니없어 보였다.

"물어봐도 될지 모르겠지만, 그 규칙이란 건 어떻게 결정하게 됐나요?"

"젊을 때 위기를 맞이한 적이 있어요. 편안한 삶을 살며 점점 게을러졌고, 세상에 대해서는 아무것도 모른다는 걸 깨달았죠. 그래서 살 만한 가치가 있는 내 진정한 자아를 발견하기로 했습니다."

"발견한 정도 이상을 이룬 것 같네요."

스텍스가 말했다.

헤지라는 미소 지었다.

"나도 그렇게 생각하고 싶습니다. 예전 삶으로 돌아가는 건 이제 상상조차 할 수 없어요. 난 이런 사람이고 이게 내가 사는 방식입니다. 다른 사람들이 진정한 자아를 향한 길을 발견하는 데 도움을 줄 수 있다면 그렇게 합니다. 그러니 폐가 안 된다면 난 저 아카시아 나무에서 오늘 밤을 보내겠습니다."

가시 많은 커다란 나무에서 밤을 보내는 게 자기에게 폐가 될 수도 있을 거라 생각하는 헤지라의 말에 스텍스는 웃지 않으려고 애를 썼다.

"그나저나 당신에 관해서 말씀해 주시죠. 그래야 라모아에게 알려 줄 수 있으니까요. 푸지 템프로를 찾아 그가 받아 마땅한 죗값을 치르게 하려는 목표는 어떻게 되어 가고 있습니까?"

"라모아가 그런 말도 했나요?"

스텍스는 그게 좋은 건지 판단이 서지 않았다.

215

"물론이죠. 라모아가 말해 주지 않았으면 내가 어떻게 그 이야기를 알 수 있겠습니까? 난 많은 곳을 다녔습니다. 하지만 불행의 바다의 서쪽 지역에 관해 그간 들은 것은 그냥 소문일 뿐입니다. 라모아가 당신 얘기를 들려준 이후로 그 푸지 템프로란 사람에 관해 물어보고 다녔습니다. 하지만 지금까지 그자에 관해 알고 있는 사람은 없네요."

"도와주셔서 감사합니다. 라모아도 고맙네요. 라모아는 지금 어디에 있나요?"

스텍스가 물었다.

"이 주 후에 '자가텔 밀림'에 있는 '그린페이스의 잃어버린 신전'에서 만나기로 했어요. 시간이 부족해서 충분하게 자지 못할지도 모르겠네요. 라모아가 어느 길로 올지도 모르고요. 라모아는 같은 길을 두 번 지나는 건 싫어하고 말도 타지 않으려 하죠. 그래서 약속에 늦는 경우가 많아요."

스텍스는 여관에서 단 하룻밤이라도 보내는 것을 싫어하던 라모아를 기억하고는 미소를 지었다.

"원한다면 나와 함께 가도 좋습니다. 어쩌면 이동 중에 당신만의 길을 발견할 수도 있겠지요. 나와 함께 여행하는 사람들은 보통 내 규칙을 따르는 걸 힘들어 하지만요."

"고맙지만 사양하겠습니다. 난 할 일도 많고……."

휙! 화살 하나가 그와 헤지라 사이로 날아와 울타리에 꽂혔다. 스텍스는 놀라 펄쩍 뛰었다.

"실례할게요, 스텍스."

검은 옷차림의 헤지라는 왼손으로 얼른 어깨에 걸친 활을 내리고 오른손으로는 정확하게 화살통에서 붉은 깃털이 달린 긴 화살 하나를 꺼냈다. 그러고는 몸을 돌려 활시위를 당겼다. 스텍스는 어두운 초원 어딘가에서 뼈마디가 달그락거리며 바닥에 쏟아지는 소리를 들었다.

"어서 집 안으로 들어가는 게 좋겠군요, 스텍스. 오버월드의 밤은 아름답지만 날카로운 이빨이 달린 것들이 지배하니까요. 내일 아침에 보죠, 친구여."

헤지라는 몸을 돌려 땅거미 속으로 터벅터벅 걸어갔다. 그의 발걸음에 주변 풀이 물결을 쳤다. 점점 내려앉는 어둠 속에서 무언가가 으르렁거렸다. 스텍스는 아카시아 나무로 만든 현관으로 향했다. 들어가기 전에 헤지라의 뒷모습을 찾아보려 했지만 보이지 않았다. 그는 집으로 들어가 문을 닫았다.

그간 스텍스는 베개에 머리를 대자마자 잠이 들곤 했지만, 그날 밤은 푹 잠들지 못하고 중간에 자주 깼다. 꿈에 푸지 템프로가 나와 그의 작은 흙 오두막 문을 두드리며 우리의 거래는 끝나지 않았다고 말했다. 스텍스가 문을 열자 해골 군대의 선두에 서 있는 푸지가 보였다. 해골은 전부 아카시아 나무로 만든 이상하고 뾰족뾰족한 갑옷을 입고 있었다.

스텍스는 깜짝 놀라 잠에서 깼다. 창문으로 달빛이 흘러들어오고 있었다.

"꿈이야. 난 잠에서 깼고 아까 그건 꿈이었어."

밖에서 누군가 지르는 소리가 들렸다. 스텍스는 문을 살짝 열고 밖을 보았다. 환한 달빛은 아카시아 나무로 생긴 지그재그 그림자를 더 길고 이상하게 만들었다. 큰 원 가운데에 무언가가 미친 듯이 움직이고 있었다.

"내 머리가 이상한 걸까."

스텍스는 자기가 꿈을 꾸는 것인지 아닌지 확신하지 못했다.

꿈이 아니었다. 다음 날 아침, 밖으로 나오니 울타리에 기댄 채 고깃덩어리를 물어뜯고 있는 헤지라가 보였다. 헤지라 주변에는 거미줄, 뼈, 화살, 회색 가루 등이 흩어져 있었다.

"잘 잤어요? 어제 내가 잠을 방해한 건 아닌지 모르겠네요. 밤새 무척 바빴거든요. 여기서 뭐 쓸 만한 거 있으면 아무 거나 가져도 좋아요."

헤지라가 말했다.

스텍스는 뼈를 들었다. 갈아서 정원에 뿌릴 퇴비로 쓸 생각이었다. 나머지는 그냥 두었다.

"어젯밤에 불청객들이 찾아왔더군요. 일이 바빠서 나와 자가텔에 가지 못한다고 하셨죠?"

"아쉽게도 그렇습니다. 채굴도 해야 하고 세워 놓은 계획도 있고요."

스텍스가 답했다.

"푸지 템프로를 찾으려는 계획 말인가요?"

"네."

"그런데 두 일은 서로 엇갈리는 거 아닌가요?"

"네?"

"채굴을 하면 푸지 템프로를 찾지 못하죠. 푸지 템프로를 찾으려고 한다면 채굴은 못 하게 되고요."

스텍스는 헤지라가 자기를 놀린다고 생각했다. 하지만 헤지라는 진심으로 어리둥절해 보였다.

"그게…… 그렇게 간단한 문제가 아니라서요. 난 싸움을 못 해요. 물론 **당신은** 잘하겠지만요. 그래서 말인데요, 텐부츠 씨."

헤지라는 손을 들어 스텍스의 말을 막았다.

"이건 내가 아니라 당신이 풀어야 할 과제입니다, 스텍스 씨. 당신의 길을 발견하는 데 도움을 줄 수는 있어요. 하지만 당신의 운명을 내가 당신에게서 **빼앗지**는 못합니다."

"오버월드에서 푸지 템프로를 사라지게 하는 게 내 운명이라면 내 운명을 **빼앗아**도 좋습니다. 난 전혀 상관하지 않아요."

스텍스가 말했다.

이 말에 헤지라는 표정이 굳었다.

"그건 내 규칙에 반대되는 일이에요."

"물론 그렇겠죠."

스텍스는 한숨을 내쉬었다.

"괜찮습니다. 어차피 전 생각해 둔 사람이 있어요."

스텍스는 헤지라에게 챔피언이라는 사람이 오버월드를 나은 곳으로 만들기 위해 어떤 일들을 했는지 들려주었고, 그 대가가 얼마가 될지 감을 잡지 못하겠다는 얘기도 했다.

"그 사람에 대해 들은 적 있어요. 최근에 새로운 소식은 없었지만요. 그래서 채굴을 하는 거군요. 그 챔피언이라는 사람이 제시하는 금액에 해당하는 보물을 발굴하려고요.”

헤지라가 말했다.

스텍스는 고개를 끄덕였다.

“아직 멀었어요.”

헤지라의 표정을 보니 스텍스는 자기가 세운 계획이 생각했던 것보다 덜 확실하다는 느낌이 들었다.

“목표치를 달성했는지 어떻게 알 수 있죠?”

헤지라가 물었다. 좋은 질문이었다.

“글쎄요. 하지만 지금 충분치 않다는 건 알아요. 아직은요.”

스텍스가 말했다.

해는 이제 완전히 떠올랐고 초원에 맺힌 이슬은 말랐다. 헤지라는 멀리 회색 산맥을 보며 한 발짝씩 내딛었다.

“난 이제 가야겠어요. 지금 출발하지 않으면 라모아와의 약속에 늦을지도 몰라요. 물론 라모아가 늦지 않고 제때 도착한다면 말이죠.”

스텍스는 헤지라를 보며 기다려 달라고, 짐을 꾸려 같이 떠나겠다고 말하고 싶은 마음도 잠시 들었다. 난파선과 부서진 탑만 있던 황폐한 바닷가에서 살아남은 스텍스였으니 나무 위에서 지내는 방법도 익힐 수 있을 거라 생각했다.

하지만 곧 생각을 접었다. 스텍스에게는 광물과 보석을 캐내어 챔피언을 고용하는 일이 남았다. 푸지 템프로를 없애고 나면 집으로 돌아갈 방법을 찾아 다시 예전 삶을 되찾기로 했다.

이것이 그의 계획이었다. 이 열정적인 맨발의 탐험가를 쫄래쫄래 따라다니며 정글로 놀러 다니는 것은 아니었다.

"그 자가텔에 있는…… 이름이 뭐였더라. 여하튼 그곳까지 무사히 가기를 빌어요. 나무가 편안했으면 좋겠네요."

스텍스가 말했다.

"그랬으면 좋겠군요. 자가텔엔 커다란 나무가 많다더군요. 그래서 나무 위에서 사는 사람들도 있다더라고요. 내 눈으로 꼭 보고 싶네요. 나무를 집으로 삼는다면 그것이 지붕 아래에서 지내게 되는 것인지는 아직 결정하지 못했지만요."

"결정할 시간은 충분할 것 같네요."

스텍스가 말했다.

"네. 긴 산책은 늘 도움이 되지요. 스텍스 스톤커터 씨에게도 행운을 빕니다. 본인의 진정한 자아를 향한 길을 찾아 당신에게 맞는 운명을 되찾을 수 있기를. 혹시 라모아가 이쪽을 지나면 나와의 약속을 잊지 말라고 전해 주세요."

헤지라는 긴 보폭으로 스텍스가 뛰는 속도와 비슷하게 초원을 가로질렀다.

스텍스는 할 일이 있었다. 청금석 매장물을 찾기 위해 새로운 줄기 갱도를 팔 계획이었다. 하지만 스텍스는 헤지라의 모습이 사라질 때까지 그 자리에 서 있었다.

22장

어둠 속에 숨어 있는 괴물들

#자갈, 자갈, 또 자갈 #광부의 실수 #혹시 돼지?

　이틀 후 새 줄기 갱도를 완성한 스텍스는 자기가 만든 굴을 살펴보았다. 완벽한 직선 모양의 굴 안에는 횃불이 규칙대로 왼쪽 벽에만, 정확한 간격으로 박혀 있었다.

　제대로 정리가 된 굴이기는 했지만 벽에는 여러 종류의 암석이 지저분하게 뒤섞여 있었다. 스텍스는 굴을 따라 걸으며 아무런 원칙이나 이유 없이 배열된 회색 안산암, 분홍색 화강암, 흰색 섬록암을 지났다. 굴을 가로지르는 광맥이 발견된 곳은 자갈로 채워서 더 추해 보였다. 그래도 숯과 철 같은 쓸모 있는 자원을 캘 수는 있었다. 스텍스가 계속해서 발견되는 자갈로 틈을 메운 탓에 천장은 얼룩덜룩했다. 자갈은 한 번 건드리면 우수수 쏟아졌고, 스텍스는 자갈 더미를 전부 파내어 구멍을 메우는 데 썼다.

　새로 판 갱도에는 자갈이 아주 많다. 스텍스는 자갈은 그만

봤으면 좋겠다는 생각이 들 정도였다. 아마도 착각이겠지만 다이아몬드 곡괭이 날이 약간 무뎌진 것 같기도 했다. 스텍스는 얇은 다이아몬드층을 발견하기는 했지만, 그것으로 대체 도구를 만드는 것은 내키지 않았다.

"다이아몬드는 다른 데 써야 하니까, 안 그래?"

입 밖으로 나온 그의 말은 굴 안에서 크게 울렸다.

현명하지 못한 행동에 스텍스는 손으로 입을 가렸다.

"조용히 하자. 이곳에 사는 것들을 방해하면 안 되니까."

스텍스가 속삭였다.

하지만 스텍스는 바로 고개를 저었다. 너무 커서 그 존재를 모르는 대상을 갉아 먹는 벌레처럼 그가 작은 굴 몇 개를 뚫은 그곳에는 주변을 둘러싸고 있는 어마어마한 양의 암석 말고는 아무것도 없을 것이다.

"아무것도! 아무것도! 아무것도 없어!"

스텍스의 외침은 굴 사이에서 정신없이 튕기고 메아리쳤다. 그는 깔깔 웃었다. 긴장이 풀린 스텍스는 간이 사무실로 가 가슴에 곡괭이를 끌어안은 채 잠을 청했다.

다음 날 아침 스텍스는 빵 껍질을 씹고, 작업하는 동안 항상 옆에 두는 양동이에 담아 둔 물을 약간 마셨다. 물은 돌과 금속 맛이 났고 그의 입에 잔모래를 남겼다.

"브럽스 가게에 가면 우유를 좀 사야겠어."

스텍스는 다짐했다.

"우유는 맛있을 거야. 케이크를 구울 수도 있고."

순간 우스웠다. 간이 사무실을 오버월드에서 가장 깊은 곳에 위치한 빵집으로 만들고, 손님은 단 한 명도 찾아오지 않는 곳에서 케이크와 파이와 쿠키를 구워 파는 생각을 하다니 말이다. 스텍스는 곡괭이를 휘둘러 첫 가지 갱도 작업을 시작하면서도 여전히 키득거렸다.

이쯤 되면 독자는 스텍스가 혼자 광산에서 일하며 정신이 좀 이상해진 게 아닌가 하는 걱정을 할지도 모른다. 그런 게 아니라고 얘기해 주고 싶지만 그러지 못하겠다. 왜냐하면 정말 그렇게 돼 버렸기 때문이다.

가지 갱도를 파기 위해 블록 두어 개 정도만 부수었는데 또 자갈 덩어리가 나왔다. 스텍스는 짜증을 내며 철 삽을 바꿔 쥐고 자갈을 치웠다. 자갈이 사라진 자리에 모습을 드러낸 어두운 입구를 보며 스텍스는 얼굴을 찡그렸다. 어둠만 보였기 때문에 천장을 메우고 작업을 이어 갔다.

다시 자갈이 나왔다. 계속 나왔다. 스텍스는 부 대신 일거리만 주는 이 새 갱도가 싫어졌다. 그는 계속해서 삽을 움직이며 자갈의 끔찍한 특징과 쓸모없음에 관해 중얼거렸다.

그의 곡괭이가 암석을 깨자 다시 한 번 자갈이 드러났다.

"아, 진짜 장난하는 것도 아니고."

스텍스는 무리한 작업 때문에 근육이 팽팽해진 팔을 움직여 자갈을 치웠다. 그리고 위쪽에 생긴 어둡고 텅 빈 공간을 올려다본 뒤 돌 몇 개를 집어 그 틈을 채웠다. 그러나 그의 앞에는 진저리 나게도 자갈이 더 있었다.

"저건 덩어리 정도가 아닌데. 다 파내면 굴 하나가 생기겠어."

스텍스는 천장을 메우기보다 나머지 자갈도 우선 다 파내기로 했다. 그렇게 하면 시간을 조금이라도 아낄 수 있을 것 같았다. 동굴의 시원한 바람이 목덜미를 스치자 기분도 상쾌해졌다.

"이 바보 같은, 쓸모없는 자갈들아."

스텍스가 중얼거렸다.

"이 세상에서 최악…… 엇!"

그때 화살 하나가 스텍스의 어깨 위를 휙 하고 지나 덜컥 소리를 내며 암석에 부딪혔다. 이어서 또 다른 화살이 어둠에서 날아와 그의 머리 위를 쌩 하고 지나갔다.

"난 바보야, 지독한 바보야."

스텍스는 해골이 서 있는 상대보다 움직이는 상대를 더 잘 맞힌다는 라모아의 조언을 기억하며 움직이지 않기로 했다.

스텍스의 앞에 있던 해골이 달그락 소리를 내며 굴 바닥으로 뛰어내렸다. 텅 빈 눈구멍은 스텍스에게 고정되어 있었다. 해골이 활을 치켜세우자 스텍스는 검을 뽑아 들고 옆으로 내리쳤다. 검 끝은 암석 벽을 긁었고 벽에는 불꽃이 튀었다.

스텍스의 어깨 뒤쪽에 고통이 느껴졌다. 화살 하나가 과녁을 맞히는 데 성공한 것이다. 스텍스가 다시 검을 휘두르자 앞에 있던 해골은 몸을 덜덜 떨더니 와르르 무너져 내렸다. 스텍스 뒤로 다른 해골이 뛰어내리며 덜그럭거리는 소리가 들렸다.

스텍스는 아픈 어깨 때문에 잠시 움찔했지만, 해골이 뒷걸음치도록 거세게 공격했다. 스텍스의 밀어붙이는 공격에 균형을 잡지 못한 해골은 결국 주저앉으며 뼈 무더기가 되었다.

"구멍을 메워야 해. 더 큰일이⋯⋯."

뒤에서 작은 소리가 들려왔다. 쉬익 하는 소리였다. 뒤를 돌아보니 초록색 살덩이에 커다란 검은색 눈구멍과 크게 벌린 입이 있는 얼굴이 악몽처럼 그를 마주했다.

크리퍼의 몸은 맥박이 뛰는 듯 떨렸다. 스텍스는 맵고 타는 듯한 냄새를 맡았다. 이어서 주변이 캄캄해졌다.

가장 먼저 스텍스의 눈에 들어온 것은 빛이었다. 잠시 후 스텍스는 혼란스러워하며 눈을 깜박이며 몸을 일으켰다. 얼굴과 가슴이 화끈거렸다. 스텍스는 크리퍼가 폭발하면서 암석 바닥에 만든 구덩이 가장자리에 앉아 있었다. 위로는 굴의 검은색 입구가 보였다.

"저 구멍을 막아야 해."

스텍스는 이렇게 말했지만, 자기 목소리 대신 귓가에 윙윙거리는 소리만 들렸다.

스텍스는 억지로 일어나 가지 갱도를 따라 터벅터벅 걸으며, 바닥에 떨어져 꺼져 있는 횃불 위를 지나갔다. 온전히 켜진 횃불이 나타나자 발걸음을 멈추고 숨을 가쁘게 내쉬었다.

"막아야 해."

다시 말했지만 여전히 말소리는 들리지 않았다. 스텍스는 자갈을 옮기고 굴과 구덩이를 메웠다. 작업을 끝낼 때쯤에야 곡괭이가 내는 소리가 들렸다. 조금씩 청력이 돌아왔다.

스텍스는 자갈 벽을 응시하다가 벽에 기대 쉬었다. 자갈 굴에 다른 무언가가 숨어 있다면 그는 이미 죽었을 것이다. 다행히도 폭발한 크리퍼가 어둠 속에 숨어 있던 마지막 괴물이었다.

스텍스는 간이 사무실로 천천히 걸어가 장비 보관함 위에 앉았다. 일 분이 지나서야 레드스톤 횃불이 켜져 있다는 것을 깨달았다. 누군가 현관 앞에 온 것이다.

"또 돼지가 지나가나 보네."

스텍스는 짜증을 내며 고개를 저었다.

갑자기 모든 게 감당하기 힘들었다. 흙으로 지은 작은 집 밑에서 경솔하게 돌을 파다가 죽을 뻔한 데다, 초인종은 제 역할을 못 했다. 스텍스는 구시렁거리며 계단을 쿵쿵 올라갔다. 광산 입구의 뚜껑 문을 활짝 열고 마당으로 올라갔다.

"저리 꺼져, 이 멍청한 돼지야!"

스텍스가 소리쳤다. 하지만 앞을 보고는 못 믿겠다는 듯 입을 다물었다.

라모아가 놀라 입을 벌린 채 그의 앞에 서 있었다.

잠시 후 라모아는 가까스로 말했다.

"이런, 스텍스. 나도 다시 만나서 반가워."

23장

탐험

#라모아의 방랑 #다시 만난 헤지라 #전쟁의 기술

"라모아!"

스텍스가 외쳤다.

"미안해! 여기 압력판이 있는데 그게…… 하지만 난…… 지난 번에도 돼지가…… 다시 보니 반갑다."

"무슨 말인지 모르겠지만 돼지라고 불리는 것보단 낫네. 그런데 무슨 일 있었어? 다친 것 같은데. 얼굴이랑 손에 화상을 입었나 봐."

라모아는 물집이 생긴 스텍스의 볼을 손으로 찔렀다.

"아야!"

"아파?"

"당연히 아프지. 근데 괜찮아. 이렇게 다시 보니 좋다. 헤지라 텐부츠 씨를 만나기로 한 건 기억하지? 무슨 정글에서 말이야."

"헤지라가 여기 왔었어? 여기 들러 보라고는 했는데 그 이상한 규칙을 따르느라 어떻게 될지 알아야지. 그래서 네가 어떻게 지내는지 확인하려고 내가 직접 온 거야."

스텍스는 라모아를 오두막 안으로 안내하다가 바로 후회했다. 오두막은 작고, 어둡고, 더러웠다.

"대부분 지하에서 채굴하며 지내거든. 그래서 집 관리를 잘 못해."

스텍스가 말했다.

"잘 못하는 게 아니라 전혀 안 하네."

라모아는 눈을 가늘게 떴다.

"도대체 무슨 일이 있었던 거야? 브럽스는 네가 채굴 회사에서 일을 잘하다가 혼자 살겠다며 떠났다고 하던데. 여기서 혼자 살면서 네가 약간 이상해졌다며 브럽스가 조심하라고 하긴 했는데 이럴 줄은 몰랐네."

"뭐가 이렇다는 건데? 난 계속 일만 했어. 누가 찾아오리라는 생각은 못 했다고."

"널 처음 봤을 때에도 넌 외딴 곳에 버려진 채 누더기 옷을 입고 있었지. 그런데도 그때가 지금보다는 나았어."

스텍스는 크리퍼와 싸우다가 가까스로 살아남았다며 라모아의 말에 반박하려고 했지만, 라모아가 그런 뜻으로 말한 것이 아님을 깨달았다. 스텍스의 옷은 때와 땀으로 뻣뻣했고 머리카락과 수염은 더러웠다. 라모아가 흐트러진 침대와 보관함들을 둘러보는 동안 스텍스는 고개를 떨구고 있었다.

"그래서 이곳에선 그간 **뭘** 한 거야? 적어도 이렇게 살 만한 가치가 있는 일을 했기를 바라."

스텍스는 챔피언에 관한 이야기와 무슨 계획을 하고 있는지 들려주었다. 라모아가 자신을 이해해 주기를 바라며 말이다.

"그럼 이 보관함에는 보석이랑 금속이 들어 있는 거야? 그 챔피언이라는 사람을 고용하는 데 쓰려고 모은 것들?"

"맞아. 지금껏 많이 모으긴 했지만 아직 충분하진 않아."

라모아는 가장 가까운 보관함 뚜껑을 열었다. 그리고 의문이 섞인 눈초리로 스텍스를 쳐다보더니 다음 보관함을 열었다. 그렇게 하나하나 확인한 후 허리춤에 팔을 올린 채 몸을 돌렸다.

"스텍스. 여기엔 **엄청난** 재산이 있어. 이 정도면 네가 왕자가 될 수 있을 정도야."

"내 생각엔⋯⋯."

"네 생각엔 **뭐**? 스텍스, 이걸 봐!"

라모아는 스텍스의 손을 붙잡고 보관함 앞으로 그를 데려갔다. 금덩이와 청금석 더미, 레드스톤 가루가 담긴 통, 쌓아 놓은 에메랄드, 숯 블록과 반짝이는 쇠 블록, 작고 어두운 오두막에서 차갑고 푸른빛을 내는 다이아몬드까지 있었다.

"**많긴** 하네."

스텍스도 인정했다.

"하지만 채굴할 건 더 많이⋯⋯."

"물론 더 많겠지. 그리고 항상 많을 거야. 하지만 저 구멍으로 들어가서 더 가져오는 일은 이제 그만해. 넌 미쳐 가고 있으니까. 원래 네 목표는 집으로 돌아가는 거였어. 기억나?"

"물론 기억하지. 그게…….."

스텍스는 자기가 무슨 말을 하려는지조차 몰라 말끝을 흐린 채 자기 발끝과 더러운 바닥만 쳐다봤다.

그러다가 다시 고개를 들고 라모아를 바라보았다.

"난 이곳이 싫어."

스텍스는 조용히 말을 꺼냈지만 스스로도 그 말에 놀랐다.

"이곳 풀 색도 싫고, 그냥 커다란 가시일 뿐인 저 못생긴 나무들도 싫어. 여긴 바다도 안 보이고 바다 냄새도 나지 않아. 이곳에는 양도 없고 고양이도 없어. 내 고양이…….."

라모아는 스텍스의 어깨에 손을 올렸다.

"나랑 같이 가자. 같이 헤지라를 만나러 자가텔로 가자. 여기 말고 다른 곳도 가 봐야 해. 암석을 캐는 일 말고 다른 것도 해 봐야 하고. 같이 가자. 그다음에 뭘 할지 같이 고민하자."

스텍스는 그의 작은 마당 아래에 있는 굴과 그곳에서 그가 해야 하는 일들을 떠올리며 망설였다.

스텍스는 라모아의 말이 맞는다는 것을 깨달았다. 보석과 귀금속을 찾는 데에만 집중한 나머지 왜 그것들을 모으는지를 잊었다. 그의 목표는 챔피언을 고용할 만큼의 부를 모으고, 푸지템프로가 죗값을 치르게 하고, 집으로 돌아가는 것이었다. 아마도 몇 주 전에 충분하게 자원을 모았을 테지만, 스텍스는 여전히 채굴에 사로잡혀 있었다. 굴에서 시간을 많이 보낸 탓에 제정신이 아니라는 라모아의 말에는 동의할 수 없었지만, 그의 생활이 건강하지 못했다는 점은 인정했다.

"네 말이 맞아. 나도 자크벨에 갈래."

스텍스가 라모아에게 말했다.

"응? 아, 자가텔? 좋아. 그런데 출발하기 전에 할 일이 있어."

스텍스는 고개를 끄덕였다. 그 역시 같은 생각이었다.

"그래. 우선 보석과 광물과 장비를 묻어야겠지. 그리고……."

"아니, 좀 씻어. 와, 너 냄새가 진짜 심하다."

"정말?"

"죽은 소 냄새가 나. 아니, 바다 밑바닥에서 퍼 올린 진흙으로 덮은 죽은 소 냄새야. 그 소가 사막에서 썩고 있다고 생각해 봐. 정오에. 해가 가장 뜨거울……."

"알았어. 알았다고. 무슨 말인지 알겠어."

스텍스는 항복한다는 듯 두 팔을 치켜들었다.

"그래. 저기 연못에 가서 목욕 좀 하고, 그 머리카락 좀 어떻게 하게 가위도 가져와. 그리고 다른 새 옷으로 갈아입어. 그렇게 하는 것부터 시작하자."

스텍스가 목욕을 마치고, 수염을 깎고, 곡식을 추수하고, 보관함 여러 개를 현관 아래 묻고 나니 해가 지고 있었다. 어디로든 출발하기에는 늦은 시각이었다.

스텍스는 라모아에게 그의 작은 오두막 침대를 내주고, 간이 사무실이 있는 지하로 내려갔다. 시원한 굴에서 스텍스는 잠시 광맥과 가지 갱도를 떠올렸다.

그러나 이제 채굴 작업은 끝났다. 라모아와 함께 가면서 머릿속을 정리하기로 했다. 그러자 스텍스는 기분이 좋아졌다. 한

동안 기분이 좋았던 적이 없었다는 것도 깨달았다. 눈을 감자마자 잠이 들었다.

다음 날 아침 스텍스는 굴과 연결되는 뚜껑 문을 열고 밖으로 나왔다. 라모아는 마당에 서서 해를 산맥이 그리는 회색 선을 바라보고 있었다. 라모아의 머리카락을 아침 햇살이 어루만지자 마치 불이 붙은 것처럼 후광이 생겼다.

"가자."

라모아는 울타리 문을 열고 고개를 한쪽으로 기울여 스텍스에게 먼저 출발하라는 신호를 보냈다.

"정글까지 사 일, 어쩌면 오 일이 걸릴 거야. 말을 타면 더 빨리 가겠지만 난 말은 절대 타지 않아. 말을 타면 늘 주변보다 말에 더 신경을 쓰게 되니까. 헤지라는 모티머 골짜기를 지나서 갈 거라고 했어. 아마 자기가 좋아하는 닭구이 요리가 있는 여관을 갈 수 있는 길이라 그럴 거야. 하지만 난 그쪽으로는 너무 많이 다녀서 다른 길로 가려고. 그리고 헤지라의 계산법은 안 믿어. 헤지라의 한 발짝은 보통 사람의 두 발짝이니까."

"헤지라와 친한가 봐."

스텍스가 말했다.

"엄청 친하지. 내가 곤란할 때 도와주기도 했고 필요할 때 항상 나타나고."

라모아가 답했다.

"둘이 혹시……?"

스텍스는 어떻게 설명해야 할지 몰라 약간의 손짓을 했다.

"지금 손으로 애정 표현 같은 거 한 거야?"

라모아는 웃으며 물었다.

"인형극에서 두 인형이 뽀뽀하는 것처럼 헝겊 얼굴을 대면 관객석에서 꼬맹이들이 '으에에에엑' 하는 그런 거?"

"아니야! 그런 게 아니……. 글쎄. 사실 나도 내가 뭘 한 건지 모르겠어."

"하하! 헤지라랑 난 그런 사이가 아니야. 헤지라는 오빠 같은 사람이야. 가장 친한 친구지. 수 년 전에 카라반과 이동 중에 헤지라를 만났어. 카라반이 강도 무리한테 습격당했거든. 심하게 다친 나를 헤지라가 리버하우스까지 데려다줬어."

"리버하우스가 뭐야?"

"우리 집이야. 바다가 보이는 곳에 자작나무로 지은 집이지. 숲으로 이어지는 작은 강어귀에 있어. 집에는 두 달마다 한 번씩 가. 가서 쉬기도 하고 다녀온 장소 생각도 하고 그래."

라모아는 눈을 찡그린 채 언덕을 살피다가 고개를 저었다.

"집에 갈 때마다 이번에는 집에서 계속 살겠다고 마음먹어. 일주일이 지나면 마음이 붕 뜨기 시작하지. 달빛에 비친 용암 폭포가 김이 나는 바다로 쏟아지는 장면이 떠올라. 사과만 한 벌들이 날아다니는 꽃밭이 생각나기도 해. 거긴 꽃가루와 꿀 냄새가 하도 진해서 공중에 떠다닐 수 있을 것 같았지. 아니면 내가 아직 가 보지 못한 곳들을 상상하기도 해. 갈 곳이 얼마나 남았을까? 수천 곳? 수백만 곳? 그러다가 다시 짐을 꾸려."

둘은 높게 자란 풀밭 사이를 걸으며 잠시 아무 말도 안 했다.

"우리 집은 작은 반도에 있어. 네가 살던 집 근처처럼 한때는 숲이었던 지역 가장자리에 말이야. 해변 바로 옆으로는 얼음덩어리가 떠다녔어. 밤에는 빛을 내는 얼음덩어리였지."

"아, 아름답겠다."

라모아가 말했다.

"응. 집에 돌아가면 이제 절대로 그 모습을 잊지 않을 거야."

오후 즈음에 둘은 언덕에 도착했다. 자작나무와 참나무가 있는 높은 지대는 더 시원했다. 선명한 초록색 나뭇잎과 흰색 나무껍질을 다시 만나자, 스텍스는 미소를 지었다. 그날 밤 스텍스와 라모아는 언덕 중턱에 판 작은 굴에 잘 곳을 마련했다.

이틀을 더 걷자 언덕은 사라졌다. 언덕이 있는 곳 가장자리에 서서 스텍스와 라모아는 초록색으로 덮인 땅을 내려다보았다. 땅에서 솟아 오른 커다란 나무 위로 구름이 스치듯 지나며 짙은 색 잎을 가렸다. 나뭇가지에는 기다란 덩굴이 걸려 있었다. 초원 위를 훨훨 나는 화려한 새들도 있었다. 공기는 새들의 노래와 곤충들의 윙윙거리는 소리로 채워졌다.

"저곳이 자그멜이야?"

스텍스가 물었다.

"자가텔이야."

라모아는 깔깔대고 웃었다.

"네가 장소 이름을 잘 외웠더라면 지금쯤 집에 도착했겠다."

"안 웃기거든?"

스텍스가 말했다.

라모아는 아무 말도 하지 않고 언덕을 따라 내려갔다.

"그래. **조금은** 웃겼어."

결국 스텍스는 인정했다.

'잃어버린 신전'은 맑은 물이 군데군데 고여 있는 풀 많은 평지 위 낮은 계곡에 있었다. 계곡은 대나무 줄기로 둘러싸여 있었다. 스텍스가 대나무를 두드리자 **텅** 하고 빈 소리가 났다.

신전은 자갈로 만든 피라미드 형태로, 자라나는 이끼 때문에 푸르스름해진 낮은 건축물이었다. 헤지라 텐부츠는 신전 앞 계단에 앉아 검을 갈고 있었다. 대나무 사이로 라모아와 스텍스를 발견하고는 크게 미소 지었다.

"안 늦었네."

헤지라가 말했다.

"왜 놀라운 일처럼 말해? 그러는 거 정말 짜증 나. 난 한 번도 늦은 적 없어. 네가 늘 일찍 도착한 거지."

"어쨌든 다시 보니 반갑다. 스텍스 스톤커터 씨도 마찬가지고요. 같이 왔다는 게 좀 놀랍네요. 자가텔 정글 어때요?"

"아름답네요."

스텍스는 진심으로 말했다. 어두운 덩굴 장식부터 덤불에서 자라는 밝은색 수박까지 이렇게나 다양한 종류의 초록색이 있으리라고는 상상하지 못했다.

"나도 그렇게 생각해요."

헤지라가 말했다.

"하지만 잃어버린 신전은 오래전에 약탈당했고 신전 금고에는 아무것도 없어요. 그 안에 무엇이 있었을지 늘 궁금해했죠."

"신전 자체를 잃어버린 건 아니구나."

라모아의 말에 헤지라는 어깨를 으쓱였다.

"무언가를 여러 번 잃어버릴 수는 있지. 하지만 언젠가는 다시 찾게 되는 법이야."

라모아와 헤지라가 그간의 소식을 나누는 동안 스텍스는 횃불을 켜고 신전 안을 탐험했다. 가장 아래층에는 한때 덫으로 쓰였던 잘린 철사가 있었다. 철사 뒤로는 벽에 구멍이 나 있었다. 썩은 고기 몇 조각만 있는 보관함도 있었다.

스텍스는 신전에 떨어진 돌을 모아 한쪽에 벽을 세우고 잘 곳을 마련했다. 그 소리를 듣고 라모아가 올라왔다.

"잠자리를 마련해 줘서 고맙긴 한데, 헤지라랑 여행할 때 좋은 점은 밖에서 잘 수 있다는 거거든. 난 피라미드 꼭대기에 누워 별을 보며 잘까 생각했어."

스텍스도 그게 더 끌리기는 했다. 신전 안에서는 곰팡이 냄새가 났기 때문이다. 스텍스는 침대를 분해해 라모아를 따라갔다. 헤지라는 손가락으로 검날을 시험하고 있었다.

"정글 나무 위에서 사는 게 당신 규칙에 어긋나는지 아닌지 마음 정했어요?"

스텍스는 초원에서 헤지라와 나눈 대화를 떠올리며 물었다.

"이곳까지 오면서 고민했어요. 그리고 나무 위에서 사는 건

안 된다고 결정했고요. 나무에서 지내는 것도 지붕 아래에서 보호받는 거나 마찬가지이니 거부하기로 결심했어요."

"하지만 새들도 나무 위에 둥지를 틀잖아요. 그런 것도 나무의 보호를 받는 거 아닌가요?"

헤지라는 생각에 잠겼다. 라모아는 스텍스의 팔을 쳤다.

"세상에, 스텍스. 더 부추기지 마. 헤지라의 규칙은 지금도 충분히 억지스러워."

헤지라는 웃으며 스텍스의 어깨를 툭 쳤다.

"라모아가 당신 집에 도착하기 직전에 굴에서 무슨 일이 있었는지 들었어요. 난 밤에 나타나는 괴물 중 크리퍼가 가장 위험하다고 생각해요. 감각은 훌륭하지만 야비한 녀석들이죠. 당신은 잘 싸웠을 게 분명해요."

"그렇지 않아요."

스텍스는 크리퍼의 떡 벌어진 검은 입과 초록색 살을 떠올리며 몸을 움츠렸다.

"폭발로 난 발라당 넘어갔어요. 난 싸움을 못해요. 그냥 운이 좋았을 뿐이죠."

"그런 결론은 좀 이상하네요. 고립되다 살아남은 것도 운이 좋았다고 말하겠네요. 그렇게 말하지 말아요. 당신은 능력이 있고, 어려운 상황에서 대처하는 의지도 있으니 용기를 내요."

스텍스는 어깨를 으쓱이고는 뭐라고 중얼거렸다.

"헤지라는 빈말로 칭찬하지 않아. 나도 그렇고. 싸우는 기술은 익혀 두면 도움이 될 것 같긴 해. 우리가 도와줄게."

라모아도 거들었다.

"알면 도움이 되긴 할 것 같아."

스텍스가 말했다.

"좋아. 헤지라, 네가 검술을 맡고 내가 궁술을 담당할까?"

잠시 후 스텍스는 헤지라와 마주 보며 검 끝을 헤지라의 검 끝에 갖다 댄 채 섰다. 헤지라는 검을 내리고 스텍스의 옆을 휙 지나 즉시 검을 그의 목에 댔다.

"난 죽은 목숨이네요."

스텍스는 헤지라의 속도와 행동의 난폭함에 충격을 받았다.

"아니에요. 이제 막 배우기 시작한 걸요."

헤지라가 말했다.

이후 한 시간 동안 헤지라는 스텍스에게 몸의 균형을 어떻게 잡아야 하는지, 공격하기 전에 언제 후퇴해야 균형을 잃지 않는지, 그리고 언제 원위치로 돌아가야 하는지를 가르쳤다.

스텍스는 검을 다루는 데 자신감이 조금 생겼다. 하지만 헤지라와 연습을 하면 여전히 헤지라가 이겼다. 스텍스가 순간적으로 유리해져도 마음만 앞서서 곧 반격을 받았다. 그리고 방어 전략이 무너지면 스텍스는 두려움과 당혹감에 사로잡혔고, 금세 자기 가슴을 겨누는 헤지라의 검 끝을 만났다.

헤지라가 말했다.

"몸은 배우는 중인데 정신과 마음이 뒤처져요. 전사는 절대로 감정이 싸움을 지휘해서는 안 돼요. 감정은 몸이 따라가지 못하는 곳으로 당신을 데려가서 집중력을 잃을 거예요. 집중력을 잃으면 끝이에요. 감정은 치우고 그 순간에만 집중해요."

헤지라의 이 말은 스텍스에게 도움이 되었다. 다음 한 시간 동안 스텍스는 숨을 가쁘게 내쉬며 연습했다. 헤지라는 스텍스의 잘못을 지적하는 대신에 올바르게 한 행동을 연달아 짚어 주고, "잘했어요."라고 여러 번 말해 주었다.

"이제 궁술을 배울 차례야."

라모아가 말했다.

"스텍스, 저 나무 옆에 보이는 코코아 꼬투리를 겨냥해 봐."

라모아는 스텍스에게 자기 활을 건넸다. 스텍스는 활의 묵직함과 손에 잡히는 감촉에 감탄하며, 화살을 시위에 메우고 조준한 후 날렸다. 화살은 표적에서 벗어나 숲으로 사라졌다.

"화살을 쏠 때 손은 움직이지 마."

라모아가 조언했다.

"화살촉을 목표물에 겨냥한 다음에 활시위를 놓는 거야. 딱 그것만 해야 해. 화살이 갈 길은 이미 정해져 있으니 그쪽으로 보내기만 하는 거야."

"말은 쉽지."

스텍스는 투덜대면서도 다시 시도했다. 이번에는 화살이 낮게 날다가 땅에 툭 떨어졌다.

"할 수 있을 거야. 자, 도움이 될 만한 걸 보여 줄게."

라모아는 스텍스가 들고 있던 활을 가져와 화살을 메웠다.

"내 뒤에 서서 내 손 위에 손을 올려."

스텍스는 라모아가 있는 곳으로 한 발짝 다가갔다.

"더 가까이 와. 물지 않을 테니까. 좋아. 그럼 이제 내 손이 어떻게 하는지 느껴 봐. 목표물을 응시하고 숨을 내쉬어."

라모아의 어깨가 스텍스에게 닿았다.

"몸에서 숨을 빼야 가만히 있을 수 있어. 그러고 난 후에…… 화살을 놓는 거야."

스텍스의 손 아래에 있던 라모아의 손이 움켜 쥔 화살을 놓자 화살은 쏜살같이 날아가 코코아 꼬투리 하나를 잘랐다.

"이제 혼자 해 봐."

라모아가 말했다.

스텍스는 활을 받아 화살 하나를 시위에 메운 다음 잡아당겼다. 그리고 화살촉이 작은 원을 그리는 것을 멈출 때까지 기다렸다. 스텍스는 숨을 내뱉은 뒤 손가락을 폈다.

"와! 그거야, 스텍스! 잘했어!"

스텍스가 쏜 화살은 라모아가 쏜 꼬투리 바로 옆에 있는 꼬투리에 꽂혔다. 라모아가 박수를 쳤다.

"당신은 생각하는 것보다 전사에 더 가까워지고 있어요."

헤지라가 말했다.

라모아는 한 손에 화살 두 개를 쥐고 다른 손으로는 코코아 꼬투리를 들고 돌아왔다.

"헤지라 말이 맞아. 내일 활을 만들어 줄게. 하지만 지금은 스텍스가 가져온 밀로 쿠키를 만들자."

24장

챔피언에게 가는 길

#여행의 이유에 관하여 #'끝없는 모래 언덕'을 가로질러

라모아는 불을 피웠고, 헤지라는 쿠키를 구웠으며, 스텍스는
경비를 섰다. 스텍스는 모닥불 빛이 비추는 원 가장자리를 돌
며 어둠을 바라보았다. 덤불마다 크리퍼가 하나씩 있고 나무
마다 해골이 활을 들고 숨어 있을 것만 같았다.

하지만 괴물은 없었다. 곧이어 셋은 맛있지만 뜨거운 쿠키를
먹었다. 헤지라는 커다란 쿠키를 한 입 베어 먹다 뜨겁다며 펄
쩍펄쩍 뛰었는데 그 모습이 아주 웃겼다.

"저 친구는 신발도 신지 않고 지붕 아래에서는 절대로 자지
않으면서도 쿠키는 좋아해. 참 이상하다니까."

라모아는 스텍스에게 미소를 지었다.

"우린 다 이상한 면이 있어. 그래서 사람들은 다 흥미롭지."

헤지라도 살짝 미소를 지었다.

"넌 분명히 흥미로운 사람이야. 그래서 다음은 어디로 갈 거

242

야? 난 카람헤스로 갈 거야. 거기서 남쪽으로 가는 카라반을 안내하기로 했어. 그 후에 며칠 걸으면 리버하우스에 도착할 수 있을 것 같아. 나랑 같이 갈래? 카라반이야 실력 있는 안내원이 더 있을수록 좋아할 테니까."

"글쎄. 난 우리 친구 스텍스가 이제 어느 길을 따를지가 궁금해지는데."

스텍스는 호기심 어린 눈빛으로 그들을 쳐다봤다.

"내 길은 날 이곳으로 데려왔어요. 이곳에서 할 일은 전부 다 한 건가요? 난 놓친 것이 있을지도 모르니 적어도 옛터를 살필 줄 알았어요. 아니면…… **뭐라도** 할 줄 알았는데요."

라모아와 헤지라는 시선을 교환했다.

"자가텔에 온 목적은 바로 자가텔에 도착하는 것 자체였어요. 잃어버린 신전이 어떻게 됐는지 확인하고 싶었는데 와서 확인했고요. 라모아는……."

"그건 내가 직접 얘기할게. 난 스라소니나 앵무새 같은 정글 동물을 관찰하고 싶었어. 내일 아침에 동이 트면 동물들을 보러 갈 거야. 카람헤스로 출발하기 전에 말이야. 스텍스, 카람헤스로 같이 가는 건 어때?"

"우리가 이곳에 온 목적을 다 달성한 거라면 난 초원으로 돌아갈래."

라모아의 얼굴에 미소가 피어오르자, 스텍스는 손을 들어 라모아의 생각을 멈췄다.

"아니, 난 내 보석과 광석을 가지러 가는 것뿐이야. 그것들을 챙겨서 챔피언을 찾아 도와줄 수 있느냐고 물어볼 거야."

"챔피언을 만나려면 얼마나 멀리 가야 하나요?"

헤지라가 물었다.

"만날 때까지 가야죠."

스텍스가 답했다.

"복수를 위해?"

헤지라가 말했다.

스텍스는 고개를 저었다.

"정의를 위해서예요. 라모아와 함께 초원을 떠나기 전 굴에서 마지막 밤을 보내면서 생각했어요. 푸지 템프로는 다른 사람이 일군 모든 것을 빼앗고 약탈했어요. 나는 우리 할머니가 지은 집에서 그런 일을 겪었어요. 그런 일은 다시 생길 수도 있겠죠. 나에게나, 다른 그 어느 누구에게나. 난 푸지의 첫 번째 피해자가 아닐 거예요. 그리고 마지막 피해자도 분명 아니겠지요. 그 사람은 누군가 자신을 멈추게 하지 않는 한 계속해서 그렇게 하고 다닐 거예요."

"경험상 정의는 말로는 쉽지만 실제로 행하기는 어려워요."

헤지라가 말했다.

"그렇다고 시도하지 말란 법은 없지."

라모아가 대꾸했다.

"네 감상은 늘 그렇듯 감탄할 만해. 스텍스, 만약 정의를 이루긴 해도 당신을 위한 정의가 아니라면요?"

"그게 무슨 뜻이죠?"

"강도들이 당신의 집을 침입했어요. 이미 당신의 재산은 사방으로 흩어졌을 테고요. 이 푸지 템프로라는 사람과 대면한다 해도 만족하지 못할 수도 있어요."

"그가 나쁜 행동을 멈췄다는 것을 아는 것만으로도 가치가 있을 거예요. 그걸 이루기 위해 얼마나 멀리 가야 하든 말이죠."

스텍스가 말했다.

헤지라는 눈을 가늘게 뜨며 말했다.

"스텍스 씨가 그토록 신뢰하는 챔피언의 얘길 들었어요."

스텍스는 벌떡 일어났다.

"뭘 들었나요?"

"지금 '그레이 봉우리'에 있는 요새에 산다고 해요. 상인들 사이에서는 '끝없는 모래 언덕'이라고 불리는 지역 너머에 있지요. 그렇다고 끝이 없는 정도는 아니에요. 내가 직접 걸어 봤거든요. 서쪽에서 동쪽까지⋯⋯."

"헤지라. 그게 중요한 거 같진 않아."

라모아가 말했다.

"아. 그럴 수도 있겠다. 어쨌든 스텍스, 당신이 가려는 길에 관해 내가 좀 더 아니까 이 정보는 가치가 있다고 봐요. 그 사람을 찾아가고 싶다면 내가 방향을 알려 줄 수 있어요."

"나와 같이 가겠다는 말인가요?"

스텍스가 물었다.

헤지라의 표정을 보고 스텍스는 헤지라가 그런 뜻으로 말한 것이 아님을 깨달았다. 하지만 헤지라는 눈썹을 찡그리며 하늘

위 별을 올려다보았다. 머릿속을 정리하는 듯했다.

"같이 가, 헤지라. 다른 약속 없었으면 나도 같이 갔을 거야."

라모아가 말했다.

"좋아. 스텍스만 원한다면."

헤지라가 말했다.

"오, 나야 당연히 원하죠."

스텍스가 말했다.

자가텔 정글은 동쪽 변두리로 갈수록 식물 수가 줄다가 점점 풀밭과 구불구불한 지형이 나오더니 나중에는 풀조차도 빈약해지다가 마침내 지평선까지 모래 무덤으로 변했다.

모래를 바라보던 라모아는 스텍스와 헤지라에게 시선을 돌렸다. 반들거리는 검은색 머리카락 사이로 미소가 보였다.

"같이 갈 수 있으면 좋을 텐데."

라모아가 말했다.

"약속을 지키는 거잖아. 네가 늘 그러는 것처럼."

헤지라는 조용히 말했다.

"어쩌면 이번에는 지키지 말아야 할 것 같아."

헤지라는 아무 말도 안 했다.

스텍스는 자기가 둘 사이를 방해하는 것 같아 불편해졌다.

"헤지라와 난 별일 없을 거야."

스텍스는 라모아에게 말했다.

"넌 카라반을 안내하기로 했잖아. 누가 알아, 카라반이 이동하는 길에 활을 쏠 줄 모르는, 갈 곳을 잃은 고립된 외톨이가 있을지 말이야. 널 만나게 되면 나처럼 기뻐할 거야."

스텍스는 라모아가 만드는 법을 가르쳐 주고 이제 자기 어깨에 걸고 있던 활의 우아한 곡선을 톡톡 쳤다.

"그건 그래."

라모아는 미소를 짓고 스텍스의 어깨에 손을 잠시 올렸다. 그러고 난 후 한숨을 내쉬고 남쪽을 바라보았다.

"헤지라, 카람헤스 여관이나 텀블스 항구에 있는 브럽스나 신시한테 메시지를 남겨 둘게. 스텍스, 헤지라 잘 부탁해. 규칙을 따르느라 물구나무서서 이동하는 일은 없게 해 줘."

"늦겠어. 출발하는 게 좋을 것 같아."

헤지라가 말했다.

라모아는 다시 한숨을 내쉰 후 어깨를 치켜세우더니 남쪽으로 성큼성큼 걸었다.

"우리도 가죠. 끝없는 모래 언덕은 밤이 되면 위험하거든요."

헤지라가 말했다.

라모아의 뒷모습을 바라보던 스텍스는 헤지라를 따라 사막을 가로질렀다. 검은 옷을 입은 이 여행자의 크고 힘찬 발걸음을 따라잡으려면 속도를 내야 했다. 모래 위를 걷는 동안 헤지라는 조용했다. 두 사람 뒤로 풀밭은 서서히 회색과 녹색이 섞여 흐릿해졌다. 스텍스는 무언가 이상한 느낌을 받았다.

"라모아가 가지 않기를 바랐군요."

스텍스는 자신의 짐작이 맞기를, 헤지라가 부디 새로운 규칙

247

을 더할 생각을 하는 중이 아니기를 바랐다.

"네, 라모아가 가지 않기를 바랐어요. 하지만 갈 거란 걸 알았죠. 오래전에 라모아가 약속을 하나 깬 적이 있는데 그때 생긴 죄책감을 아직도 갖고 있어요. 그래서 자꾸만 이곳저곳으로 옮겨 다니는 거예요. 평온을 찾으려요. 자신을 용서하기만 하면 자기 마음속에서 평온을 얻을 텐데 말이죠."

스텍스는 이 말을 이해하느라 잠시 조용히 있었다.

"무슨 일이 있었나요?"

헤지라가 할 말을 다 한 게 분명해지자 스텍스가 물었다.

"그건 라모아의 이야기이기 때문에 그 이야기를 들려줄지 안 들려줄지도 라모아가 결정해야 해요. 우린 갑시다, 스텍스 스톤커터 씨. 당신의 이야기야말로 우리 앞에 펼쳐질 테니까요."

스텍스가 보기에 끝없는 모래 언덕은 푸지와 강도들이 자기를 버리고 간 황폐한 해변과는 달랐다. 모래 언덕은 아름다웠다. 게다가 건물처럼 모래 위에 솟아오른 초록색 선인장부터 스텍스와 헤지라가 가까이 다가가자 갈팡질팡 도망친 토끼까지 많은 동식물이 있었다.

낮에는 햇볕이 강렬했지만 밤이 다가오자 기온이 갑자기 떨어졌다. 낮게 내려앉은 해를 보며 헤지라는 걸음을 멈췄다.

"잘 곳을 마련하는 게 좋겠어요. 난 따로 잘 데가 있어서도 안 되지만 다른 사람이 묵을 곳을 만드는 걸 도와줘서도 안 돼요. 왜냐하면 그건······."

"알아요. 규칙에 어긋나기 때문이죠."

스텍스는 한숨을 내쉬었다.

스텍스는 쉬지 않고 뒤섞이는 모래 위에 드러난 바위에 굴을 파 내려갔다. 헤지라는 근처에 서서 지평선을 살폈다.

"질문이 하나 있어요. 만약에 은신처 만드는 걸 너무 늦게 시작해서 다 만들기도 전에 무언가 우리를 공격한다면 규칙에 따라 당신이 무언가를 할 수 있는 방법이 있나요?"

스텍스가 물었다.

"난 늘 그렇듯 밤에 나타나는 괴물에 맞서겠죠. 그렇게 당신을 지킬 수 있겠고요. 하지만 은신처를 짓는 건 돕지 않을 거예요. 그렇게 하면 당신의 길에 내가 방해가 될 테니까요."

스텍스는 삽에 기댔다.

"하지만 은신처를 마련하라고 내게 알려 줬잖아요."

"그건 당신이 경험이 부족한 여행자이기 때문이죠. 이 지역에서 생길 수 있는 위험을 예상하지 못할 테니까요. 하지만 이제는 알겠죠."

"그러면 내일은 은신처를 마련해야 할 시각이 됐다고 알려 주지 않을 건가요?"

"그렇죠. 이제 당신도 아니까요."

헤지라가 답했다.

"그 규칙 참 복잡하네요. 알면 알수록 궁금한 게 늘어나요."

"궁금한 건 내일로 미뤄 둡시다. 하지만 내 규칙 때문에 라모아나 나와 함께 여행하는 사람들이 짜증을 낸다는 건 나도 알고 있어요. 그 부분은 나도 애석합니다."

헤지라는 꾸벅 인사를 한 후 사막으로 몸을 돌렸다. 스텍스는 은신처 작업을 마친 후 안에 들어가 잠이 들었다. 간혹 밖에서 들리는 싸우는 소리에 잠에서 깰 때도 있었지만 말이다.

다음 날 아침, 검 위에 구부정하게 몸을 구부리고 있는 헤지라는 눈 밑이 새카맸고 초췌해 보였다.

"좀 자기는 했어요?"

스텍스는 걱정이 되어 물었다.

"약간요. 나무가 없으니 사막을 건너는 일은 어렵네요."

스텍스는 그 생각을 미처 하지 못한 것에 죄책감이 들었다.

"오늘 밤엔 교대로 망을 보기로 해요. 당신은 바닥에서 자고 내가 감시할게요. 물론 그게 당신 규칙에 맞는 행동이라면요."

헤지라는 스텍스의 어깨를 툭 쳤다.

"정말 친절하네요. 하지만 난 이 시련을 기꺼이 받아들입니다. 난 끝없는 모래 언덕을 여러 번 지났어요. 내 규칙이 요구할 때마다 이곳에 왔죠. 그리고 오늘 부지런히 움직이면 해가 질 때쯤엔 지내기 수월한 곳에 도착할 거예요. 그리고 다음 날이 되면 아마 챔피언이 사는 곳에 도착할 겁니다."

푸지 템프로가 죗값을 치르게 해 줄 사람을 만날 날이 가까워졌다는 생각에 스텍스는 숨이 막힐 정도였다. 스텍스는 이 생각으로 하루를 버틸 수 있었다.

해가 하늘에 낮게 떠 있을 때 스텍스는 북쪽으로 짙은 주황색 건물이 모여 있는 것을 발견하고 헤지라에게 알렸다.

"파탄노스 마을이에요. 좀 이상한 사람들이죠. 나쁜 건 아닌데 외부인을 꺼려 하고 자기들끼리 있는 걸 선호해요. 우린 좀더 가요. 한 시간쯤 가면 모래 언덕 동쪽 끝에 도착할 거예요."

헤지라의 말이 맞았다. 해가 지기 직전에 헤지라는 참나무 큰 가지 위로 올라갔고, 스텍스는 언덕 한 면을 파내어 은신처를 마련했다. 밤사이에 뼈 한 마디와 보라색 거미 눈 하나만 얻은 헤지라는 다음 날 아침 훨씬 상쾌한 모습으로 일어났다.

스텍스는 꽃밭부터 나무 그늘 아래에서 풀을 뜯는 양 떼와 소떼까지, 이 새로운 초록색 땅이 아름답고 편안하게 느껴졌다. 잘 가꾸어진 작은 농장을 둘러싼 울타리를 지나 여러 작은 마을을 가로지르는 다른 사람들도 같은 마음인 듯했다.

정오가 되자 멀리 그레이 봉우리가 보였다. 흐릿한 회색 형태 정도였지만 분명 있었다. 저녁이 되자 풀밭과 숲 위로 드리워진 봉우리가 모습을 드러냈다. 석양이 봉우리를 분홍색과 주황색으로 밝게 물들였다.

둘이 모닥불 옆에 앉아 양고기를 먹을 때 헤지라가 말했다.

"당신을 이곳까지 안내할 수 있어서 영광이었어요, 스텍스. 하지만 이 여행의 다음 단계는 당신 혼자서 해내야 해요."

"그럼 당신도 떠나는 건가요?"

스텍스는 갑자기 가슴이 죄어드는 느낌을 받았다.

"아니에요. 원한다면 텀블스 항구 근처 초원이나 카람헤스, 아니면 리버하우스까지 같이 갈 거예요. 방향이 겹친다면 다른 곳도 같이 갈 수 있겠죠. 하지만 챔피언은 혼자 만나야 해요. 이 순간은 당신 운명에 아주 중요해요. 그리고 내 규칙에 따르면 난 관여할 수 없어요."

"당신은 날 도와줬어요. 라모아와 다른 많은 사람도 도와줬고요. 그런데 다른 사람의 운명을 간섭하지 않으려면 언제 도와주고 언제 옆으로 비켜야 하는지를 어떻게 결정하나요?"

"그 질문은 나 역시 스스로에게 한 질문이에요. 그리고 오늘의 답이 내일의 답과 같으리라고 장담할 수도 없죠. 당신은 지금 당신이 누구인지, 이 세상에 당신이 있어야 할 곳은 어디인지 발견하는 중이에요. 그 길을 난 당신과 함께 갈 수 없어요."

"그러면 그 길을 발견했는데 그 길에서 벗어난다면요? 당신은 내가 생각하는 것보다 더 전사답다고 얘기해 주었고 검을 사용하는 법도 가르쳐 주었죠. 이렇게 하는 것 또한 나와 같은 길을 가는 것 아닌가요?"

"당신이 가야 하는 길이에요. 그 길로 돌아가라고 알려 주는 것은 그 길을 함께 걷는 것과는 달라요."

헤지라는 대답했다.

"하지만······. 알았어요, 그만하죠."

스텍스는 너무 지쳐 있어서 헤지라의 복잡한 철학에 관해 깊이 생각할 수 없었다.

"좋아요. 잠자리로 삼기에 아주 좋은 나무를 발견했어요. 내일 아침에 다시 얘기해요."

헤지라가 말했다.

아침이 되자 헤지라는 밤사이에 얻은 여러 획득물을 스텍스에게 보여 주었다. 그중에는 좀비가 쓰고 있던 낡은 금 투구도 있었다. 헤지라가 투구 때문에 어찌나 신이 나 있던지 스텍스는 복잡한 규칙 얘기를 꺼낼 수 없었다. 그리고 헤지라가 이미 스텍스의 운명에 개입했다며 떠나려고 할까 봐 걱정되기도 했다.

헤지라는 스텍스에게 풀밭에서 그레이 봉우리와 챔피언의 집까지 올라가는 길을 보여 주었다.

스텍스는 숨을 크게 들이마시고 혼자 산을 올랐다.

스텍스는 다시 한 번 보물이 담긴 보관함을 가져오지 않은 것을 걱정했다. 초원에 다녀올까도 생각했지만 너무 멀었고, 헤지라가 어떤 규칙 때문에 스텍스를 데려다주지 못한다고 할지도 몰랐다. 챔피언은 도움을 구하러 온 사람들과 협상을 한다고 했다. 분명 무작정 챔피언을 찾아간 사람들도 있을 텐데, 그들은 챔피언과 타협한 뒤 그가 요구하는 것을 가지고 다시 챔피언을 찾아갔을 것이다. 챔피언이 무엇을 원하는지 확인한 다음 필요한 것을 가지고 돌아와도 될 듯했다.

스텍스는 산꼭대기에서 뭘 발견하게 될지도 궁금했다. 갑옷을 입은 군대나 쳐다보면 최면에 걸리는 눈과 존재하는 모든 색으로 빛을 내는 날개가 달린 용이 있는 건 아닐까?

하지만 그를 기다리고 있는 것은 아무것도 없었다.

대신 그의 앞에는 철 울타리로 막힌 돌길이 두 언덕 사이에 있는 초록색 골짜기까지 이어져 있었다. 울타리 너머로 가축우리와 농작물 밭이 보였다. 자신의 집과 매우 비슷한 챔피언의 집을 보는 순간, 스텍스는 숨이 막혔다.

길은 짙은 갈색 참나무 문으로 닫혀 있었다. 자세히 살펴보니 문 옆에 버튼이 하나 있었다. 스텍스는 버튼을 눌렀다.

"계세요?"

아무런 일도 일어나지 않았다. 스텍스는 버튼을 몇 번 더 눌러, 인사를 한 후 자기가 누구고 어디서 왔는지 더듬거리며 설명했다. 답은 없었다. 저 멀리 음매 소 우는 소리 말고는 아무것도 들리지 않았다. 몇 분 후 스텍스는 바닥에 앉았다.

스텍스는 주머니에서 나침반을 꺼내 바라보며 아버지도 자가텔 정글이나 끝없는 모래 언덕이나 파탄노스 마을에 가 본 적이 있는지 궁금했다.

멀리서 천천히 **달가닥달가닥**하는 말발굽 소리가 들렸다. 스텍스는 서둘러 일어섰고, 챔피언의 사유지로 들어가는 돌길을 따라 말을 타고 여유롭게 다가오는 한 사람을 발견했다.

말에 걸터앉은 남자는 키가 크고 말랐으며 머리카락은 흰색이었다. 무엇보다 꿰뚫어 보는 눈으로 자신을 바라보았다.

"만나 뵙게 되어 영광입니다, 챔피언."

스텍스는 **챔피언 씨**나 **챔피언 님**이라고 인사했어야 하는 건 아닌지 뒤늦게 후회했다.

"제 이름은 스텍스 스톤커터입니다. 당신을 만나러 먼 길을 왔습니다. 제가 왜 당신의 도움이 필요한지 말씀드리죠."

25장
챔피언, 드디어 만나다
#챔피언과의 점심 식사 #추락한 영웅

"선생님은 제게 부적절하게 말을 거셨습니다."

백발의 남자가 진지하게 말했다.

스텍스는 혀를 깨물고 싶었다. 역시 **챔피언** 님이라고 말했어야 했다.

"전 챔피언이 아닙니다, 스톤커터 씨. 전 그분의 집사이지요. 제 이름은 트로옌스입니다."

남자가 덧붙였다.

"아. 네, 안녕하세요, 트로옌스 씨. 만나서 반갑습니다. 그럼 챔피언 씨는 여기 계신가요?"

"뒷마당에서 작업 중이실 겁니다. 만나기로 하셨나요?"

트로옌스가 물었다.

"아니요."

스텍스는 솔직하게 말했다.

"전 한 번도 챔피언에게 도움을 청한 적이 없어서요. 미리 약속을 해야 하는지 몰랐습니다."

"안내해 드리죠."

트로옌스는 휙 하고 말에서 내린 후 울타리 문을 열었다. 그리고 스텍스 뒤로 문을 닫은 후에 다시 말에 올라탔다. 스텍스는 트로옌스 옆에서 따라 걸으며 가축우리와 밭과 물고기가 사는 연못과 정자가 있는 격식을 갖춘 정원을 지났다.

"참 아름다운 곳이네요."

스텍스는 다시 자기 집을 떠올리며 말했다. 챔피언도 고양이를 키우는지 궁금했지만 묻지는 않았다. 트로옌스는 스텍스가 갑자기 나타난 것이 달갑지 않아 보였기 때문이다.

스텍스는 돌길 위에 부딪치는 팔로미노의 말발굽 소리를 들으며 조용히 걸었다.

집은 골짜기 뒤편 우뚝 솟은 곳에 있었다. 회색 안산암으로 짓고 분홍색 화강암으로 장식한 건물이었다. 양쪽에 서 있는 포탑 창문에 햇빛이 반사했다. 트로옌스는 스텍스를 집 뒤쪽으로 안내했다. 계단을 따라 내려가니 정성껏 가꾼 정원이 나왔다. 트로옌스는 그곳에 있는 울타리 기둥에 말을 묶었다.

"이쪽입니다."

스텍스는 트로옌스의 안내에 따라 완벽하게 다듬은 장미 덤불 정자를 통과한 후 화려한 색의 튤립 밭을 지났다. 정원 안쪽 잔디 가운데에 한 남자가 팔짱을 낀 채 뒤돌아 서 있었다. 그는 손을 뻗어 삐죽 나온 풀 몇 줄기를 가위로 싹둑 잘랐다.

"챔피언 님, 손님이 찾아오셨습니다."

트로엔스가 말했다.

"응?"

스텍스보다 서른 살은 더 많아 보이는 남자가 뒤를 돌아봤다. 이목구비는 뚜렷했고 푸른색 눈빛은 강렬했으며 두 팔은 길고 힘이 세 보였다. 그는 고급스러운 청녹색 가운을 입고 있었다.

"챔피언 선생님, 만나 뵙게 되어 영광입니다. 제 이름은 스텍스 스톤커터입니다. 그리고 전 왜 선생님의 도움을 필요로 하는지 설명해 드리기 위해 먼 길을 왔습니다."

"이런, 그렇게 부르지 말아요, 스텍스. 아벨이라고 불러요."

남자가 트로엔스에게 고개를 끄덕이자, 트로엔스는 꾸벅 인사를 하더니 조용히 자리를 떴다.

"아, 네. 아벨. 집이 참 아름답네요."

"고마워요."

챔피언이 말했다.

"모란을 심을 새 정원을 마련하는 데 문제가 좀 있었어요. 밤새 흙이 사라져 버렸거든요. 엔더맨들의 짓인 것 같아요. 원래 그런 장난을 치는 녀석들이니까요. 참 이상해요. 오버월드에 보물이 얼마나 많은데 왜 흙에 끌리는지 모르겠어요."

"그러게요. 저도 집에서 그런 일이 있었어요. 사실 제가 만나 뵈러 온 이유도 집 때문인데요."

스텍스가 말했다.

아벨은 손으로 이마를 훔치며 말했다.

"아. 오늘 밖은 좀 덥네요. 들어가서 얘기하죠. 트로옌스에게 간단한 점심 식사를 준비해 달라고 할게요."

"아, 네."

스텍스는 자기 사연을 막 얘기하려는 참이었다.

"좋을 것 같아요. 감사합니다, 챔…… 선생님…… 아벨."

아벨은 돌계단을 올라가 정원이 보이는 현관으로 스텍스를 데려갔다.

스텍스는 한 손으로 벽을 쓰다듬으며 말했다.

"윤을 낸 안산암인가요? 솜씨가 뛰어나네요. 우리 가족도 안산암을 깎고 이렇게 윤내는 일을 했어요."

"집을 보여 드릴게요."

스텍스가 거절하기도 전에 챔피언이 집을 안내했다.

챔피언의 거실은 넓고 바람이 잘 통했다. 윤을 낸 돌로 벽을 세웠고 천장에 고정된 횃불이 거실을 밝혔다. 흥미로운 물건들이 책장에 전시되어 있었다. 크리퍼 머리 옆에는 한 부분이 패여서 주름이 생긴 철 투구가 있었고, 정교하게 가공한 활 옆에는 작은 금 조각상이, 테를 씌운 나침반 세트 근처에는 빨간색 X자로 표시가 된 해안선이 보이는 지도 하나가 있었다.

아벨은 스텍스의 눈을 통해 보는 것처럼 거실을 둘러보았다.

"추억이 많은 책장이에요."

아벨은 무언가를 떠올린 듯 눈빛이 반짝였다.

"저 투구는 다크 율릭 거예요. 내가 그의 공포 정치를 끝냈죠.

저 조각상은 해적들을 몰아내자 클라초로 섬 주민들이 준 선물이에요. 그리고 저건 '우브나르의 길을 잃은 유목민들' 요새 위치를 표시한 지도예요. 그 요새를 포위 공격했죠."

아벨은 미소를 지었다.

스텍스는 다이아몬드 전신 갑옷을 세워 둔 진열대 앞에 섰다. 투구, 흉갑, 정강이 가리개, 부츠가 있었다. 갑옷은 은은하게 빛을 내다 번쩍이며 마법이 부여되었다는 표시를 냈다.

"텀블스 항구에서 가장 실력이 뛰어난 마법사인 필돈 어르신이 만들어 주셨죠. 그 갑옷을 뚫을 수 있는 것은 아마 아무것도 없을 겁니다. 많은 위험을 피하게 해 주는 마법도 걸려 있지요."

아벨이 우브나르 포위 공격에 대해 말하는 동안 스텍스는 참지 못하고 손가락으로 투구를 훑었다.

아벨은 한쪽에 있는 보관함을 열었다. 스텍스는 아벨의 어깨 너머로 그 안에 다이아몬드와 청금석이 쌓여 있는 것을 보았다. 아벨은 다이아몬드 검을 들고 몸을 돌렸다.

"이 검 이름은 '날카로운 정의'예요. 한번 들어 봐요. 손 안에서 완벽하게 균형이 잡히는 걸 느낄 수 있을 거예요."

아벨이 스텍스에게 자루를 내밀었다. 스텍스는 어리둥절한 채로 검을 받았다. 검은 균형이 잡혀 있을 뿐만 아니라 놀라울 정도로 가벼웠다. 스텍스가 시험 삼아 공중을 가르자 검은 윙윙거리며 힘을 내뿜었다.

스텍스는 조심스레 '날카로운 정의'를 주인에게 돌려주었다. 아벨은 미소를 살짝 지은 채 잠시 검을 살피다가 다시 다이아몬드로 가득 찬 보관함에 넣었다.

"트로엔스가 왔네요. 식사합시다."

아벨은 스텍스 너머를 보며 말했다.

아벨은 다양한 목재 판자로 벽을 꾸민 식당으로 스텍스를 안내했다. 바닥에는 유리가 깔려 있었는데, 그 아래로 부드러운 빛을 내는 돌 블록들과 뾰족뾰족한 보라색, 파란색, 분홍색 산호 사이를 헤엄치는 화려한 색의 물고기들이 보였다.

"동쪽 바다 산호초를 본 적 있습니까? 그곳을 그대로 옮겨 오고 싶었어요. 난 저녁 식사 후 이곳에 앉아 물고기들을 구경하는 일종의 사치를 부리곤 하지요."

긴 식탁 양쪽 끝에 수박과 케이크를 올린 접시가 하나씩 있었다. 아벨과 스텍스는 자리에 앉았다. 스텍스는 달콤하면서도 시큼한 수박의 신선한 맛을 즐겼다. 하지만 스텍스는 이러려고 먼 길을 온 것은 아니었다.

"절 만나 주셔서 감사합니다."

스텍스의 말에 아벨은 물고기를 내려다보던 시선을 올렸다.

"전 텀블스 항구에서 처음으로 선생님 얘기를 들었습니다. 도움이 필요한 사람들에게 해 주신 모든 일에 대해서도 말이죠. 농부 같은 사람들은 빵을 갖다 드렸다고 하고, 왕자와 공주가 납치된 일도 있었다고 들었습니다."

아벨은 고개를 저으며 중얼거렸다.

"못된 녀석들이었죠, 그 남매요. 공주는 내 말 꼬리에 불을 붙였고 왕자는 내가 준 먹을 것을 모두 뺏었거든요."

"아. 그래도 납치된 건 안 된 일이었어요. 얼마나 무서웠을까요. 남매와 남매 왕국 사람들을 도와주셨지요. 그렇게 저도 도와주셨으면 합니다."

아벨은 몸을 뒤로 젖혀 의자에 기댔다. 스텍스는 계속 말을 하라는 의미로 받아들이고는 푸지 템프로가 스톤커터 선착장에 온 날부터 텀블스 항구에서 보낸 날들까지 얘기했다.

"끔찍했네요."

스텍스는 아벨의 눈에서 잠시 분노가 일렁이는 것을 보았다. 하지만 아벨은 다시 의자에 몸을 기대고는 식탁에 양손을 맞대어 뾰족하게 세웠다.

"하지만 요즘 난 전사보다 농부로 살고 있습니다."

"선생님을 찾아오는 사람들은 많겠지요. 그리고 그중 대다수가 저보다도 도움을 더 필요로 할 거예요. 전 텀블스 항구에서 채굴을 많이 했습니다. 보석도 있고 광석도 있어요. 누군가를 돕는 데 이런 자원을 사용하실 수 있을 겁니다."

스텍스는 판자로 장식한 번드르르한 벽과 유리 바닥 아래 수중 세계가 있는 방을 둘러보았다. 챔피언은 이 방만 꾸미는 데에도 큰돈을 들였을 것이다. 거대한 어항 위에서 점심을 먹는 게 다른 사람에게 어떻게 도움이 될 수 있을까?

"가장 최근 집을 떠났을 때 산적들에게 기습당한 일이 있었습니다. '날카로운 정의'를 잃을 뻔했고, 갑옷은 부서지고 갈라졌습니다. 투구와 방패는 더 쓸 수 없을 정도로 망가졌고요."

스텍스가 물었다.

"산적들은 어떻게 됐나요?"

"내가 쫓아냈습니다."

아벨이 말했다.

"그때 일로 사람들 도와주는 걸 그만두신 건가요? 이해가 되질 않네요. 선생님의 다이아몬드 갑옷이 망가진 것 때문에요? 많은 사람이 선생님 도움을 기다리고 있는데요? 오버월드에 부당한 일이 그토록 많이 일어나는데도요?"

"맞습니다. 당신은 이해하지 못할 거예요. 난 오버월드에 있는 추한 것을 다 없앨 수 없어요. 노력했지만, 내 눈에는 달라진 게 없었지요. 적어도 내 집에서는 작게나마 아름다운 것을 만들 수 있어요. 나의 사고방식을 이해할 수 있겠어요?"

스텍스는 고개를 저었다.

"전 최근 두어 달 동안 오버월드의 많은 곳을 다녔어요. 아름다운 곳이 많더군요. 해변도 정글도 사막도 풀밭도 있었어요. 너무나 아름다워서 가슴이 터질 지경이었어요. 이런 오버월드에 아름다움을 더할 필요는 없어요. 대신 부당한 일을 줄여야지요."

"하지만 부당함을 전부 없앨 수는 없어요."

아벨은 한숨을 내쉬었다.

"어제만 해도 약탈자들이 와서 내 집을 위협했어요. 울타리까지 왔죠. 그들을 내쫓았지만 더 올 거예요. 부당함을 없애라고요? 구멍 난 양동이에 물 붓는 것과 같은 일이에요."

"그렇다면 양동이를 고쳐야죠. 전 다른 사람들을 도와주시는 게 양동이 구멍을 메우려고 그러시는 줄 알았어요."

아벨은 무슨 말인지 모르겠다는 듯 혹은 무슨 말인지 **알고 싶지 않다는 듯** 스텍스를 쳐다봤다. 스텍스는 가슴속에서 화가 불타오르는 것을 느꼈다.

"푸지 템프로는 저한테 한 짓을 다른 사람들에게도 할 거예요. 아무 죄 없는 사람들에게요. 절 위해 싸울 가치가 없다고 생각하시는지 모르겠지만, 푸지가 괴롭힐 다른 사람들을 위해 싸울 가치는 분명히 있을 겁니다. 절 도와주고 싶지 않으시다면 다른 사람들을 돕기 위해 푸지를 막는 걸 생각해 주세요."

"풀지인지 푸르지인지 뭐든 간에 난 그런 사람들을 알아요."

아벨은 한숨을 내쉬었다.

"사악하고 잔인하죠. 때로는 그들이 왜 그렇게 되었을까 생각해 보기도 합니다. 답은 찾지 못했지만요."

스텍스의 마음에 희망의 빛이 생겼다. 챔피언이 마음을 바꿔 어떻게 그 당당한 호칭을 얻게 되었는지 떠올린 걸까?

"답은 **없다고** 생각합니다. 푸지는 그냥 그런 놈이에요. 잔인함 자체가 목적이지요. 그는 훔치는 행동 자체를 즐겨요. 그래서 그를 멈추게 해야 합니다."

"**멈추면요?** 그자와 같은 사람이 또 나타나겠죠. 내가 영웅이 되고 나서 배운 게 바로 그거예요. 다음 악당은 **늘** 나타납니다. 내가 푸지를 물리친다 해도 오버월드는 내게 고마워하지 않을 거예요. 단지 또 다른 푸지를 어떻게 할 건지 알려 달라고 요구할 거예요. 그만하면 충분히 했다고 난 언제쯤 말할 수 있을까요? 내가 얻은 여유를 언제쯤 즐길 수 있을까요?"

스텍스는 다시 화가 치밀어 오르는 것을 느꼈다. 화를 억누르려했지만 다시 솟아올랐다.

"아니요. 오버월드는 **고마워하고 있어요.** 제가 당신 얘기를 듣게 된 것도 그 때문인걸요. 오버월드는 당신이 **필요해요.** 다이아몬드 갑옷으로 무장한 채 저 검을 들고 나가면 누구도 당신과 맞서려고 하지 않을 겁니다. 하지만 당신은 아무도 돕지 않겠다고 마음을 먹었죠. 친절을 베푸는 데 한계가 있다고 생각하니까요. 당신의 작은 놀이터에서 아름다운 것들에 둘러싸인 채 앉아만 있죠. 그런 건 누구에게도 도움이 되지 않아요."

아벨은 식탁에서 일어났다. 스텍스의 눈에 그는 슬퍼 보였다. 아벨은 정원이 보이는 창문으로 천천히 걸어가서 오랫동안 서 있었다.

아벨은 아주 조용하게, 들리지 않을 정도로 작게 말했다.

"이제 그만 가시죠."

한때 챔피언이라고 불린 사람이 말했다.

"네. 그래야겠군요."

스텍스는 자리에서 일어섰다.

26장
파탄노스에서 마주친 위험

#나만의 규칙 #깜짝 소식

나무 아래에 앉아 어느 좀비에게서 빼앗은 금 투구를 살펴보던 헤지라가 스텍스를 다시 만난 것은 정오가 지나서였다.

헤지라는 차분히 앉아 챔피언과 그의 결정에 대한 스텍스의 이야기를 들었다.

"그럼 이제 어떻게 할 건가요?"

헤지라가 물었다.

스텍스는 헤지라 옆에 풀썩 주저앉았다.

"글쎄요. 챔피언을 찾아 날 도와달라고 하는 게 내 계획이었는데 실패했네요. **내가** 실패한 거죠."

"그렇다면 당신의 길은 다른 쪽으로 가는 게 명백하군요. 어쩌면 원래 그래야 했던 걸지도 몰라요."

"그게 도대체 무슨 소린가요?"

스텍스의 마음은 좌절감으로 부글거렸다.

"이 불행 속 어딘가에 내 길이 있다면 그냥 말해 줘요. 수수께 끼나 던지지 말고요. 왜냐하면 내 앞에는 나의 길이라는 게 보이지 않거든요. 내 길이든 다른 길이든 말이에요."

"그렇게는 할 수가……."

"물론 당신의 그 **멍청한** 규칙에 어긋나는 일이겠죠."

스텍스가 차갑게 웃으며 말했다.

"그거 알아요, 헤지라? 내 길은 텀블스 항구로 돌아가는 거예요. 내가 떠올릴 수 있는 건 이것뿐이네요."

헤지라가 고개를 끄덕이고는 일어섰다.

"그럼 출발합시다."

헤지라는 금 투구를 바닥에 내려놓고 서쪽으로 걸었다.

"이걸 두고 가게요?"

스텍스는 서둘러 일어나 투구를 집으며 물었다.

헤지라가 뒤를 돌아봤다.

"무겁기만 하니까요. 많은 사람들처럼 나도 금이 아름답다고 생각해요. 하지만 무겁기도 하죠."

헤지라는 계속해서 발걸음을 옮겼다. 스텍스는 투구를 잠시 살펴본 뒤 바닥에 내려놓고 길동무의 뒤를 따라갔다. 스텍스는 이 전사가 화가 나서 집으로 가는 방향을 안 알려 주면 어쩌나 했지만, 헤지라는 별 말 없이 가던 길을 갔다.

헤지라는 아무 말도 하지 않고 옆에서 걷기만 했다. 그러자 점점 스텍스의 마음에서 파도를 일으키던 감정도 진정됐다. 헤지라는 스텍스의 부탁을 챔피언이 어떻게 거절했는지 더 자세하게 말해 달라고 캐묻지 않았고, 스텍스가 앞으로 가야 할 길을 가지고 괴롭히지도 않았다. 헤지라는 스텍스를 내버려 두었고, 스텍스는 그런 헤지라가 고마웠다.

늦은 오후가 되자 헤지라는 손을 들고 걸음을 멈췄다.

"왜 그래요? 뭐가 보이나요?"

스텍스가 지평선을 훑어보았다.

"무슨 소리가 들려서요. 파탄노스에 거의 다 왔어요. 저 모래 언덕에 올라가 살펴봅시다."

헤지라는 맨발로 모래에 묻힌 단단한 길을 이리저리 찾아가며 우아하게 모래 언덕을 올랐고, 스텍스는 헤지라를 따라가느라 버둥거렸다. 언덕 꼭대기에 오르기 전에 스텍스도 소리를 들을 수 있었다. 종이 울리는 소리, 금속과 금속이 부딪쳐 내는 시끄러운 소리, 그리고 사람들이 외치는 소리였다.

헤지라는 모래 언덕 꼭대기에 서서 주황색 건물 무리를 내려다보았다. 파탄노스였다.

"약탈자들이 습격했네요. 성질이 고약한 자들이지요. 말이 통하지 않아요. 재산도, 생명도 다 앗아 갈 거예요."

약탈자 무리는 화살 여러 개를 연달아 쏠 수 있는 쇠뇌를 들고 있었다. 마을 주민들은 사방으로 도망쳤다.

"당신의 그 규칙은 어떻게 하라고 지시하나요? 당신이 끼어들게 될 운명인가요?"

스텍스가 의도했던 것보다 더 무례하게 들렸지만, 헤지라는 전혀 불쾌해하지 않았다.

"파탄노스 주민들은 소박한 생활을 합니다. 그들은 가축과 농작물을 키우고 아이들을 위해 나은 세상을 만들려고 노력하죠. 더 많은 사람들이 그들의 길을 따른다면 오버월드는 나아질 겁니다. 내 규칙 얘기는 그만하죠, 스텍스 스톤커터 씨. 당신의 규칙은 어떻게 하라고 말하나요?"

"내 규칙이요? 난 규칙이 없는데요."

"모든 사람은 규칙이 있어요. 다만 대부분 그 규칙이 뭔지 한 번도 생각하지 않지요."

스텍스는 약탈자들이 쇠뇌를 치켜세우고 전진하는 것을 보았다. 아벨이 자기 사유지에서 몰아낸 자들과 같은 무리인지 궁금했다. 가지런히 정돈된 주민들의 밭을 보며 스텍스는 망가진 밭과 텅 빈, 고요한 집들을 상상했다.

"누군가 도와야 해요. 그런데 이곳엔 우리뿐이네요."

스텍스가 말했다.

헤지라는 검을 뽑아 들었다.

"그렇다면 좋습니다. 공격적으로 접근하는 걸 제안하고 싶군요. 약탈자들 뒤로 다가가 습격하면 우리에게 유리할 겁니다. 좀 힘든 싸움이 될 거예요. 준비 됐나요, 스텍스?"

"그런 것 같아요."

헤지라가 한쪽 눈썹을 치켜세우자 스텍스는 다시 대답했다.

"네, 준비 됐어요."

재빨리 그러나 조용히 모래 언덕을 내려가는 헤지라의 모습을 보며 스텍스는 짜릿한 쾌감과 공포를 동시에 느꼈다. 스텍스도 속도를 맞추기 위해 서둘렀지만, 자기가 차올린 모래와 그로 인해 생긴 소음 때문에 움찔거렸다. 헤지라는 큰 걸음으로 건물이 있는 곳 가장자리에 있는 약탈자들의 맨 뒷줄에 도달했다. 그의 검이 늦은 오후 햇빛을 반사했다.

갑작스러운 등장에 약탈자들은 깜짝 놀랐다. 이어서 스텍스도 도착했다. 스텍스는 자기도 모르게 소리를 질렀다. 화살대에 붙은 깃털이 그의 귀를 스칠 정도로 화살 하나가 가까이 스쳤다. 헤지라가 가르쳐 준 균형 잡는 법을 기억하려 애를 쓰며 스텍스는 검을 휘둘렀다. 곧 약탈자 한 놈이 쓰러졌다.

마을 주민들은 뜻하지 않은 동맹군에 환호했다. 강도 무리는 기습을 피해 달아났고 바닥에는 쇠뇌가 흩어져 있었다.

"스텍스! 저들이 더 몰려오고 있어요!"

스텍스는 숨을 가쁘게 몰아쉬며 헤지라가 가리키는 쪽을 쳐다봤다. 회색 휘장을 든 강도 무리가 평원을 가로지르며 몰려오고 있었다. 화살 하나가 스텍스의 옆구리를 스쳤다. 스텍스는 얼굴을 찡그린 채 상처를 움켜쥐었다.

"다쳤어요?"

헤지라가 물었다.

"괜찮아요."

스텍스는 이렇게 답했지만, 정말 괜찮은지 자신도 몰랐다. 그는 폐에 공기를 비워야 한다는 것을 떠올리며 활을 당겼다. 화살촉이 자꾸 흔들리자 스텍스는 자세를 풀고 숨을 들이마신 후에 다시 처음부터 시작했다. 코코아 꼬투리가 화살을 날리지 않았던 정글에서보다 주변 공기가 날아오는 화살로 채워지는 지금 자세를 유지하기란 훨씬 어려웠다.

스텍스가 화살 하나를 쏘았다. 화살은 적중했고 약탈자 한 명이 뒤로 쓰러졌다. 하지만 이어서 날린 화살은 너무 높이 날아가 약탈자 무리 머리 위로 지나갔다. 헤지라는 강도가 들고 있던 쇠뇌를 검으로 부쉈다. 스텍스는 활을 어깨에 메고 멀리서 활을 쏘지 못하도록 적들과 가까운 거리를 유지하며 헤지라처럼 싸웠다. 약탈자들이 뭐라고 소리치는지 알아듣지 못했지만 그들의 입 냄새는 끔찍했다.

헤지라와 스텍스는 약탈자 무리를 계속해서 해치웠다. 스텍스는 그들을 향해 돌진했다. 귓가에는 자기 숨소리가 들렸다. 얼마나 많은 약탈자들과 싸웠는지, 얼마나 오래 싸웠는지 모를 정도로 몸은 지쳐 갔다. 팔다리는 무거웠고 옆구리는 아팠지만, 신경 쓸 겨를이 없었다. 균형을 잡고, 적들이 다음에 어떻게 행동할지 예측해 살아남는 수밖에 없었다.

마침내 스텍스를 향해 활을 겨눈 사람은 아무도 없고 전투의 잔해만 남았다. 이제 달이 지평선 위로 빼꼼히 나왔다. 끝인가? 아니었다. 아직 헤지라가 약탈자 세 명과 전투 중이었다.

"헤지라! 내가 갈게요!"

스텍스는 헤지라가 있는 곳으로 가려 했지만, 헤지라는 자기 뒤를 힐끔 쳐다보며 말했다.

"크리퍼가 있어요. 저기, 마을 대장간에요. 이 셋은 내가 맡을 수 있어요. 스텍스는 크리퍼를 맡아 줘요."

스텍스도 크리퍼를 발견했다. 검은색 반점이 난 초록색 기둥이 다리 여러 개를 움직이며 다가오고 있었다. 스텍스는 검을 치켜든 채 이 괴물의 낯선 몸짓을 파악해 보려고 했다.

"그렇게는 안 돼요. 활을 쏴야 해요. 너무 가까이 오기 전에."

헤지라는 힘에 겨워 끙끙대며 말했다.

"맞아요!"

스텍스는 손을 더듬어 활을 찾았다. 크리퍼는 항상 느리다고 생각했는데 이 녀석은 생각보다 빠르게 움직였다. 스텍스는 화살 하나를 시위에 메우고 크리퍼를 향해 겨냥했지만, 힘 빠진 팔 때문에 화살촉은 허공에 정신없이 원을 그렸다.

스텍스는 다시 화살을 쐈지만 크게 빗나갔다. 크리퍼는 반응조차 하지 않았다. 스텍스는 서둘러 다른 화살을 꺼낸 후 애써 숨을 내쉬고는 다시 한 발을 날렸다. 화살은 크리퍼 아래쪽을 맞혔고 크리퍼는 쓰러져 몸을 떨었다. 하지만 그것도 잠시, 스텍스와 헤지라에게 시선을 고정한 채 다가왔다.

"스텍스, 계속 쏴요!"

헤지라가 외쳤다.

스텍스는 화살을 꺼냈다. 긴장을 풀고 숨을 내쉬려고 했지만 몹시 피곤했다. 화살은 또 크게 엇나갔다. 다음 화살도 마찬가지였다. 모래를 스치는 크리퍼의 발소리가 났다.

'숨을 내쉬자. 내쉬자, 내쉬자, 내쉬자.'

크리퍼는 다시 화살에 맞았지만 계속 다가왔다. 스텍스가 쏜 화살은 옆으로 벗어나거나 위로 넘어갔다. 스텍스는 다음 화살

271

을 집다가 멈칫했다. 하나밖에 남지 않았기 때문이다.

스텍스는 쿵쾅거리는 심장을 진정시키려 애를 쓰며 활시위를 당겼다. 폐를 완전히 비웠지만 화살촉은 가만히 있지 않았다.

크리퍼는 쉬익거렸다. 스텍스는 눈을 감고 화살을 놓았다.

그의 뒤에서 금속이 달그락거리는 소리가 났고, 끙끙대던 소리는 헉하고 멈췄다.

"아주 잘 쐈어요, 스텍스 스톤커터. 라모아가 훌륭한 학생이라고 칭찬할 것 같네요."

헤지라가 말했다.

스텍스는 눈을 떴다. 작은 회색 가루 더미만 있을 뿐 크리퍼는 흔적도 없이 사라졌다. 헤지라는 두 손을 무릎에 올리고 가쁘게 숨 쉬고 있었다.

파탄노스 주민들이 문 사이와 집 모퉁이 뒤에서 고개를 내밀었다. 서로 믿기지 않는다는 시선을 주고받은 후, 재빨리 나와 스텍스와 헤지라를 둘러쌌다. 주민들은 스텍스의 등을 두드리고 얼싸안으며 빙그르르 돌았다. 그리고 둘의 손에 파이와 파란색 청금석 덩어리 같은 선물을 쥐어 주었다. 한 아이는 수줍어하며 붉은색 양귀비 한 송이를 주기도 했다.

"저녁 식사를 하고 가라는 것 같네요. 스텍스, 배고파요?"

창문에서 맛있는 냄새가 흘러나오는 집으로 주민 한 명이 헤지라를 안내했다.

스텍스는 옆구리가 아팠고 두 팔은 들 수 없을 정도였지만, 호박 파이 냄새를 맡으니 침이 고였다.

"먹을 수 있을 것 같네요."

스텍스는 양귀비를 귀에 꽂으며 미소를 지었다.

잔치는 그날 밤 늦게까지 이어졌다. 스텍스가 주민들에게 더는 못 먹겠다고 납득시키고 나서야 주민들은 그가 자고 갈 만한 빈집으로 안내해 주었다. 헤지라는 그날 밤 괴물들과 싸우느라 시끄러웠는지 모르지만, 스텍스는 푹 잘 수 있었다.

다음 날 아침 스텍스와 헤지라는 파탄노스와 작별 인사를 하고 모래 언덕으로 향했다. 한나절 걷고 나니 다시 스텍스의 마음속에 불안이 떠올랐다. 텀블스 항구 외각에 위치한 작은 오두막에 도착하면 무엇을 해야 할지 전혀 몰랐다. 챔피언과의 계획은 수포로 돌아갔고, 어디서 푸지를 찾아야 할지도 몰랐다.

헤지라는 침묵을 지켰지만, 어제의 침묵과는 달랐다. 헤지라는 말을 걸어오기를 기다리는 듯 자꾸 스텍스를 쳐다봤다.

마침내 스텍스는 더 이상 참지 못하고 입을 열었다.

"뭔가요? 나한테 무슨 할 말이 있다는 거 알아요."

"내가요? 난 단지 끝없는 모래 언덕을 가로지르며 자가텔 정글을 돌아갈지 통과해 갈지 생각하고 있었는데요."

"그러시겠죠. 말을 더 쉽게 꺼낼 수 있게 해 주죠. 난 지금 내 운명이 어딜 향하는지 모르겠어요. 그러니 내가 가야 하는 길을 알고 있는데 내가 빗나가고 있다면 부디 힌트라도 좀 줘요. 당신의 규칙이 그렇게 하지 못하게 해도 말이에요."

"당신은 파탄노스에서 잘 싸웠어요. 현명하게 말이에요. 전투 경험이 많지 않으면 모를 수도 있어요. 하지만 당신은 알았으면 해요."

헤지라가 말했다.

"고마워요. 하지만 이 말을 하려고 기다린 건 아니잖아요."

헤지라는 몇 분 동안 아무 말도 하지 않았다. 그의 까다로운 규칙과 씨름하느라 그렇다는 것을 스텍스는 알았다. 결국 헤지라는 스텍스에게 미소를 보였다.

"당신은 챔피언을 찾으려고 많은 시간과 노력을 들였어요. 하지만 파탄노스에서 당신은 챔피언을 필요로 하지 않았어요. 당신이 챔피언이었으니까요. 푸지 템프로가 죗값을 치르게 하는 데에 챔피언은 필요하지 않아요. 당신의 길은 직접 챔피언이 되는 거예요. 당신은 생각보다 그 길을 오래 걸어왔어요."

"그 말이 진짜면 좋겠네요. 말해 줘서 고마워요, 헤지라."

"천만에요, 스텍스 스톤커터."

둘은 다시 조용히 걸었다. 이제는 스텍스가 생각에 잠겼다.

헤지라는 이동 거리를 줄이기 위해 자가텔 경계선을 따라가자고 제안했다. 헤지라는 다음에 무엇을 할 것인지 말하라고 스텍스에게 강요하지 않았다. 대신 스텍스는 헤지라가 경험한 모험에 관해 물었다. 날이 어두워지면 스텍스는 절벽이나 언덕에 구멍을 파 잘 곳을 마련했고, 헤지라는 나무를 찾거나 어둠의 위협에 맞서 자신을 시험했다.

며칠이 지나자 스텍스가 농장을 꾸린, 아카시아 나무가 있는 초원 위 풀밭에 도착했다. 스텍스는 서쪽에 있는 언덕을 보고 텀블스 항구로 가는 방향에 있는 언덕인 것 같다고 생각했다.

그의 추측은 맞았다. 언덕 꼭대기에서 내려다보니 익숙한 나무와 그의 오두막으로 보이는 작은 사각형도 보였다. 집이었다. 아니, 적어도 지금 스텍스에게 집과 가장 가까운 장소였다.

스텍스는 작은 사각형을 내려다보았다. 무언가 더 있었다.

헤지라도 그것을 알아차렸다.

"말이네요. 그리고 저 사람은 라모아고요."

"라모아일리 없어요. 라모아는 말을 안 좋아하잖아요."

스텍스는 이 사실을 상기시켜 주었다.

"맞아요. 하지만 분명 라모아예요. 무슨 일인지 궁금하네요."

둘은 서둘러 산비탈을 내려가 풀이 무성한 평원을 가로질렀다. 성큼성큼 걷는 헤지라 뒤로 스텍스가 뒤처졌다. 라모아가 달려와 그들을 맞이했다. 라모아는 헤지라를 껴안으며 인사했다. 스텍스와는 포옹은 하지 않고 반갑게 인사했다.

"카람헤스에서 카라반 안내를 하기로 한 것 아니었어?"

스텍스가 물었다.

"그랬지. 하지만 네가 알고 싶을 만한 소식을 들었거든. 스텍스, 나 푸지 템프로를 찾은 것 같아!"

27장
카람헤스에서 만난 사람

#오스크를 위한 프로젝트 #되찾은 티셔츠

스텍스는 어안이 벙벙한 채 라모아를 쳐다봤다.

"뭐라고? 푸지를 본 거야?"

"아니, 그건 아니야. 내가 묵은 여관의 주인이 그러는데, 두어 달 전에 서쪽 바다에서 약탈하고 돌아온 강도 무리가 왔대. 돈과 보석을 흥청망청 썼다고 하더라고. 대부분은 다른 곳으로 이동했지만, 무리의 두목 역할을 한 사람은 남았다고 했어. 덩치가 크고 난폭하고 검은색 수염이 있고 이름은 미그스라고 했어. 자기 보스 지시를 기다리느라 남았다던데. 스텍스, 네가 말해 준 푸지의 오른팔이 미그스 맞지? 내가 여기까지, 그것도 말까지 타고 왔는데 헛수고한 게 아니라고 말해 줘."

스텍스는 숨이 제대로 안 쉬어져서 살짝 어지러웠다. 자신의 인생을 망친 푸지의 부하인 미그스가 두목의 지시를 기다린다고 했다. 그리고 라모아는 자기를 미그스에게 데려다줄 수 있었다.

"맞아, 그 남자 이름 미그스 맞아. 고마워, 라모아. 난…… 믿을 수가 없네."

스텍스는 방금 들은 얘기를 소화하고 이제 무엇이 가능한지 고민할 시간이 필요했다.

"난 카람헤스에 가 본 적이 없어. 어떻게 가야 하지?"

스텍스가 물었다.

"남동쪽으로 가야 해. 말을 타고 가면 이틀 정도 걸릴 거야."

라모아의 대답을 들으며 스텍스는 자기도 모르게 주머니에 있는 나침반을 꼭 쥐었다.

"헤지라 정도로 속도를 낼 수 있다면 오 일, 너와 나 같은 보통 사람이라면 육 일이나 칠 일 정도 걸릴 거야."

"그곳에 경찰 같은 기관이 있을까?"

라모아는 입술을 깨물며 생각했다.

"상인들 협회 같은 건 있을 거야. 하지만 네가 처한 상황을 해결해 줄 만한 기관은 없어."

스텍스는 고개를 끄덕인 후 자기 집 울타리에 몸을 기댔다. 여러 생각이 머릿속에서 맴돌았다. 챔피언에게 기댔지만 물거품처럼 사라져 버린 희망. 뜰 속에 묻은 보석과 광물로 가득한 보관함. 파탄노스에서 헤지라와 함께한 싸움. 미그스와 함께 탄 배 바닥에서 불행하게 몸을 웅크리며 보낸 시간. 불타는 스톤커터 저택을 보며 웃던 푸지 템프로.

"내가 미그스를 찾아 맞서기 위해 카람헤스로 간다면 나와 함께 가 줄 수 있니?"

스텍스는 라모아에게 물었다.

"가지 말라고 해도 가야지."

"헤지라? 함께 갈 건가요?"

"네. 가치 있는 길이니까요. 당신이 그 길을 따라가는 걸 보고 싶네요. 하지만 이 질문도 해야겠어요. 푸지 템프로를 찾으면 죽일 생각인가요?"

"죽여 마땅하지."

라모아가 말했다.

"이 길은 리모아 네 길이 아니야. 네 의견은 묻지 않았어."

헤지라가 말했다.

"헤지라, 네가 묻든 묻지 않든 난 내가 원하는 대로 내 의견을 말할 거야. 너도 아주 잘 알고 있겠지만 이게 내 길이야."

친구들이 논쟁하는 동안, 스텍스는 자비를 베풀어 달라고 비는 무력한 푸지 템프로를 상상했다. 익숙한 분노가 피어올랐지만, 금세 분노는 사라지고 스텍스는 기분만 불쾌해졌다.

"누구를 죽이고 싶진 않지만, 죽이지 않고서 푸지를 어떻게 막을 수 있을지 모르겠네요. 그렇지만 꼭 막을 거예요. 그건 약속해요."

스텍스가 말했다.

라모아는 고개를 끄덕이다가 이어서 얼굴을 찡그렸다.

"헤지라는 말을 타지 않잖아. 그러니 헤지라보다 우리가 훨씬 먼저 도착하겠네."

"아니, 내 규칙에 따르면 난 말을 탈 수 있어."

라모아는 놀란 표정을 지었다.

"그래? 내 생각엔……."

"왜 내가 말 타는 걸 금지했을 거라 생각해? 말은 지붕이 아니잖아. 자기 위에 오줌을 싸고 발로 찰 수도 있는 말을 밤에 지붕으로 삼는다면 모를까. 우리가 같이 여행할 때 내가 말을 타지 않은 건 네가 싫어해서 그랬어."

"어, 그건 전혀 몰랐네."

라모아는 당황해하며 스텍스에게 몸을 돌렸다.

"그럼 브룹스와 신시에게서 말을 사자. 또 뭐가 필요할까?"

"보관함을 파내야지. 만드는 걸 좋아하는 사람을 만나러 텀블스 항구에도 가야 하고. 텀블스 항구 내 최고의 마법사야. 아니, 세 번째였던가, 아무튼."

스텍스, 일행이 오스크의 집에 도착했을 때, 하늘은 비가 내릴 것처럼 어둑어둑해졌고 해가 지고 있었다. 현관 옆에서 빛을 내는 블록을 보며 스텍스는 미소를 지었다. 라모아와 헤지라가 타고 온 말과 보관함을 싣고 온 당나귀를 묶는 동안 스텍스는 초인종을 눌렀다. 그리고 확 하고 열리는 철문에 맞지 않으려면 피해야 한다는 기억을 떠올리며 뒤로 물러섰다.

"갑니다, 가요!"

오스크가 작은 집 깊숙한 어딘가에서 외쳤다.

붉은색 머리카락의 발명가는 가죽 앞치마에 묻은 레드스톤

가루를 손으로 털면서 숨을 헐떡이며 나타났다.

"어, 안녕하세요, 스텍스. 어두워지면 가로등이 자동으로 켜지게 배선 바꾼 거 봤어요? 아이디어 고마워요!"

"뭘요. 여기 친구들 소개할게요. 라모아 페란체와 헤지라 텐부츠예요. 라모아, 헤지라, 여긴 오스크 피카르예요."

"안녕하세요, 새로 합류한 광부들인가요? 난 타우니 부인 회사를 그만뒀어요. 하지만 레드스톤은 늘 찾고 있으니까 혹시 발견하면 알려 줘요. 계속 말하지만 미래의 자원이에요."

"오스크, 잠깐 얘기할 수 있을까요? 새로운 프로젝트를 가지고 왔어요."

스텍스가 말했다.

"그럼요! 난 일거리 좋아해요. 프로젝트 얘기가 나와서 말인데, 내가 요즘 구상하는 광맥 제련소 디자인을 보여 줄게요."

"그건 다음에요. 우리가 좀 서둘러야 해서요."

"아쉽네요. 무슨 프로젝트를 생각하는데요?"

"갑옷을 만들어 줬으면 해요. 검도요. 잠깐 나와 봐요. 보여 주면서 얘기해야 더 쉽게 설명할 수 있겠네요."

오스크는 얼굴을 찌푸리며 빨간색 머리카락을 긁적였다.

"갑옷이랑 검이요? 그런 건 대장장이한테 가서 해 달라고 해도 되잖아요? 신시가 해 줄 수 있을 것 같은데요."

"물론 비용은 지불할게요."

스텍스는 옆구리에 실은 보관함 무게 때문에 힘겹게 서 있는 당나귀를 토닥거렸다.

"돈 때문에 그러는 건 아니에요. 도와주고 싶지만 갑옷 만드는 일은 지루해서……."

스텍스가 보관함 중 하나를 열었다. 그 안에 있던 다이아몬드와 청금석 더미를 본 오스크는 입을 쩍 하고 벌렸다.

"와. 이런."

오스크는 조용히 감탄했다.

"다이아몬드 갑옷이 필요해요. 다이아몬드 검도 필요하고요. 많은 공격을 막아 주면서도, 싸움도 많이 할 수 있게 마법도 부여해야 하고요."

스텍스가 말했다.

비가 내렸다. 하지만 자기 앞 재물을 보고는 정신이 혼미해진 오스크는 알아차리지 못했다.

"저 보관함은 레드스톤으로 가득 찼어요. 전부 당신 거예요. 날 도와줄래요?"

스텍스의 말에 오스크는 놀란 표정을 지었다.

"보관함에 레드스톤이 가득하다고요? 좋아요, 한번 해 보죠. 재료를 가지고 들어가 당장 시작하죠."

오스크는 어떤 마법을 부여할지 스텍스와 상의하며 밤새 다이아몬드 블록을 녹여 갑옷 판을 만드는 작업을 했다. 라모아는 두어 시간 작업대에 펼쳐진 도안을 살펴보다가 휴식을 취하러 자리를 떴다.

"그럼 예전에 말한 그 푸지라는 작자를 찾으러 가는 거예요?"

오스크는 설계도를 이해하려고 애쓰는 스텍스에게 물었다.

"네. 라모아가 그러는데 푸지의 부하를 찾은 것 같대요. 그렇게 푸지와도 연결되기를 기대하고 있어요."

오스크는 고개를 끄덕였다.

"마법이 부여된 다이아몬드 검을 들고 그자의 얼굴을 마주하기만을 기다리겠네요."

오스크는 작업하다 말고 고개를 들어 스텍스의 표정을 보고는 얼굴을 찌푸렸다.

"왜 그래요, 스텍스? 내가 뭐 잘못했어요?"

"아니요. 난 전사가 아니에요. 당신도 알잖아요. 난 절대로 싸우고 싶지 않아요."

"그러면 같이 온 그 무섭게 생긴 남자한테 대신 해 달라고 부탁하면 어때요? 군대 전체와 맞설 수 있을 것처럼 보이던데요."

"헤지라요? 부탁해 봤죠. 헤지라만의 규칙이 있는데 그것 때문에 하지 못하는 게 있어요. 그냥 좀 복잡하다고만 할게요. 그래서 다른 사람한테 희망을 걸었는데 그것도 잘 안 됐어요. 헤지라의 말대로 이게 내 운명이에요. 난 이 운명을 따르는 길을 찾기를 바랄 뿐이고요."

"어쩌면 당신이 서 있는 길이 옳은 길이 아닐지도 몰라요. 우리 엄마는 선원이었는데, 엄만 나도 선원이 되길 바라셨거든요. 엄마를 기쁘게 해 드리려고 최선을 다했어요. 바다에 뜨자마자 멀미가 나는 것도 애써 무시하려고 했죠. 절대로 나와 맞는 길이 아니라는 것을 깨닫기까지 오래 걸렸어요."

"이 길이 옳은 일이 아닐지도 모르죠. 하지만 누군가는 푸지를 멈춰야 해요. 그 누군가는 내가 돼야 할 것 같네요."

"그렇다면 이 갑옷은 확실히 제 역할을 할 수 있어야겠네요."

오스크는 다시 작업으로 돌아갔다.

스텍스는 고개를 끄덕이고는 다시 발명가의 도안을 살폈다. 그러다 잠시 후 오스크에게 물었다.

"이건 뭐예요, 오스크?"

오스크는 스텍스가 들고 있던 도안을 들여다보았다.

"아, 그거요? 용암 가까이에서 작업하지 않고도 흑요석 블록을 만들 수 있는 방법을 생각해 봤어요. 그런데 실용성이 떨어져요."

오스크는 잠시 말을 멈추더니 표정이 밝아졌다.

"적어도 지금은 그렇다는 거죠. 하지만 좋은 아이디어가 떠올랐어요. 여기 물이 나오는 곳에서 시작하게 되는데요……."

스텍스는 발명품에 대해 신나게 떠드는 동시에 손을 분주하게 움직여 다이아몬드를 갑옷으로 바꾸는 오스크를 보며 미소를 지었다. 오스크의 말처럼 레드스톤이 모든 것을 바꿀 수 있는지는 모르겠지만, 더 많은 사람들이 자기가 만들 수 있다고 생각하는 발명품을 자유롭게 만들 수 있기를 바랐다.

그리고 푸지 템프로 같은 사람들이 줄어든다면 언젠가는 그들이 옳았다는 게 증명될 거였다.

다음 날 해가 뜨고 얼마 지나지 않아 갑옷과 검이 완성되었다. 스텍스는 기지개를 켜며 하품을 했다. 갑옷 고정 장치를 달

고 끈을 묶어 주는 라모아와 오스크를 보니 자신이 약간 바보가
된 기분이 들었다.

라모아와 오스크는 밖으로 나갔다. 스텍스는 검을 들고 공중
에 팔자를 그렸다. 움직여서 흐릿해 보이는 검은 마법의 기운
이 서린 보랏빛을 냈다. 검은 스텍스의 손 안에서 노래를 부르
는 것만 같았다.

"와우. 뭔가…… 달라 보이는걸, 스텍스."

라모아가 말했다.

스텍스는 쑥스러워하며 놀랄 만큼 가벼운 투구를 벗었다.

"내가 아무리 노력해도 네 전투 실력이 두 배는 뛰어날 텐데,
뭐. 다이아몬드 갑옷을 입었다고 전사가 되는 건 아니니까."

"그건 그래. 하지만 다이아몬드 갑옷을 입었으니 다치지는
않겠지. 이제 출발하자."

라모아가 말했다.

"나도 가도 돼요? 갑옷에 이렇게나 많은 마법을 부여한 적이
없어서요. 마법이 제대로 작동하는지 보고 싶어요."

오스크가 말했다.

"**반드시** 작동해야 해요."

라모아가 경고했다.

"아, 분명히 작동할 거예요."

오스크가 재빨리 덧붙였다.

"하지만 이 모든 걸 함께하고 나니 어떻게 끝날지 알고 싶네
요. 그리고…… 푸지 템프로가 당신이 말한 것처럼 그렇게 많은

이들을 약탈했다면 훔친 물건을 어디든 간에 흥미로운 것들과 함께 쌓아 놨겠죠. 원래 주인에게는 결코 돌려줄 수 없을 테고, 그냥 두면 아깝게 썩어 버릴 물건이 많을 것 같아요."

스텍스가 라모아를 바라보자 라모아는 어깨를 으쓱였다.

"우리는 빠르고 부지런히 달릴 거예요. 말 탈 줄 알아요?"

라모아가 오스크에게 물었다.

"말을 탄 채로 싸운 적이 있는 건 아니지만, 말 목을 감싸 안고 버틸 수는 있어요."

스텍스는 이 서툰 발명가와 오버월드를 바꿀 수 있다고 믿는 기계를 만들 계획이 넘쳐 나는 작업실을 떠올렸다. 오스크가 길이를 재고, 만지작거리고, 두들기는 동안 자기가 밤새 상상해 본 그 계획들을 말이다.

"같이 가요, 오스크. 당신에게 부탁할 다른 계획이 떠오를지도 모르겠네요. 그러니 레드스톤도 챙겨요."

"얼마나요?"

"전부 다요."

카람헤스는 동서로 흐르는 강과 남북으로 연결되는 카라반 도로가 가로지르는 구역에 뻗은 마을이다. 카람헤스 건물들은 테라코타 점토로 지어졌고 위에는 우아한 뾰족탑이 장식하고 있었다. 휘장은 세찬 바람을 맞아 퍼덕거리며 먼지를 날렸다.

스텍스, 라모아, 헤지라, 오스크는 해가 뜰 때부터 질 때까지 거의 이틀을 달리고 나서야 그곳에 도착했다. 먼지를 잔뜩 뒤집어썼고 안장이 닿는 부분은 얼얼했다.

"난 이제 걷지 못할 것 같아요."

마부가 그들의 말을 끌고 마구간으로 데려가자 오스크는 투덜댔다. 벽에 기대어 무릎을 다시 구부리려고 애를 쓰며 신음했다.

"맛있는 식사를 하고 목욕도 하고 나면 괜찮아질 거예요."

라모아는 자기 옷을 내려다보며 코를 킁킁거렸다.

"우리 다 그래야겠네요."

"나 역시 두 발로 다시 땅 위에 서게 되어 다행이라고 생각합니다."

헤지라는 유유히 스트레칭을 하며 차분하게 말했다.

스텍스는 여관 문을 빤히 보았다. 문 반대편에 미그스가 있을 수 있다는 게 믿겨지지 않았다. 하지만 사실이었다. 미그스는 과거가 자기를 붙잡으러 왔다는 것을 모른 채 몇 블록 떨어진 곳에서 앉아 있을 지도 몰랐다.

스텍스의 손은 검 자루를 쥔 것처럼 구부러졌다. 사람들의 시선을 끌지 않으려고 다이아몬드 검은 꾸러미에 넣어 두었지만, 몇 분 내로 가져올 수 있었다.

라모아는 스텍스의 몸짓을 보고 그의 생각을 알아차렸다.

"내가 안에 있는지 보고 올게. 여기서 기다려."

라모아는 여관으로 들어갔다. 스텍스는 잘못될 수 있는 모든 일을 상상하며 초조한 상태로 기다렸다. 잠시 후 라모아가 돌아와 미그스는 지금 여관에 없지만, 여관 주인 말에 따르면 어젯밤에 이곳에 묵었고 오늘 역시 여관에 올 거라고 했다.

따라서 그들은 씻고 여관방에서 쉴 만한 여유가 생겼다.

저녁 식사도 밖에서 하는 헤지라를 제외하고 오스크, 라모아, 스텍스는 여관의 휴게실 문을 바라보는 식당 구석 식탁에 자리를 잡았다. 라모아와 오스크는 짙은 색 여행용 망토로 다이아몬드 갑옷을 가린 채 의자에 앉아 있는 스텍스의 양옆을 지켰다.

여관 음식은 맛있었다. 완벽하게 요리한 양고기와 비트 수프였다. 하지만 스텍스는 문에 시선을 고정시킨 채 맛은 음미하지 못하고 무의식적으로 씹기만 했다. 오스크는 어떤 발명품에 관해 떠들었고, 라모아는 관심을 보이며 물었다. 스텍스는 이 대화를 거의 듣지 못했다.

문이 열릴 때마다 스텍스의 뇌는 들어오는 사람을 미그스로 바꾸었다. 그 사람의 키가 훨씬 작든, 머리카락 색깔이 다른 색이든 혹은 아예 없든, 여자든 간에 말이다.

하지만 진짜 미그스가 들어오자 스텍스는 그의 숱 많은 검은색 수염과 넓은 어깨와 근육 많은 두 팔을 바로 알아보았다. 미그스는 스텍스가 못 알아볼 경우를 대비한 것인지 스텍스에게 빼앗은 빨간 용이 그려진 노란색 셔츠를 입고 있기까지 했다.

"저 사람이⋯⋯."

라모아가 말을 끝내기도 전에 스텍스는 고개를 끄덕였다.

"어디요?"

오스크가 일어서며 의자를 바닥에 긁는 소리가 텀블스 항구까지 들렸을 거라고 스텍스는 생각했다. 스텍스는 발명가의 팔

287

을 잡아 끌어당겨 앉혔다.

미그스는 스텍스 일행의 식탁을 힐끗 봤지만 스텍스를 알아보지 못했다. 그는 식당 가운데 있는 식탁에 혼자 앉았다.

자리에서 일어난 스텍스의 손이 살짝 떨렸다.

'숨을 내쉬자. 화살을 쏠 때처럼 말이야.'

스텍스는 속으로 되뇌었다.

"믿겨지지가 않네. 헤지라가 규칙을 어겼어."

라모아의 말에 스텍스가 고개를 돌리니 헤지라가 여관 안으로 들어와 문 옆에 서 있는 게 보였다. 스텍스와 눈을 마주치자 헤지라는 고개를 한 번 끄덕였다.

"내가 바로 뒤에 있을게."

라모아는 일어서며 스텍스에게 말했다. 오스크도 얼른 자리에서 일어났다.

스텍스는 미그스가 있는 데까지 식당을 가로지르는 동안 몸이 둥둥 떠 있는 느낌이 들었다.

"안녕, 미그스."

스텍스는 미그스가 갑옷을 볼 수 있도록 망토를 뒤로 젖혔고, 한 손을 허리춤에 놓아 다이아몬드 검도 드러냈다.

"오랜만이군."

미그스의 눈은 맨 먼저 검을 향하더니 이어서 반짝이는 갑옷으로 시선을 옮겼고 마지막으로 스텍스의 얼굴을 보았다. 자신을 알아보는 미그스의 표정을 읽은 스텍스는 미소를 지었다.

"그 녀석이군. 서쪽 바다 그 꼬마."

미그스가 말했다.

"그래, 그 녀석이다. 날 다시는 볼 수 없을 거라 생각했겠지."

스텍스가 말했다.

"그랬지."

스텍스는 자신의 무릎은 덜덜 떨리는데, 정작 미그스는 차분해 보이자 괴로웠다.

"그 멋쟁이 양반 맞지? 이름이 이상했던 개. 이름뿐만 아니라 성도 이상했어. 그래, 스텍스. 스텍스 스톤커터. 흠. 좀 앉지그래? 친구들도 앉으라고 하고."

미그스는 한쪽 발로 옆에 있던 의자를 밀었다.

스텍스는 머뭇거리다가 의자에 앉았다. 잠시 후 라모아와 오스크 역시 같은 식탁에 앉았다. 헤지라는 식탁 옆으로 와 그들을 내려다보며 서 있었다.

"그래서, 원하는 게 뭐야, 스텍스 스톤커터. 복수? 그런가 보네. 도와줄 친구 세 명이랑 허리에 돼지 꼬챙이까지 끼고 있는 걸 보니. 원하는 게 복수라면 어디 한번 해 봐."

"우선 정보가 필요해. 푸지 템프로는 어디에 있어?"

미그스는 웃음과 싫증이 담긴 콧김 사이의 소리를 냈다.

"조언 하나 해 줄까, 꼬마야? 넌 살아 있는 걸 다행으로 여겨야 해. 그리고……."

"네 조언은 필요 없어. 다시 묻지. 푸지 템프로는 어디 있어?"

미그스는 스텍스의 표정을 살피더니 고개를 끄덕였다. 이 강도의 눈에 비친 게 존중일까?

"예전 그 꼬마가 아니군. 배 바닥에 몸을 움츠리고 구역질하던 그 녀석 말이야. 넌 변했어."

"그래, 그간 많은 일이 있었지. 푸지는?"

미그스는 한숨을 내쉬었다.

"동쪽 강 상류 쪽에 있어. 산꼭대기 요새에 말이야."

"무슨 산?"

"가다 보면 알게 될 거야."

라모아는 미그스를 노려보며 고개를 절레절레 흔들었다.

"적어도 그럴 듯하게 이야기를 꾸미지 그래?"

"정말이야. 가다 보면 산이 보일 거야. 지나칠 수 없어."

스텍스는 주머니를 뒤져 나침반을 꺼냈다. 나침반은 동쪽을 가리키고 있었다.

"다른 놈들은 어떻게 됐어?"

스텍스가 미그스에게 물었다.

"걔네들은 상관없어. 모두 도적이고 해적이고 용병일 뿐이야. 일이 끝나면 어디로든 흩어지지."

"그렇다면 난 운 좋게도 널 찾은 셈이 되겠군."

스텍스가 말했다.

"그런 셈이지. 이제 어떻게 되는 건가? 난 네 앞에 있잖아. 그 검을 뽑을 건가?"

스텍스는 고민했다. 미그스가 범죄를 저질렀다는 것은 확실했다. 하지만 미그스는 툴툴거리면서도 푸지 무리 중 자신에게 약간은 친절하게 대해 준 유일한 사람이기도 했다.

스텍스는 고개를 들어 헤지라를 보았다.

"헤지라, 어떻게 생각해요? 어차피 여관 안에 들어왔으니 분명히 지붕 밑에 있는 거잖아요. 조언도 해 줄 수 있잖아요?"

헤지라는 눈을 가늘게 뜨고 미그스를 살폈다.

"놔줘요. 다만 다른 길을 가겠다고, 다른 사람을 해치지 않는 길을 가겠다고 결정한다면 말이에요. 미그스, 난 많은 곳을 다녀. 그리고 내가 가는 곳마다 내게 눈과 귀가 되어 주는 사람들이 있지. 네가 새로운 길에서 벗어난다면 난 그걸 알게 될 거다. 그리고 난 반드시 너를 찾을 거야."

미그스는 분노로 차 어두워진 눈빛으로 헤지라에서 스텍스로 시선을 옮겼다.

"당신이 말하는 새로운 길을 내가 거부하면 어쩔 건데?"

"우리가 왜 여기까지 왔는지 생각해 봐. 진짜 계속 그렇게 살고 싶어?"

라모아가 물었다.

미그스는 눈을 부라리며 라모아를 쳐다봤다. 스텍스의 손이 검 자루로 올라갔다. 하지만 수염 난 강도는 풀이 죽은 것처럼 보였다. 천천히, 어쩔 수 없다는 듯 그는 고개를 끄덕였다.

"한 가지 더. 그 셔츠, 내 거야."

스텍스가 덧붙였다.

그 말에 미그스는 화를 냈다. 하지만 살짝 떨리는 손으로 셔츠 단추를 풀었다. 다른 식탁에 있던 사람들이 당혹스럽다는 듯 쳐다보는 와중에 미그스는 셔츠를 벗어 돌돌 말아 식탁에 올렸다. 그리고 웃통을 벗은 채로 성큼성큼 여관 밖으로 나갔다.

"난 나가 있을게요."

미그스가 사라지자 헤지라는 차분하게 말했다.

"반드시 필요한 경우에는 내 규칙을 따르는 것을 잠깐 멈추기도 하죠. 하지만 가능한 한 짧게 규칙을 어기려고 해요."

"꽤 격렬했네요."

창백해진 오스크가 말했다. 헤지라는 문을 닫고 나갔다.

스텍스도 같은 마음이었다. 사실 토하고 싶은 기분도 들었다. 하지만 라모아는 스텍스에게 미소를 보냈다.

"그럼 이젠 푸지를 찾아야겠지?"

"응, 푸지를 찾아야지."

"그 전에 한 가지만 물어볼게. 셔츠는 왜 돌려달라고 했어? 아니 애초에 왜 그런 셔츠가 있는 거야? **흉하잖아.**"

28장
산꼭대기로

#세계의 배꼽 #굴속으로 #숭고한 희생

다음 날, 스틱스, 라모아, 헤지라, 오스크는 각자 말을 타고 당나귀를 몰며 남쪽 강기슭을 따라 카람헤스에서 동쪽으로 향했다. 카라반의 마을이 있던 곳은 점점 농장으로 변했고, 한 시간정도 지나자 그들은 회색과 검은색 양들이 띄엄띄엄 풀을 뜯는 언덕이 있는 푸르고 쾌적한 시골에 도착했다.

하지만 스틱스는 이상한 기분이 들었다. 마침내 이유가 무엇인지 깨달았다.

"사람이 없어요. 큰 마을에서 많이 떨어진 것도 아니고, 배를 타고 강으로 이동할 수 있는 데다가, 농사를 짓고 가축을 기르는 데에도 알맞은 땅이잖아요. 그런데 텅 비어 있어요. 사는 주민은커녕 여행객도 보이질 않네요."

"왜 그런 걸까요?"

오스크는 말 목덜미에 매달린 채 물었다.

"이곳에 대해서는 아는 게 없어요. 하지만 들은 건 있죠. 카람 헤스 동쪽에 옴팔로스가 있대요."

헤지라가 말했다.

"옴팔로스요? 그게 뭔데요?"

스텍스가 물었다.

"세계의 배꼽이요. 생명이 시작한 곳이지요."

헤지라가 답했다.

"맞아. 오버월드가 시작한 곳이야. 기억나, 스텍스? 나침반이 그래서 이쪽을 가리킨 거야. 하지만 나도 카람헤스 동쪽으로 가 본 적은 없어. 여긴 새로운 곳이야. 이쪽으로 여행 오는 건 금지되어 있을지도 몰라."

"저 사람한테 물어보죠."

오스크가 손으로 가리키며 말했다. 강기슭에서 화려한 옷을 입은 상인 한 명이 털이 덥수룩한 라마 두 마리를 몰고 있었다.

상인도 이들을 발견했고 경계심에 뒤로 물러났다.

"우린 당신을 해치려는 게 아니에요."

스텍스는 말이 가는 속도를 줄이면서 양손을 들어 손에 아무 것도 없다는 것을 보여 주었다.

그들이 다가가는 동안 상인은 경계를 늦추지 않았다. 라마는 겁에 질려 신음했다. 대화를 나눌 수 있을 만큼 가까워지자 상인은 그들 앞 동쪽을 가리키며 굵은 목소리로 빠르게 말했다.

"뭐라고 하는 거야, 헤지라?"

라모아가 물었다.

"이 사람의 말을 알아듣지는 못하지만, 무슨 말을 하려는 건지 대충은 알 것 같아. 매우 흥분된 상태야. 아마도 팔려는 물건을 도둑맞은 것 같아. 그리고 도둑은 동쪽으로 갔나 봐."

스텍스는 고개를 끄덕였다.

"우리가 제대로 가는 게 맞나 보네요."

"맞아요. 그자의 뒤까지 거의 다 온 것 같네요."

헤지라도 덧붙였다.

"좋은 징조로 여겨야겠어요."

스텍스는 이렇게 말했지만 헤지라는 아무 말도 하지 않았다.

다시 이동하자 폐허가 나왔다. 처음에는 벽이 무너지고 남은 부분만 있었는데, 이어서 탑 아래 부분이 나타났고 결국에는 벽돌 조각과 부서진 건물에 둘러싸였다.

"그냥 마을이 아니라 아주 큰 도시였네. 오래된 도시 같아. 내가 가 본 곳 중 가장 오래됐을 거야. 헤지라, 이곳과 비슷한 데가 본 적 있어?"

"아니, 못 가 봤어. 옴팔로스와 연관이 있을 것 같아."

헤지라가 답했다.

라모아와 헤지라가 의견을 주고받는 동안, 스텍스는 오스크와 나란히 갈 수 있도록 고삐를 잡아당겨 뒤로 물러났다. 오스크는 비참한 표정으로 말에 몸을 싣고 있었다.

"내가 제안한 프로젝트 어떻게 생각해요? 될 것 같아요?"

스텍스가 물었다.

"그럴 것 같아요. 필요한 재료만 다 확보하면요. 하지만 그게 당신이 원하는 거라고 확신하나요?"

"아니요. 난 그 무엇도 확신하지 않아요. 라모아와 헤지라가 뭐라고 생각하든 난 전사가 아니라는 것 빼고요."

"하지만 확신이 필요해요."

오스크가 주의를 주었다.

"알아요. 어쩌면 그 길이 맞는 길일지도 몰라요. 하지만 아닐 수도 있죠. 아니라면, 약간은 다른 길을 따라가는 데 당신의 도움이 필요하게 될 거예요."

동쪽으로 더 나아가자 강은 점점 좁아지더니 개울 수준으로 바뀌다가 어느 언덕 옆으로 사라졌다. 이 언덕 뒤로 다른 언덕들이 연이어 이어지며 네 명 앞에 솟아올랐다. 초록색 언덕 위로 군데군데 모래와 무너진 벽도 보였다.

산을 가장 먼저 발견한 것은 헤지라였다. 여러 언덕 사이로 높게 치솟은 뾰족한 돌산이었다. 한쪽 면은 이상할 정도로 밝았고, 산기슭에는 흰 구름이 껴 있었다.

"저게 푸지가 있는 그 산일까요?"

오스크가 물었다.

"거의 확실하네요."

스텍스가 답했다.

한쪽 면이 밝은 이유는 용암이 흐르기 때문이었다. 산을 따라 용암이 세차게 흘러 증기 뒤로 보였다 안 보였다 하는 작은 호수에 고였다. 산꼭대기에는 짙은 돌로 지은 요새가 있었다. 스텍스의 눈에는 주변 땅들을 지배하는 사악한 지배자로 보였다.

"여기서 멈추고 주위를 둘러보도록 하죠. 이곳에 대해 가능한 한 많이 파악한 후에 움직이는 게 좋을 것 같아요."

"동의해요. 이곳에 말을 묶어 놓고 짝을 지어 산을 둘러봐요. 헤지라, 넌 오스크를 데리고 가. 난 스텍스랑 갈게. 산 반대편에서 보죠."

라모아가 말했다.

라모아와 스텍스는 조심히 움직였다. 산의 옆면은 깎아지른 듯 가팔랐다. 대부분 흙 아니면 안산암으로 이루어져 있었고, 섬록암과 화강암 조각으로 얼룩덜룩한 부분도 있었다.

"위까지 올라가기에는 위험할 것 같은데."

스텍스의 말에 라모아는 고개를 끄덕였다.

"푸지가 올라갔을 만한 다른 방법이 있을 거야. 날아간 게 아닌 이상 말이지."

라모아가 말했다.

"사다리를 만들면서 올라갈 수는 있을 것 같아."

"그러려면 숲 하나를 베어야겠네."

라모아가 받아쳤다.

용암 호수는 깊고 어두웠다. 밝은 주황색 용암이 피시식 소리를 내며 끓고 있었다. 스텍스는 활을 쏘는 보초나 다른 경비가 있을지도 몰라 산꼭대기를 경계했지만 돌만 보였다.

"헤지라는 뭐라도 발견했을지 궁금하네."

라모아가 말했다.

"난 헤지라와 오스크가 무슨 대화를 하고 있을지 궁금하던 참이었어."

스텍스가 말했다.

"그게 무슨 말이야?"

"오스크는 자기가 만들 수 있는, 세상을 좀 더 나아지게 해 주는 기계를 기준으로 세상을 보거든. 반면에 헤지라는 세상을 기본적으로 건드리지 않으려고 하지. 건물 안에는 들어가지 않으려 하고. 기계에 관한 개념도 없을 테고, 그의 규칙에 따르면 기계를 이용하는 것도 분명히 금지되어 있을 거야. 그런 두 사람이 나누는 대화는 아주 이상하겠지."

라모아는 미소를 지었다.

"어쩌면 오스크가 헤지라의 규칙은 전부 틀렸다고 설득했을지도 몰라. 피스톤으로 만든 갑옷 같은 장치를 걸치고 레드스톤 슈퍼 검을 휘두르는 헤지라를 만나게 될 수도 있어."

"헤지라가 오스크를 설득했을지도 모르지. 맨발에, 동물 가죽을 걸치고, 레드스톤은 자연의 법칙을 타락시킨다고 외치는 오스크를 볼 수 있을지도 몰라."

하지만 두 경우 다 아닌 것으로 드러났다. 라모아와 헤지라는 산 동쪽에서 멀리 있는 서로를 발견했다. 무너진 벽을 지나 산기슭까지 이어지는 길도 찾았다. 산기슭에는 횃불이 켜진 굴이 있었는데 굶주린 짐승이 입을 떡 벌리고 있는 것처럼 보였다.

"적어도 입구는 찾았네요."

오스크가 말했다.

"보초가 있나요?"

스텍스는 혜지라에게 물었다.

혜지라는 주변을 꼼꼼히 훑었다.

"아니요. 그래서 더 신경이 쓰이네요. 저런 요새를 지키는 사람이 없을 리는 없으니까요."

"그럼 어떻게 해야 할까요?"

스텍스가 물었다.

혜지라는 이 질문을 곰곰이 생각했다.

"내가 앞장설게요. 라모아는 내 왼쪽에, 스텍스는 내 오른쪽에 서요. 오스크는 전투 경험이 별로 없으니까 우리 뒤에 바짝 붙고요."

"백 퍼센트 동의합니다."

오스크는 재빨리 말했다. 스텍스는 자신도 경험이 있는 건 아니라고 지적할까 생각했지만 그러지 않기로 했다.

혜지라가 말했다.

"푸지의 부하들은 군인이 아니에요. 그들은 폭도에 더 가깝죠. 폭도는 오히려 작정하고 공격하는 적이 나타나면 준비가 안 되어 있다는 게 드러나거나 두목에게 딱히 충성심을 보이지 않을 거예요. 그래서 오히려 그들과 맞서면 쉽게 항복할지도 몰라요. 그들을 압박하면 목숨을 걸고 싸우는 대신 흩어질 거예요. 아니면 싸울 만한 상대라는 게 드러날지도 모르고요. 어느 쪽인지 알려면 싸워 봐야겠죠. 내 말 이해하겠어요?"

"좋아요."

스텍스가 망토를 벗자 다이아몬드 갑옷이 햇빛을 받아 번쩍였다.

"이 도전은 내가 부담해야 하니 그들과 말로 상대하는 일은 내가 맡을게요. 푸지의 부하들에게 두목을 버릴 기회를 줍시다. 그러고 나서 싸워야 한다면 싸우자고요."

산으로 연결된 굴은 암석을 파내어 만든 것으로, 불규칙한 간격으로 횃불이 설치되어 있었다. 위로 올라가는 계단도 있었다. 처음에 스텍스는 굴이 비어 있는 줄 알았다. 아니, 비어 있기를 **바랐다**. 하지만 한쪽 벽에 창문이 나 있었고 문도 있었다.

문을 열자 맨손에 검만 든, 허름한 차림새를 한 사내 네 명이 허둥대며 나타났다. 스텍스는 바다를 건너는 기나긴 항해를 같이 한 그들을 바로 알아보지 못했다.

"어이, 거기 멈춰. 여긴 사유지야. 뭐 하러들 온 거야?"

그들 중 덩치 크고 문신을 한 대머리 남자가 말했다.

스텍스는 단호하게 들리길 바라며 말했다.

"푸지 템프로와 만나게 해 줄 것을 요구한다. 그는 내 재산을 훔치고, 내 집을 부수고, 날 죽게 내버려 뒀어. 그는 이제 자기가 저지른 짓에 대한 대가를 치러야 해."

악당들은 서로를 쳐다보았다.

"두목은 바빠. 허락이 있기 전에는 아무도 두목의 연구를 방해해서는 안 돼. 꺼져. 안 그러면 검으로 혼날 줄 알아."

문신을 한 남자가 말했다.

"너희 두목은 자기가 한 짓에 책임을 져야 하지만, 난 너희랑은 싸울 생각 없어. 그러니 비켜. 우린 푸지와 해결 볼 테니까."

강도들은 황당하다는 표정으로 서로를 쳐다봤다.

"더 좋은 생각이 떠올랐어, 멋쟁이 양반. 우리가 너희 네 명을 손보고 나서 상으로 다이아몬드 갑옷과 검을 빼앗을 거야."

그때 강도 중 한 명이 가슴을 움켜쥐며 뒤로 쓰러졌다. 라모아의 화살이 명중한 것이다. 헤지라는 이미 검을 휘두르고 있었다. 문신을 한 강도는 소리를 지르며 머리 위로 검을 치켜들고 스텍스 앞으로 풀썩 뛰어내렸다.

스텍스는 필사적으로 피했지만, 적은 스텍스의 등을 검으로 찔렀다. 스텍스는 타격을 느꼈지만, 다행히 갑옷이 공격을 정면으로 받았다.

"스텍스! 똑바로 서요!"

스텍스는 자기에게 외치는 헤지라의 목소리를 들었다.

헤지라의 말대로 균형을 잡은 스텍스는 다이아몬드 검을 꺼내 강도를 쓰러뜨렸다. 헤지라의 무자비한 표정을 본 다른 이들은 공포에 질려 도망쳤다.

오스크는 충격에 몸이 얼어 버린 듯했다.

"괜찮아요?"

오스크는 가까스로 스텍스에게 물었다.

"괜찮아요."

스텍스는 정말로 괜찮아서 놀랐다. 등은 꽤 아팠지만 다친 데는 없었다.

"좋은 갑옷을 만들어 줬어요, 오스크. 고마워요."

"최고의 갑옷이라고 해도 너무 많은 공격을 버틸 수는 없어요. 조심해야 해요."

헤지라는 스텍스에게 주의를 주었다.

스텍스도 진지하게 고개를 끄덕였다.

"알고 있어요. 조심할게요."

"푸지가 연구 중이라는 말이 뭘까?"

라모아가 물었다.

"전혀 모르겠어. 무엇을 연구할 만한 사람이 아니거든."

스텍스가 답했다.

"부하는 저들이 전부였겠죠?"

오스크가 물었다.

라모아는 심각한 표정으로 고개를 저었다.

"더 있을 거예요."

"더요? 얼마나 더요?"

"그건 알 수 없어요. 하지만 다음에 나타날 부하들은 우리가 이곳에 있다는 걸 알고 나타나겠죠."

헤지라가 말했다.

"아."

오스크는 신음했다.

"우릴 잘 따라다니면 돼요, 오스크."

라모아는 계속 이동하고 싶어서 조급해했다.

하지만 스텍스는 손을 올려 기다려 달라고 했다. 그리고 한 손을 오스크 어깨에 올렸다. 오스크는 몸을 떨고 있었다.

"오스크, 무서워하는 거 괜찮아요. 나도 무서워요. 너무 버거 워서 카람헤스로 돌아가고 싶으면 가요. 하지만 남아 준다면 고마울 거예요. 산꼭대기에 도착하면 당신의 도움이 필요할 테 니까요. 그 전에도 우리 모두 당신의 도움이 필요할지 몰라요. 우린 서로 떨어져 있을 때보다 같이 있을 때 훨씬, 훨씬 더 강해 요. 난 두려울 때 이 생각을 떠올려요."

"좋아요. 해 볼게요. 계속 갈 수 있을 것 같아요."

오스크는 여전히 숨이 가빴지만 이렇게 말했다.

"좋아요. 오스크가 할 수 있으면 나도 할 수 있어요. 헤지라, 가죠."

스텍스가 말했다.

산 안쪽은 계단으로 서로 연결된 방들이 미로처럼 파여 있었 다. 방은 대부분 비어 있었는데 수년 간 그렇게 있었던 듯했다. 푸지의 무리는 그들보다 훨씬 더 많은 인원이 이용할 수 있는, 그러나 아무도 사용하지 않은 요새를 차지한 듯했다.

스텍스와 동료들은 이후 강도 무리를 몇 차례 더 만났지만, 모두 오합지졸이었다. 따라서 아무 타격 없이 강도들 사이로 빠져나가 더 높은 곳까지 올라갈 수 있었다.

커다란 굴에 도달하자 모래를 압축해 발라 만든 굴의 천장은 그들 머리 위로 들쭉날쭉한 윤곽을 드러냈다. 굴 주변에도 모 래가 쌓여 있었다. 그 굴 너머로 낮은 돌 천장이 있는 통로가 나 왔다. 통로에는 양쪽으로 문이 여러 개가 있었고, 다시 올라가는 계단이 나타났다.

"산꼭대기 근처까지 왔나 봐요."

스텍스가 계단을 가리키며 말했다.

스텍스는 푸지 템프로를 만난다는 기대감이, 그와 맞서고 싶다는 열망이 솟아오르는 것을 느낄 수 있었다. 헤지라도 스텍스의 감정을 알아차린 듯했다.

"스텍스, 정글에서 배운 걸 기억해요. 감정에 사로잡히면 초점을 잃게 될 거예요."

헤지라가 경고했다.

스텍스는 일부러 깊게 숨을 들이마시며 고개를 끄덕였다.

"경비들이 더 많을 줄 알았어요."

오스크가 말했다.

"그러게요. 저 문 뒤에 있을지도 모르죠. 아니면 더 위에 두목이랑 같이 있을지도 모르고요."

라모아가 말했다.

그들은 굴을 따라 걸었다. 라모아는 화살 하나를 시위에 메우고 공격 대상을 찾았다. 스텍스는 양옆을 경계하며 두리번거렸다. 헤지라만 불안함을 드러내지 않았다. 헤지라는 늘 같은 자세를 유지했다. 오스크는 서둘러 세 명의 뒤를 쫓았다.

굴을 반쯤 가로질렀을 무렵, 모래가 서걱거리는 소리가 스텍스의 귓가를 스쳤다. 스텍스는 착각이었기를 바라며 몸을 돌렸다. 하지만 착각이 아니었다. 그들 뒤 모래 무덤에 몸을 숨긴 강도들이 모습을 드러냈다. 세어 보니 열 명이 훨씬 넘었다.

"오, 안 돼."

오스크가 신음했다.

"침착해요. 우린 함께 헤쳐 나가야 해요."

헤지라가 강조했다.

그들 앞으로 검을 꺼내 든 강도들이 더 나타났다. 이 무리를 이끄는 두목은 덩치가 크고 검은색 수염이 있는 남자였다.

미그스였다.

"도망갔어야지."

스텍스가 차갑게 말했다.

"너야말로 그랬어야지."

미그스는 대꾸했다.

"괜한 소란 피우지 말자고. 여기까지 온 걸 보니 운이 꽤나 좋았나 본데 이제 그 운은 다한 것 같군. 우린 너희보다 훨씬 많고, 너흴 뺑 둘러쌌으니까. 무기들 내려놔."

"동료들은 놔줘. 그러면 무기를 포기하지. 어차피 너희 두목이 원하는 건 나잖아."

"스텍스, 그러지 마."

라모아가 말했다.

"나도 반대합니다."

헤지라는 천장을 살피며 말했다.

"세 명은 앞을 맡아요. 난 뒤쪽에 있는 놈들을 맡을 테니."

스텍스는 천장을 덮은 모래를 보고는 헤지라가 무슨 생각을 하는지 즉시 알아차렸다.

"헤지라, 안 돼요!"

스텍스가 외쳤다.

헤지라는 이미 몸을 돌린 상태였다. 그는 훌쩍 뛰어올라 뒤에 몰려 있던 강도 무리 사이로 들어가 검을 휘둘렀다. 깜짝 놀란 강도들은 헤지라 앞에 쓰러졌다.

"공격해!"

미그스는 라모아가 쏜 화살을 피해 몸을 숙였다. 라모아는 앞으로 달리며 어깨에 멘 화살통에서 다음 화살을 꺼냈다.

"난 이럴 줄은…… 도저히 못하겠어……."

오스크는 중얼거리더니 그들이 온 방향으로 되돌아 뛰며 헤지라와 그와 싸우는 무리를 지나쳤다.

오스크는 강도를 피해 굴 밖으로 뛰쳐나갔다. 스텍스는 오스크를 큰 소리로 불렀지만, 다시 싸우는 데 집중해야 했다. 특히 열 명도 넘는 강도들을 혼자 상대하는 라모아에게 집중해야 했다. 스텍스는 얼른 라모아 옆으로 갔고, 헤지라는 무리 사이를 빠져나가 모래 더미 위로 기어올랐다.

"조심해!"

스텍스는 활을 던지고 검을 꺼낸 라모아에게 외쳤다.

라모아는 눈을 크게 떴다. 검으로 모래 천장을 푹푹 찌르고 있는 헤지라를 발견했기 때문이다.

"헤지라! 안 돼!"

라모아의 만류에도 헤지라는 계속 검으로 모래를 쑤셨다. 천장이 떨리는 듯하더니 큰 소음을 내며 무너져 내렸다. 모래는 주변 공기를 채우며 스텍스의 눈과 입안으로 들어갔다. 스텍스는 기침을 하며 모래를 뱉었다. 둘 뒤로는 모든 게 조용했고 움직이는 것은 아무것도 없었다. 굴은 모래로 가득했다. 헤지라가 천장을 부쉈을 때, 그들 뒤에 있던 강도 무리의 흔적도 찾아볼 수 없었다. 모래 아래 깔렸거나 모래 뒤에 있거나 둘 중 하나였다. 하지만 헤지라가 어디에 있는지는 알 수 있었다. 헤지라를 덮고 있는 모래는 조용히, 가만히 있었다.

"바보 같이. 자기를 희생하다니."

미그스가 말했다.

"우리는 아직 열 명도 넘게 남았는데 너흰 둘뿐이야."

"그럼 그 숫자를 넘어설 수 있는지 봐야겠군."

스텍스는 이를 드러내며 말했다.

"스텍스, 저들은 너무 많아. 우린 오스크가 어디에 있는지도 모르고 헤지라도 잃었어. 삶을 포기하지 마. 이렇게는 안 돼."

라모아가 말했다.

"저 친구는 똑똑하군. 너도 똑똑하게 구는 게 어때?"

미그스가 말했다.

스텍스는 라모아의 완강한 표정과 싸우고 싶어서 안달 난 강도들을 바라보았다. 그는 쓰러질 때까지 싸울 각오가 돼 있었다. 하지만 라모아까지 끌어들일 수는 없었다.

스텍스는 한숨을 내쉬며 검을 내렸다.

29장
푸지 템프로의 포로

#지난 위험의 기억 #아침에 찾아온 사람들 #고백

암석 굴에서 스텍스가 본 문은 감옥 문이었다. 미그스의 무리는 스텍스의 다이아몬드 갑옷을 벗기고, 그와 라모아의 무기를 빼앗았으며, 둘을 작은 방 중 한 곳으로 밀어 넣었다.

라모아는 나갈 방법이 있는지 보려고 벽과 문을 살폈지만, 스텍스는 시간 낭비하지 말라고 했다. 감방 벽은 흑요석으로 만들어져 있었고, 감방 크기는 침대 두 개만 간신히 들어갈 수 있는 정도였다. 제대로 된 도구가 있더라도 벽에 구멍을 뚫으려면 엄청나게 노력해야 할 테고, 보초들이 그 소음을 듣지 못하려면 의식을 잃은 상태여야 할 거였다.

"그렇네, 나갈 방법은 없어."

라모아는 한숨을 내쉬며 스텍스 옆 벽에 기대어 앉았다.

"그래도 포기하진 말자. 난 지금보다 더 안 좋은 여건에도 있어 봤으니까."

"그래? 언제?"

"다베르노드 성직자 왕의 포로로 잡혀 있었던 적이 있었어. 감히 이단자가 대폭포의 성수를 쳐다봤다고 말이야. 그렇게 되었어도 볼 만한 가치는 충분했지. 감방 문이 닫혔을 땐 이제 끝이라고 생각하긴 했지만."

"어떻게 탈출했어?"

라모아는 낙담하는 표정을 지었다.

"헤지라가 구해 줬어. 아, 헤지라. 그 말도 안 되는 규칙 중 무언가가 헤지라를 멈추게 했더라면 좋았을 텐데. 머리 위 모래를 파는 것은 금지되어 있다든가 말이야."

스텍스는 천장이 굉음을 내며 무너지기 전 헤지라의 마지막 모습을 기억하고는 아무 말도 하지 않았다.

"적어도 오스크는 빠져나갔네. 안됐어. 오스크는 검이나 활에 어울리는 사람은 아니야."

라모아가 말했다.

스텍스는 오스크가 도움을 구해 그들을 구하러 돌아오는 상상도 해 보았지만 이내 멈췄다. 오스크도 운이 좋아야 푸지의 무리와 더는 마주치지 않고 말이 있는 곳으로 돌아갈 수 있을 테니 말이다. 이 생각에 스텍스는 고개를 떨구었다.

"이제 어떻게 되는 걸까?"

라모아가 물었다.

"푸지는 흡족해하겠지. 그리고 복수하겠지."

"어떻게 복수할까?"

라모아가 물었다.

스텍스는 고개를 젓기만 했다.

"다행히 난 그 작자의 머릿속에 뭐가 들어 있을지 모르겠어."

푸지가 떠올린 것이라면 자기가 상상하는 그 어떤 것보다 나쁠 거라고 덧붙일까 생각했지만 말하지 않았다. 그런 말을 굳이 하지 않아도 이미 그들이 처한 상황은 좋지 않으니 말이다.

"헤지라는 널 좋아했어."

라모아가 말했다.

"네가 얼마나 재주가 뛰어난지 넌 모른다고 하더라. 넌 남을 도우려는 본능이 있다고도 했어. 많은 이들은 재주 부분은 어떻게든 알아서 하지만, 남을 돕는 부분에 있어서는 돕거나 돕지 않거나 둘 중 하나라고. 네 운명이 널 어디로 데려갈지 정말 알고 싶다고도 했어."

스텍스는 미소를 지으면서도 고개를 저었다.

"그렇다면 헤지라가 답을 얻지 못해 다행이네. 이건 내가 생각한 길이 전혀 아니거든."

"나도 생각지 못한 길이야. 하지만 널 만나서 여전히 기뻐. 우리가 만났을 때 내가 했던 말처럼, 사람에게는 사람이 필요해. 우리가 서로의 사람이 될 수 있어서 다행이야. 사이코 강도한테 붙잡히는 일이 없었다면 좋았겠지만, 그건 널 위해서 그런 일이 없었길 바라는 거야."

"거기 너희 둘, 입 다물지 못해!"

경비 하나가 으르렁거렸다.

"입 안 다물면? 감옥에 넣기라도 할 거야?"

스텍스가 대꾸했다.

라모아는 웃었고, 스텍스 역시 웃어 버렸다.

스텍스는 머지않아 미그스나 다른 강도가 그들을 푸지 템프로 앞으로 데리고 가리라고 예상했다. 하지만 몇 시간이 지나도 아무 일도 일어나지 않았다.

마침내 강도 하나가 곰팡내 나는 빵과 무뚝뚝한 메시지를 전해 주었다. 두목이 나중에 그들을 처리한다는 것이었다. 잠을 자 두라고도 말했다.

다시 푸지의 처분에 놓인다는 생각에 스텍스는 잠이 올 것 같지 않았다. 하지만 놀랍게도 몇 분 뒤 고단함에 굴복했다.

스텍스는 라모아가 흔들어서야 잠에서 깨어났다.

"스텍스! 일어나! 저 소리 안 들려?"

잠시 후 철로 철을 치는 소리와 함께 끽끽대는 소리가 났다.

감옥 밖에서 무언가 쨍그랑거리며 바닥에 떨어졌다. 발자국 소리도 들렸다. 누군가 숨을 헐떡였다.

감옥 문이 열렸다.

검에 몸을 기댄 헤지라가 문간에 서 있었다. 힘겹게 숨을 거칠게 몰아쉬는 그의 모습은 끔찍했다. 헤지라가 입은 검은색 망토는 모래로 뒤덮여 있었고, 얼굴과 팔에는 멍과 상처투성이였다. 그의 뒤에서 오스크가 감방 안을 들여다보고 있었다.

"살아 있었군요!"

스텍스가 외쳤다.

"헤지라!"

라모아는 꽥 하고 외치더니 두 팔을 벌려 친구를 껴안았다.

헤지라는 검을 떨어뜨리고 아파 신음하며 비틀거렸다. 그제야 라모아는 헤지라가 얼마나 다쳤는지 깨닫고는 그를 놔주었다.

스텍스는 정확한 문장이 아닌 어떻게와 무엇을 뒤섞어 가며 더듬거렸고, 헤지라는 질문에 답하려고 애를 썼다.

"오스크가 모래에 묻힌 날 꺼내 줬어요. 다른 강도들은 도망 갔더군요. 그 안에서 숨이 막혔다고는 할 수 없지만, 다시 겪고 싶은 경험은 아니었어요."

"여러분을 두고 도망가서 미안해요. 그냥 겁이 너무 났어요. 입구까지 반쯤 갔는데 천장이 무너져 내리는 소리를 듣고는 도울 수 있는 건 나뿐이라는 사실을 깨달았어요."

오스크는 발끝을 내려다보며 말했다.

"그래서 잠잠해질 때까지 기다렸다가 몰래 돌아왔는데 다들 없더라고요. 헤지라를 찾긴 했는데 스텍스와 라모아를 감옥에 넣는 건 막지 못했어요."

"도망가긴 했어도 돌아왔잖아요."

라모아는 상처 난 곳이 없어 자기 포옹을 피하지 않아도 되는 오스크를 껴안았다.

"그런데 경비는 어떻게 피했어요?"

스텍스가 물었다.

"잠복은 훌륭한 전략이지요. 싸움이 길어져서 견디지 못할 땐 특히 더 그렇고요. 하지만 마지막에 남은 경비가 내가 몰래 다가가기 전에 날 봐 버렸어요. 내 앞에서 사라지라고 설득했는데. 아, 숨이 가쁘네요."

헤지라는 두 손을 무릎에 올리고 숨을 돌리려 했다.

"산 아래로 데려다줄게요."

스텍스가 말했다.

"아니요. 계속 밀고 나아가야 해요. 이번이 푸지 템프로를 기습할 수 있는 유일한 기회일지도 몰라요. 불행히도 놈들이 무기와 갑옷을 뺏어 탑으로 가져갔지만요. 찾을 수 있는 유용한 도구는 뭐든 이용합시다."

"그렇다면 산 아래로 내려가지 않을 거지? 우리가 무슨 말을 하든, 무슨 짓을 하든."

라모아는 스텍스가 헤지라의 결정에 반대하기 전에 물었다.

헤지라는 고개를 젓기만 했다.

"고집불통이야."

라모아가 중얼거렸다.

"알았어. 스텍스, 우리가 뭘 발견할 수 있을지 가 보자."

그들은 도망간 경비들이 두고 간 검 두 개를 발견했다. 하나는 심하게 패였지만 쓸 만했다. 그렇게 무장한 채 넷은 올라가는 계단 끝자락에 섰다.

"올라가기 전에 밝혀야 할 게 있어요."

헤지라가 입을 열었다.

"마음이 참 괴로워요. 여러분이 날 하찮게 생각할 것 같고요.

오스크가 날 구해 줬을 때, 난 심하게 다친 상태였어요. 우린 아래층으로 가 은신처를 발견했는데, 그 안에서 난 잠들어 버렸어요. 침대에서 말이죠."

라모아, 스텍스, 오스크는 서로를 쳐다봤다.

"아무한테도 얘기하지 않을게. 맹세해."

라모아가 말했다.

30장
산꼭대기 요새의 남자

#헤지라는 유령? #마침내 푸지를 만나다

이번에는 스텍스가 선두에 섰고 라모아와 헤지라가 뒤를 따랐다. 그들은 헤지라의 부상을 걱정하며 천천히 돌계단을 올랐다.

계단 끝에는 짙은 색 참나무 문 두 개가 있었다. 스텍스가 왼쪽 문고리를 잡아당기자 기다란 복도가 나타났다. 복도 가운데에는 탁자 하나가 있고 탁자 양쪽으로 낮은 의자가 줄지어 있었다. 낮은 의자 끝에는 등받이가 높은 의자가 양쪽에 하나씩 놓여 있고 복도 끝에는 창문이 나 있었다. 모든 것은 두꺼운 먼지 층으로 덮여 있었다.

"오래된 곳인가 보네요."

오스크가 말했다.

"산속에 있던 방들과 주변 폐허도 그랬어요. 푸지가 발견했거나 누군가에게서 빼앗은 곳인 것 같네요. 푸지는 살면서 직접 건물을 지은 적은 없을 것 같아요."

스텍스가 말했다.

"스텍스, 저길 봐."

스텍스는 라모아가 가리키는 쪽을 보았다. 먼지 구름 사이로 많은 발자국이 낸 길이 보였다. 그 길은 다른 문으로 이어졌고 그 문을 열면 방이 많이 있는 기다란 복도가 나왔다.

"놈들이 빼앗은 우리 무기가 이곳에 있을 것 같네."

라모아가 말했다.

"하지만 경비도 더 있을 것 같아."

스텍스가 말했다.

"오스크, 잠깐만요."

하지만 너무 늦었다. 흥미로워 보인다며 중얼거리던 오스크는 문 하나를 열고는 입을 떡 벌린 채 입구에 멈춰 섰다. 이상한 보라색 빛이 오스크의 놀란 모습을 비추었다.

스텍스는 오스크의 어깨 너머로 방 안을 들여다보았다. 문을 열자 철제 난간이 있는 발코니와 방 아래쪽으로 내려갈 수 있는 사다리가 나타났다. 아래쪽에는 거대한 흑요석 액자가 그물무늬와 불통 형태로 휘몰아치는 보라색 빛을 둘러싸고 있었다.

"저게 뭐죠?"

스텍스가 물었다.

"네더 차원문이에요."

오스크가 답했다.

"다른 차원으로 가는 출입문이지요. 예전에 산에서 그 강도들이 말했던 두목이 연구 중이라는 게 이걸 가리킨 것 같아요.

스텍스, 푸지가 이 문으로 들어갔다면 절대로 푸지를 찾을 수 없을 거예요."

"그렇다면 푸지가 들어가지 않았기를 바라야겠군요. 가요, 오스크."

경첩이 삐거덕거리는 소리에 스텍스가 몸을 돌리니 라모아가 다른 문을 열고 있었다.

"왜? 우리 무기가 여기 어딘가에 있을지도 모르잖아."

"장난해?"

스텍스가 물었다.

"난 지금 몹시 피곤하고 아파. 네가 또 붙잡혀도 다시 널 구하지 못할지도 몰라."

헤지라가 말했다.

"앞으로 우리 모두가 동의하지 않으면 문은 절대로 열 수 없어요, 알았죠?"

스텍스는 복도로 동료들을 이끌었다. 복도는 오른쪽으로 홱 꺾이더니 다른 복도와 합쳐져 빈 공간을 이루었다. 그들 뒤로는 참나무 문이 나 있었고 앞으로는 양문으로 연결되는 넓은 세 단 짜리 계단이 있었다. 양문 옆에는 각각 횃불이 올라간 낮은 기둥이 서 있었다.

"뭔가 중요한 곳인 거 같아요."

오스크가 말했다.

"그러게요. 다들 들어갈 준비 됐어요?"

스텍스가 물었다.

문은 활짝 열렸다. 그들 앞에 넓은 강당이 펼쳐졌다. 가운데에는 또 다른 기다란 탁자가 있었고 방 한쪽에 물건이 높게 쌓여 있었다. 일부는 바닥에 흩어져 있었고, 보관함에서 쏟아져 나온 것들도 있었으며, 의자에 무심코 놓인 것들도 있었다. 대부분 값비싼 물건이었다. 적어도 그렇게 보였다. 보석, 금괴, 그림, 지도, 갑옷, 휘장 등 다양한 물건들이 너부러져 있었다.

하지만 그 순간 스텍스는 매혹적인 물건 중 그 어느 것도 신경 쓰지 않았다. 그 방 끝 등받이가 높은 벨벳 쿠션 의자에 푸지 템프로가 앉아 있었기 때문이다.

스텍스는 푸지의 밝은 푸른색 눈과 상대방을 당혹스럽게 하는 강력한 눈빛을 즉시 알아보았다. 그는 스톤커터 사유지를 처음으로 찾아왔을 때처럼 상의와 하의가 서로 어울리지 않는 옷을 입고 있었다. 하지만 얼굴은 창백했고, 몸은 야위었으며, 최면에 빠진 것 같은 두 눈 밑은 어둑어둑했다.

푸지 옆에는 그에게 무언가 다급하게 말하는 미그스가 서 있었다. 근처에서 빈둥거리던 다른 부하 세 명이 그들을 발견하고는 벌떡 일어났다.

"뭐야?"

푸지가 삐딱하게 물었다.

미그스가 답했다.

"스텍스 스톤커터네요. 예전에 말씀드렸던 죄수입니다. 그런데 어떻게……."

이 순간에 무슨 말을 할지 상상하며 몇 날 밤을 뜬눈으로 보낸 스텍스는 마침내 입을 열었다. 하지만 그가 뭐라고 말을 하기 전에 헤지라가 고개를 치켜들고 무심하게 검을 든 채 앞으로 나섰다.

그것만으로도 놀라웠는데 헤지라는 그보다 더 낯선 행동을 했다. 그는 스텍스를 쳐다보더니 윙크를 했다.

"그 검은 옷 입은 사내야!"

강도 중 하나가 말했다.

"하지만 천장이 무너져 내렸잖아! 산 채로 묻혔다고! 살아남았을 리가 없어!"

"보다시피 난 살아남았다."

헤지라는 차분하고 침착한 목소리로 말했다.

"이제 산은 텅텅 비었어. 남은 건 너희뿐이고 난 너희를 잡으러 왔다. 그러니 도망칠 수 있을 때 도망쳐."

"이게 다 무슨 소란이야?"

푸지는 더 짜증을 내며 말했다. 그의 손은 허리춤에 찬 다이아몬드 검을 더듬었다.

"유, 유령이다!"

강도 중 한 명이 소리를 지르더니 방에서 뛰쳐나갔다. 헤지라는 계속해서 다른 강도들을 향해 전진했다. 그의 걸음걸이는 느리면서도 분명한 의도가 담겨 있었다. 그의 시선은 푸지와 부하들에게 고정되어 있었다. 헤지라가 치켜든 검 끝은 전혀 흔들리지 않았다.

이 모습을 본 다른 부하들도 눈에 두려움이 가득한 채로 도망갔고 두목 옆에는 미그스만 홀로 남았다.

"넌 운을 다 써 버렸어, 미그스."

스텍스는 헤지라 뒤를 따라 한 발짝 앞으로 나갔다.

"이제 우리 수가 더 많아졌으니까. 사라지는 게 좋을 거야. 그리고 이번엔 다시 나타나지 마."

미그스는 헤지라와 푸지를 번갈아 바라보았다.

"미그스, 난 아무것도 없는 널 일으켜 세워 줬어. 그리고 널 다시 빈털터리로 만들어 줄 수도 있지. 게다가 날 화나게 하면 그보다 훨씬 더한 짓도 할 수 있어."

푸지가 으르렁거렸다.

"푸지를 두려워하지 않아도 돼, 미그스. 푸지는 이곳에서 절대로 나갈 수 없을 거야. 맹세해."

스텍스가 말했다.

미그스는 망설이더니 역시 서둘러 방에서 나갔다. 그리고 문밖으로 나가자마자 달리는 소리가 들렸다. 헤지라는 이제 의자에 앉은 채 혼자 남게 된 푸지로부터 몇 블록 떨어진 곳에 멈췄다. 헤지라는 어깨를 축 늘어뜨리고는 검을 내렸다.

"좀 앉아야겠어."

헤지라는 의자를 찾아 더듬거리며 말했다.

"허풍을 떨었군!"

푸지의 표정에는 감탄과 분노가 동시에 나타났다.

"내 경험상 도적들은 대부분 약하더군. 호통을 좀 치고 허세 좀 부리면 쉽게 넘어가지."

헤지라는 의자에 털썩 주저앉았다.

"그래서 속이기도 쉬워."

"요즘은 쓸모 있는 녀석들을 구하는 것도 어렵단 말이야."

푸지가 중얼거렸다.

"스텍스, 네 물건을 찾은 것 같아."

라모아가 말했다.

스텍스가 몸을 돌려 보니 라모아 옆에 다이아몬드 갑옷이 쌓여 있는 게 보였다. 라모아는 활을 든 채로 화살을 줍고 있었다.

"스텍스 스톤커터."

푸지의 푸른색 눈은 스텍스를 살폈다.

"그래, 나야. 오랜만이군, 푸지."

스텍스는 무자비하게 만족해하며 미소를 지었다.

"미그스가 네 이름을 대며 너와 네 친구들을 가뒀다고 말해 줬지. 하지만 난 네가 누군지 기억나지 않아."

푸지가 말했다.

처음에 스텍스는 푸지가 자기를 화나게 하려고 거짓말을 하는 줄 알았다. 하지만 푸지의 혼란스러운 표정은 진짜였다. 정말로 스텍스를 잊어버린 거였다.

"난 바다 옆 작은 반도에서 섬록암과 화강암으로 만든 집에서 살았어."

스텍스의 목소리는 분노로 딱딱하게 들렸다.

"고양이를 키우고 꽃을 기르며 살았지. 뒷마당에는 우리 가족의 굴이 있었고."

푸지의 표정이 밝아졌다.

"아, 그 굴 위에 작은 수영장이 있었지! 그 검은색과 흰색 반점이 있는 그걸로 만든 수영장 말이야. 이제야 기억나네!"

푸지가 말했다.

그러면서 푸지는 미소를 지었다. 스텍스를 그토록 불안하게 했던 포악한 미소가 아니라 옛 기억을 떠올려 기뻐하는 진짜 미소였다. 마치 수 년 만에 오랜 친구라도 만난 것처럼 말이다.

"네가 그 수영장을 부쉈어. 굴과 집도 부쉈고. 그리고 우리 할머니와 아버지 재산을 몽땅 가져갔어. 그리고 텅 빈 해변에 날버리고 갔지. 그것도 기억 나?"

"어느 정도는. 하지만 여기서 멀리 떨어진 곳에서 일어난 일인데, 복수를 위해 여기까지 왔단 말인가?"

푸지가 말했다.

"정의를 위해서지."

스텍스가 말했다.

"뭐 상관없어. 시간과 노력을 허비한 셈이니까. 우리가 헤어진 이후로 잘 지냈나 보군. 다이아몬드 갑옷은 그냥 얻어지는 게 아니니까. 넌 내가 방문했던 집과 비슷한 집을 네다섯 채는 짓고 내 부하들이 가져갈 수 있는 것보다 훨씬 더 많은 물건으로 채울 수도 있었을 거야. 하지만 그러는 대신에 오래전에 있었던 지루한 논쟁을 해결하려고 여기까지 왔군그래."

"내겐 오래전 일이 아니야."

스텍스는 몸을 돌려 쌓여 있는 보석과 귀금속을 가리켰다.

"네가 많은 사람들로부터 이것들을 훔친 것도 오래전 일이 아닐 테고."

"끈질기게 굴기로 작정했나보군. 좋아, 스텍스. 어떻게 할 셈인가? 누군가 죽을 때까지 결투라도 할까? 아니면 쉽게 흥분하는 저기 네 친구가 날 쏘기라도 할 텐가?"

푸지는 턱을 치켜세워 스텍스의 갑옷 옆에 두 다리를 벌린 채 활을 잡아당기고 화살을 겨냥한 라모아를 가리켰다.

스텍스는 분노가 치밀어 오르는 걸 느꼈다. 푸지가 자신을 잊고 있었던 것뿐만 아니라 그가 일으킨 모든 고통을 아무 일도 아니었다는 듯 취급하는 태도가 그를 화나게 했다.

푸지는 느릿느릿 의자에서 일어서다가 화살 하나가 옆 의자 등받이에 탁 하고 꽂히자 깜짝 놀라 멈췄다.

"빗나갔군."

푸지는 다시 차분하게 말했다.

"일부러 맞히지 않은 거야. 스텍스가 갑옷을 입고 검을 챙길 때까지 다시 앉아서 기다려."

라모아가 답했다.

푸지는 악의에 찬 표정으로 라모아를 노려봤다.

"오스크, 도와줘요."

헤지라가 가만히 말했다.

스텍스는 푸지를 주시한 채 탁자 앞을 지나 라모아 옆으로 갔다. 그리고 라모아에게 고개를 끄덕인 후 무릎을 꿇어 다이아몬드 검을 들었다. 이어서 푸지를 마주했다. 오스크는 스텍스에게 흉갑을 입혀 주고 끈을 꽉 조인 후 무릎을 꿇어 정강이 가리개를 채워 주었다.

"정정당당하지 못하잖아. 난 아무런 장비가 없어."

푸지가 말했다.

"배에 강도를 가득 싣고 우리 집에 쳐들어 왔을 땐 정정당당했어?"

스텍스는 오스크가 장화를 신겨 줄 수 있도록 발 한쪽을 들며 물었다.

"이봐, 스텍스, 왜 그리 심각해? 다친 데 없고, 가진 것도 많고, 재밌는 친구들도 사귀고. 그게 그렇게나 나쁜 일이었어?"

양쪽 발에 장화를 신은 후 스텍스는 오스크가 건네는 투구를 쓰고 턱 끈을 조였다. 갑옷은 가벼우면서도 튼튼했다. 검은 스텍스의 손 안에서 웅웅 울리는 것 같았다.

"이제 일어나도 돼, 푸지."

스텍스가 말했다.

푸지는 라모아 쪽을 쳐다봤다. 라모아는 고개를 끄덕이고 팽팽하게 잡아당긴 활시위를 놓았다. 푸지는 일어서서 느긋하게 기지개를 켰다. 스텍스는 자기 다이아몬드 검을 뽑아 든 채 그 포악한 미소를 다시 지으며 점점 다가오는 푸지를 노려보았다.

31장

결투

#오래 기다려 온 대결 #아주 특별한 보물찾기 #지도 퍼즐

스텍스 스톤커터와 푸지 템프로가 벌인 결투를 묘사하는 다른 이야기를 들은 독자도 있을 것이다. 그중에는 다이아몬드 날에서 뿜어져 나오는 불꽃과 마법의 폭죽이 휘몰아치는 매우 흥미진진한 이야기도 있다. 근육이 불룩하게 솟고 힘줄이 팽팽하게 긴장하는 그런 이야기 말이다.

하지만 난 실제로 있었던 일을 얘기하려 한다. 내가 들은 버전은 불꽃과 힘겨루기는 덜 등장하지만, 나름대로 극적인 부분도 있다.

실제로 일어난 일은 이렇다. 푸지 템프로는 그 특유의 못된 미소를 지으며 스텍스를 향해 두어 걸음 내딛었다. 스텍스의 반응을 보려고 허공에 검을 몇 번 휘두르기도 했다. 스텍스는 헤지라가 가르쳐 준 것을 떠올리며 그저 기다렸다. 푸지의 발이 어떻게 이동하는지, 어깨는 어떻게 움직이는지 살피며 다음에 일어날 일이 무엇이든 마음의 준비를 했다.

적어도 준비가 됐다고 스텍스는 믿었다.

하지만 푸지는 웃더니 손을 벌려 다이아몬드 검을 돌바닥에 쨍그랑 하고 떨어뜨렸다.

"스텍스, 난 너와 싸우지 않을 거야. 나한테 무엇이든 해도 좋아. 그 무엇도 상관없다고 내가 가르치지 않았던가? 이 모든 건, 우리의 인생과 오버월드와 우리가 아주 중요하다고 여기며 그토록 공을 들인 모든 것이 그저 거대한 우주의 농담이라고? 우리가 처음 만났을 때 이 농담으로 자네가 우습게 됐지만, 이제는 내 차례가 됐어. 그러니 하고 싶은 대로 해."

이건 예상하지 못한 반응이었다. 스텍스는 푸지가 다른 검을 꺼낸다든가, 비밀 입구로 강도들이 갑자기 몰려들어 온다든가 하는 어떤 속임수를 쓸 거라 생각하며 그를 빤히 쳐다봤다. 하지만 푸지는 어깨를 으쓱이더니 의자에 앉아 다리를 꼬았다.

스텍스는 라모아, 헤지라, 오스크를 쳐다봤다. 라모아와 오스크는 자기만큼 어리벙벙해했고 헤지라는 헤지라답게 아무런 반응도 보이지 않았다. 잠시 후, 갑옷 차림으로 쉽지 않았지만, 스텍스는 몸을 굽혀 푸지가 떨어뜨린 검을 주웠다.

"넌 나한테 그 무엇도 중요하지 않다고 **말하긴 했지.**"

스텍스가 푸지에게 말했다.

"그리고 내가 그 말을 믿게 하려고 애를 썼지. 하지만 난 다른 걸 배웠어. 우리가 무엇을 하든 바다나 별에는 아무런 소용이 없다는 너의 말은 맞을지 모르지만 어차피 우리는 바다도 별도 아니야. 우리가 무의미하게 살 때, 삶이 무의미해지는 거야. 세상이 잔인할 수 있다는 건 나도 동의해. 하지만 그렇기 때문에 우리가 친절을 베푸는 게 **더** 중요한 거야. 아무리 약하고 오래 가지 못한다고 해도 세상의 잔인함에 맞서 우리를 보호해 줄 물방울을 만들어 내는 게 중요한 거야.”

푸지는 낄낄대며 손뼉을 쳤다.

“대단하네, 스텍스. 내가 널 처음 봤을 때 넌 게으르고 제멋대로 사는 아이에 불과했어. 그런데 이렇게 변했잖아. 전사에, 모험가에, 철학가까지 됐어. 정말이지 넌 나한테 감사해야 해. 고독 속에서 잔디나 깎고 고양이나 쓰다듬으며 살았다면 이렇게 될 수 있었을까? 내가 널 이렇게 **만든** 거야. 너의 그 쓸모없는 인생을 **중요하게** 만든 거라고.”

라모아는 이를 드러내며 다시 활을 잡아당겼지만, 스텍스는 라모아를 보며 고개를 저었다.

“아니. **내가** 스스로 이렇게 변한 거야. 네가 한 게 아니라. 날 변화시키는 건 네 몫이 아니었어. 그리고 너의 잔인함으로는 그 무엇도 이룰 수 없어. 너의 이기심을 지키는 것 말고는 아무런 소용이 없지. 앞으로는 네가 다른 사람을 절대로 해치지 못하도록 만들 거야.”

“아, 드디어.”

푸지는 두 팔을 벌리고 가슴을 앞으로 내밀었다.

“좋아, 스텍스. 제대로 찔러 봐. 엉망으로 만들지 말고.”

“아니, 난 널 죽이지 않아.”

"직접 해치우기에는 네가 너무 고상하다는 거야?"

푸지는 라모아와 헤지라를 쳐다봤다.

"그럼 누가 할 건가? 저 혈기 왕성한 사수? 저 신비한 검객?"

"둘 다 아니야. 발명가인 내 동료에게 맡길 거야. 오스크, 필요한 건 다 있어요?"

"아, 그럼요."

오스크는 잠시 말을 멈추고, 푸지에게 살짝 목례를 했다.

"흑요석과 용암과 물과 피스톤에 의존하는 복잡한 설계예요. 레드스톤도 엄청나게 필요하고요. 스텍스의 제안을 듣고 생각해 봤는데, 제대로 만들 수 있을 거라 확신해요. 관통 불가능한 감옥이지요. 흑요석을 뚫어도 **팩!** 하고 새로운 블록이 빈칸을 채우는 거예요."

"아주 정교한 장치로군그래. 하지만 사양하겠어. 난 차라리 죽음을 택하겠어."

푸지가 말했다.

"그러고 싶겠지. 하지만 넌 죽지 않을 거야. 넌 살 거야, 그것도 편안하게. 그렇지만 남은 날들을 혼자서 보내게 될 거야. 두목 행세를 할 부하도 없고, 괴롭힐 희생자도 없고, 정신 쏟을 만한 반짝거리는 훔친 장난감도 없을 거야. 네 옆에는 단지 너만 있을 테니. 이거야말로 네가 정말로 두려워하는 것이겠지."

스텍스가 말했다.

푸지는 더 이상 입을 열지 못했다. 입을 연 것은 라모아였다.

"완전히 고립시킨다고? 그건 너무한 것 같아. 어느 누구에게

든 가혹하다고."

"푸지는 변하지 않을 거야. 변할 거라고 잘못 판단하지 마."

라모아는 인상을 찌푸렸지만, 스텍스는 푸지를 향해 말했다.

"오스크가 감옥을 다 지을 때까지 네가 편안하고 안전하게 지낼 수 있게 나와 라모아가 자리를 마련해 줄게. 오스크, 다른 필요한 거는 없어요?"

오스크는 고개를 저었다.

"도안을 그릴 작업대와 종이 몇 장, 그리고 도움만 있으면 돼요. 재료는 이미 다 갖춰 놨고요."

"스텍스, 이유를 알고 싶지 않아?"

푸지의 목소리는 부자연스러울 정도로 조용했다.

"예전에 물어봤잖아. 나한테 왜 이러는 거냐고. 그때 넌 대답을 들을 자격이 없었지만 지금은 말해 줄게."

"네 답은 알고 싶지 않아."

스텍스가 답했다.

"이유를 알고 싶지 않다고? 믿을 수 없는걸."

푸지는 못 믿겠다는 듯 말했다.

"알고 싶지 않아. 왜냐하면 난 상관 안 하거든. 네가 한 짓에 대해 어떠한 이유도 만들어 내지 못하게 할 거야. 무슨 이유를 대더라도 그건 그냥 다른 거짓말이니까. 넌 굴 깊은 곳에 생긴 위험한 존재나 마찬가지야. 용암 폭포나 괴물로 가득한 감옥 같은 것이지. 용암에게 태우지 말라고 하는 거나 괴물에게 공격하지 말라고 하는 건 시간 낭비지. 그러는 대신 위험한 곳은 벽을 쌓아 막고 경고 표시를 해야 해. 그렇게 하면 이제 그곳에 신경 쓸 필요가 없어지지."

푸지는 잠시 반항했지만, 몸이 묶인 채 라모아의 감시를 받았다. 그동안 스텍스는 요새 창고에서 곡괭이를 발견해 네더 차원문을 해체했고, 흑요석으로 임시 감방을 지었다.

임무를 완료한 후 그들은 요새를 탐험했다. 참나무가 우거진, 하늘을 볼 수 있는 마당을 발견했다. 헤지라는 나무 위로 올라가 잠을 청했다.

스텍스는 온갖 약탈물이 있는 푸지의 방으로 돌아갔다. 그리고 몇 시간 동안 보석을 뒤지고, 그림 더미를 훑어보고, 휘장을 살폈다. 그러다 방 한쪽 구석에서 나무 액자 두 개를 발견했다. 한 액자에는 닳아 반쪽이 된 돌 곡괭이가 있었고, 다른 액자에는 무디고 갈라진 돌검이 끼워져 있었다.

"이것들이 뭔지 알겠어?"

라모아가 물었다.

"응, 알아. 할머니의 액자야. 마당으로 이어지는 방에 걸어 둔 액자였어. 없애고 싶었던 적도 있는데 이제는 아니야."

스텍스는 두 액자를 옆에 두고 다른 물건 더미를 살폈다. 주황색 바탕에 파란색 삼각형인 스톤커터 집안의 문양이 새겨진 휘장이었다. 그리고 그 밑으로 긴 종이 두루마리가 있었다.

"이거 펼치는 것 좀 도와줄래?"

스텍스는 라모아에게 도움을 청했다. 둘은 두루마리를 한 아름 안고 탁자로 가져갔다.

스텍스의 생각대로 두루마리는 아버지의 지도였다. 지도에는 아버지가 해외에 세운 지사를 가리키는 기호들이 있었다.

"순서가 하나도 맞지 않아. 꼭 커다란 퍼즐 같네."

라모아는 힘 빠진 목소리로 말했다.

"난 할머니와 늘 퍼즐을 맞췄어. 이것도 풀 수 있을 것 같아."

스텍스가 말했다.

그렇게 둘은 지도를 재배치하고, 이리저리 돌려 보고, 탁자에 올라가서 보기도 하고, 서로 연결되지 않는 해안선을 연결된다고 확신하며 두어 시간을 보냈다. 그리고 마침내 탁자에 육지와 바다가 표시된 하나의 거대한 지도가 펼쳐졌다.

라모아는 한 손을 턱에 올린 채 지도 가장자리를 따라 돌며 살폈다. 어느 순간 라모아의 눈빛이 반짝이더니 해안선 한쪽을 손가락으로 짚었다.

"이건 황폐의 만인 것 같아. 그렇다면 우리가 만난 곳은 이쯤이야. 해안선을 따라 북쪽으로 가면……."

"……텀블스 항구가 나오지."

스텍스가 말했다.

스텍스는 라모아를 보며 미소를 지었다. 그러다가 무엇을 발견했는지를 깨닫고는 다리에 힘이 빠지는 것을 느꼈다. 스텍스는 손으로 다시 황폐의 만을 짚은 뒤 서쪽 해안선을 따라 불행의 바다일 게 분명한 물 그림으로 옮겨 갔다. 거기서 더 서쪽으로 가니…….

"여기 있네. 우리 작은 반도."

스텍스는 눈에 눈물이 고이는 것을 느꼈다. 해안 바로 옆에 얼음 기둥을 가리키는 작고 뾰족한 옅은 푸른색 기호가 있었고, 그 옆으로 주황색 갈매기 무늬가 있었다.

"여기가 우리 집이야."

라모아는 고개를 끄덕였다. 그러더니 황폐의 만에서 남쪽으로 떨어진 해안 옆 초록색 땅을 손가락으로 가리켰다.

"그건 뭐야?"

스텍스가 물었다.

"리버하우스. 우리 집이야. 꼭 보러 와."

오스크가 감옥을 완성하는 데 이 주가 걸렸고, 푸지가 확실히 탈출하지 못하는지 시험하는 데 다시 이틀이 걸렸다.

완성된 감옥은 인상적이었다. 겉으로는 단단한 하나의 블록으로 보이는 흑요석은 푸지의 요새를 반 정도 덮었고, 그 주변을 용암이 감쌌다. 지붕에는 인공 호수가 있었고 용암 경계선에는 피스톤이 나열돼 있었다. 방 두 개는 작은 농장과 소와 돼지 우리로 변했고, 다른 방들은 주인이 편안하게 지낼 수 있도록 설계되었다. 침대, 가구, 그림 몇 점, 책 등 푸지가 남을 해치는 데 사용할 자유를 빼고는 모든 것이 갖춰져 있었다.

오스크는 요새 나머지 공간에 푸지의 관리자로서 자기가 사용할 공간을 차리겠다고 했다. 요새는 훌륭한 실험실과 널찍한 집으로 활용할 수 있을 것 같았다. 산꼭대기에 살던 나쁜 놈들이 도망쳤다는 소식이 퍼지면 농부와 상인들이 이 지역으로 이동해 오스크의 이웃이 될지도 몰랐다.

오스크는 라모아에게 푸지를 계속 감시하면서, 푸지가 자기가 한 짓을 뉘우치는 기미를 보이는지 지켜보겠다고 했다. 그리고 스텍스에게 푸지의 꾐에 속아 넘어가지 않겠다고 했다. 푸지는 감옥에 구멍을 내 탈출하는 것만큼 자신을 설득해 자유를 얻는 것이 불가능하다는 걸 깨달을 것이라고 했다.

스텍스, 라모아, 헤지라는 화창하고 상쾌한 아침에 오스크와 작별 인사를 하고 카람헤스로 걸어 돌아갔다. 카람헤스에 도착한 라모아는 자신의 당나귀와 헤어졌다. 얼마 전까지만 해도 레드스톤 보관함을 이고 다니느라 짓눌려 있던 당나귀는 이제 가벼워진 몸으로 행복해했다. 스텍스는 다이아몬드와 청금석 약간, 아버지의 지도, 스톤커터 휘장, 그리고 할머니의 도구가 있는 액자를 챙겨 왔고, 나머지는 오스크에게 남겨 주었다.

스텍스와 라모아는 여관에서 방을 빌렸다. 해 질 녘이었고 스텍스의 배에서는 꼬르륵 소리가 났다.

"잘 가요, 헤지라. 가르쳐 준 모든 것, 고마웠어요."

스텍스는 검은 옷을 입은 전사에게 말했다.

"나 역시 고맙다는 말을 하고 싶군요. 난 당신의 길을 흥미롭게 관찰했어요. 그리고 당신의 운명이 어디로 향할지 여전히 관심이 많아요."

"나도 그래요."

라모아는 헤지라를 껴안았다.

"잘 가, 친구. 리버하우스에서 보자. 집에 안 간 지 너무 오래라 이번에는 한동안 집에서 지내려 해."

헤지라도 라모아를 감싸 안았다.

"네 길이 집으로 돌아간다니 기쁘다. 네 길이 네가 누릴 자격이 있는 평화로 이끌어 주기를 바란다."

"어디로 가는 거예요? 말해 주지 않았잖아요."

스텍스가 헤지라에게 물었다.

"북쪽이요. 강도들이 다시 뭉치려는 조짐이 있는지 살필 겁니다. 그리고 미그스 소식도 알아보려고요. 나은 길로 가라고 한 번 더 슬쩍 찔러 줘야 할 것 같군요."

"슬쩍 찔러 주는 걸로는 안 될 것 같은데요."

스텍스가 말했다.

"맞아. 하지만 헤지라는 슬쩍 찔러도 아주 아프거든."

라모아가 덧붙였다.

32장
해안 두 곳

#다시 찾아간 탑 #오랫동안 기다려 온 재회 #새로운 시작

헤지라와 헤어진 후 스텍스와 라모아는 숲이 우거진 언덕과 넓게 펼쳐진 잔디와 넘실거리는 초원을 지났다. 걷는 동안 라모아는 스텍스에게 자기가 관리한 카라반과 언제나 꼭 돌아가 보고 싶은 아름다운 경치와 여행자들이 들려주는 이야기를 통해서 알게 된 장소에 관해 말해 주었다. 매일 밤 둘은 스톤커터 집안의 지도를 보며 라모아가 이동한 경로를 더듬어 보기도 하고 라모아가 갔던 곳을 찾기도 했다.

어느 날 오후 스텍스는 라모아의 걸음을 멈추고 킁킁거렸다.

"왜 그래?"

라모아가 물었다.

"바다 냄새야. 얼마나 그리웠는지 이제야 깨달았어."

한 시간을 더 걷자 북쪽으로 가면 팀블스 항구로 이어지는 길이 나왔다. 스텍스와 라모아가 만난 곳에서 그리 떨어지지 않은 곳이었다. 잠시 후 스텍스는 황폐의 만 동쪽 끝 얕은 물에 서서 이미 수평선 아래로 저물고 있는 해를 바라보았다.

스텍스와 라모아는 바위 많은 언덕에 난 작은 구멍 안에서 밤을 보냈다. 다음 날이 되면 라모아는 빛나는 사막을 따라 남쪽으로 길을 떠나고 스텍스는 집을 향해 서쪽으로 가게 될 테니 둘은 헤어질 거였다. 둘은 실제로 성공할지도 모르는 오스크의 이상한 실험과 헤지라가 자신에게 적용할 새로운 규칙 등 많은 것들에 관해 얘기를 나눴다.

다음 날 아침, 라모아는 주변을 윙윙거리는 벌과 호기심에 다가온 양을 쫓아내며 해변 바위에 앉아 있었다. 스텍스는 작업대를 만들어 낡은 통나무로 작은 배를 만들었다. 둘은 스텍스가 집까지 갈 경로에 관해 의견을 나누며 가는 길에 맞닥뜨릴 수 있는 위험을 어떻게 하면 피할 수 있을지를 논의했다.

마침내 스텍스는 배를 완성했고 헤어질 때가 되었다.

스텍스와 라모아는 잠시 서로를 껴안은 채 서 있었다. 스텍스는 미소를 지으며 말했다.

"내 걱정은 하지 마."

스텍스는 라모아가 자신을 걱정하고 있다는 것을 알았다.

"난 할 수 있어."

스텍스는 몇 달째 주머니에 가지고 다닌 나침반을 꺼냈다.

"예전 그 나침반이야? 푸지가 떨어뜨리고 간 거?"

라모아가 놀라워했다.

"맞아. 처음엔 푸지 거라 확신했어. 그런데 어느 순간 그런 생

336

각이 들더라. 생각해 보니 아버지도 이것과 똑같은 걸 쓰셨거든. 누가 알아? **정말로** 아버지 거였을지. 푸지의 부하가 훔쳤을지도 모르지. 그러다가 내게 돌아온 걸지도 모르고."

"그게 더 마음에 드네. 그렇게 됐다고 믿자."

라모아가 말했다.

"좋아."

스텍스는 아버지의 나침반을 다시 주머니에 넣었다.

스텍스는 마지막으로 한 번 더 배에 물이 새는 곳이 있는지를 살핀 다음 배를 바다 쪽으로 밀어 얕은 물속으로 들어갔다.

"지도의 리버하우스 위치에 동그라미 표시를 해 뒀어. 올 수 있을 때 놀러 와. 내가 집에 없다고 해도 곧 돌아갈 테니까. 나야 워낙 한곳에 오래 있지 못하거든."

"그럴게."

스텍스는 배에 올랐다. 그리고 잠시 노를 젓다가 뒤를 돌아 빠르게 작아지는 해변의 라모아를 바라보았다. 스텍스는 손을 들어 인사했고 이어서 라모아도 똑같이 손을 들었다.

스텍스는 남쪽 해안에 바짝 붙어 노를 저었다. 곧이어 익숙해진 황폐한 사막이 나타났다. 이제는 그곳의 이름이 빛나는 사막이며, 현명한 여행객이라면 그곳을 피한다는 사실을 알고 있다. 예전에는 이런 곳의 이름도, 존재도 몰랐지만 지금은 이름이 무엇인지도 알고 지도에서 찾을 줄도 알았다.

오후가 반쯤 지났을 무렵, 앞에 보이는 해변에서 작은 점을 발견한 스텍스는 이상한 기분이 들었다. 바로 푸지의 무리가 그를 두고 간 누더기 탑이 있는 곳이었다. 그곳에서 스텍스는 죽을지도 모른다고 생각했지만, 죽는 대신 살아남는 법을 배웠다.

스텍스는 노를 멈추고 잠시 배를 물의 흐름에 맡겼다. 앞에 난파선 바닥이 보였다. 배를 만들려고 판자를 뽑아낸 바로 그 난파선이었다.

스텍스는 하늘에 떠 있는 해의 위치를 헤아리며 지금까지 얼마나 이동했으며 쉴 수 있는 곳을 찾아야 할 때까지 얼마나 더 이동해야 하는지 계산했다. 계산 결과가 무슨 뜻인지 깨달은 스텍스는 얼굴을 찡그리고 다시 계산하다가 멈췄다.

"에휴, 어쩔 수 없지 뭐."

스텍스는 해변으로 배를 몰았다.

탑에서는 소금과 불에 탄 나무 냄새가 났다. 스텍스는 휴대용 침대를 펼치고, 파이로 저녁 식사를 한 후에 탑 밖으로 나가 해가 바다 너머로 지는 것을 바라보았다.

스텍스가 다음 날 아침으로 무엇을 먹을까 생각하며 잠자리를 준비하고 있는데, 문밖에서 무언가 신음하다가 바닷물을 쿨럭이며 내뱉는 소리가 났다.

"아, 저리 가! 이젠 무섭지도 않아!"

어쨌든 아침으로 말린 켈프는 먹지 않겠다고 결정했다.

다음 날, 스텍스는 탑에 작별 인사를 하고 서쪽으로 노를 저었다. 다행히 며칠간은 특별한 일이 생기지 않았다. 매일 아침 스텍스는 지도에서 경로를 확인하고 얼마나 멀리 이동할지 결정한 후 밤을 보낼 만한 해안선을 찾았다. 그러고는 올바른 항로로 가고 있는지 확인하기 위해 나침반을 보면서 노를 저었다.

스텍스는 사막 해변에 버려진 난파선 여러 척과 부서진 탑 여러 개를 지났고 텅 빈 바다를 가로질렀다. 집으로 돌아가려고 처음 시도했을 때에는 찾지 못한 얼음덩어리와 뾰족한 탑들을 발견하자 잠시 멈춰 감사 인사를 올렸다. 그리고 얼음 장애물 사이로 길을 찾으며 조심히 노를 저었다. 으르렁거리는 북극곰 말고는 아무런 방해물도 만나지 않았다.

그러던 어느 날 정오 무렵, 얼음덩어리 사이를 가로지르자 앞에 초록색 점이 보였다. 뒤로 작은 언덕이 있고, 초록색 땅 위 흰 반점처럼 보이는 자작나무가 있는 반도였다. 오버월드의 작은 부분이지만, 스텍스에게는 모든 것인 땅이었다.

스텍스는 넓은 초록색 잔디밭 가장자리에 배를 대었다. 무성하게 자란 풀밭 사이로 자작나무 그루터기가 듬성듬성 보였다. 왼쪽으로는 부서진 울타리가 있었고, 잡초 사이로 호박 하나가 자라고 있었다. 오른쪽에는 야생에서 꽃들이 제멋대로 자란 덕에 갖가지 색깔이 언덕을 어지럽게 덮고 있었다.

스텍스는 망가진 분수와 물이 고여 녹색으로 변한 수영장을 지나, 이젠 빈칸도 있고 잡초도 삐져나온 윤나는 섬록암 계단을 올랐다. 언덕 꼭대기에는 산산조각 난 바위와 검은색과 흰색이 섞인 섬록암, 분홍색 화강암이 뒤섞여 있었다. 반도 왼쪽에는 부서진 선착장과 배 창고 잔해가 있었다.

"어쨌든 난 돌아왔어."

스텍스는 섬록암 덩어리에 앉아 스톤커터 사유지에 생긴 피해를 살펴보았다. 불과 공포로 가득했던, 푸지가 부하들을 데리고 와 스텍스의 인생을 망가뜨린 그날을 떠올렸다. 하지만 푸지는 갇혔고 부하들은 뿔뿔이 흩어졌다.

근처 어디선가 작은 소리가 났다. 스텍스는 두 귀가 잔인한 장난을 치는 것인지 궁금해하며 일어섰다. 하지만 정말 소리가 났다. 머뭇거리는, 조용한 야옹 소리였다.

검은색 머리와 금색 눈이 섬록암 블록 뒤에서 빼꼼히 모습을 드러냈다.

"콜? 콜이구나! 이리 와! 어서. 괜찮아."

고양이들 중에서 늘 가장 용감했던 콜은 무너져 내린 암석 더미 뒤에서 나와 의심하는 눈초리로 스텍스를 쳐다보며 야옹 소리를 냈다. 그리고 꼬리를 치켜세우더니 잠시 뒤 더러운 몸으로 스텍스의 다리를 감고 가르랑거렸다.

콜을 쓰다듬던 스텍스는 또 다른 야옹 소리에 고개를 들었다. 초록색 눈의 회색 줄무늬 고양이와 푸른색 눈의 샴고양이가 각자 숨어 있다가 머리를 내밀었다.

"에메랄드! 라피스!"

이내 스텍스는 야옹 소리를 내며 서로 쓰다듬어 달라고 경쟁하는 고양이들에게 둘러싸였다.

"다시 만나서 정말 반갑다, 얘들아. 생각한 것만큼 마르지 않아서 다행이네. 우리 모두 우리가 무엇을 해낼 수 있는지 배우게 된 것 같아, 안 그래? 물론 생선 한 마리나 세 마리가 생긴다면 더 좋겠지만 말이야."

다행히 스텍스에게는 낚싯대가 있었다. 황폐의 만에서 배고팠던 날들을 보낸 뒤 늘 가지고 다녔다. 스텍스는 배에서 낚싯대를 꺼내 대구 세 마리가 잡힐 때까지 부서진 선착장에 서 있었다. 콜, 라피스, 에메랄드는 뼈만 남기고 맛있게 먹었다.

"이제 너희가 방치되는 일은 없을 거야."

스텍스는 밤을 어디서 보낼지 고민했다. 집까지 갔는데 들어갈 데가 없어 안으로 들어가지 못하고 해가 져 버리면, 야간 순회 중인 크리퍼들 손에 흔적도 없이 사라지게 될 터였다.

따라서 스텍스는 남은 오후를 배 창고 자리에서 급조한 은신처를 만들며 보냈다. 금방이라도 무너질 것 같았다. 황폐의 만에 있던 누더기 탑이 성으로 보일 정도였다. 하지만 비바람과 밤에 활동하는 배고픈 괴물로부터 보호해 줄 수는 있을 테니 지금으로써는 그 정도만이라도 충분했다. 완전히 타지 않은 양탄자 몇 블록도 찾아 바닥 일부를 덮기도 했다.

다음 날 아침, 왼쪽에는 콜, 오른쪽에는 에메랄드, 가슴 위에는 라피스가 올라앉은 상태로 잠에서 깬 스텍스는 믿기 힘든 행복감에 미소를 지으며 잠시 그렇게 누워 있었다.

며칠 후 스톤커터 사무실 직원들은 스텍스 스톤커터가 살아 있다는 사실에 크게 놀랐다. 그들은 스텍스가 아버지의 지도를 한 아름 들고 와 해외 지사와 교역 협정 같은, 예전에는 전혀 관심을 보이지 않았던 일들에 관해 질문을 퍼붓는 걸 보며 더욱 놀랐다. 그리고 그간 멀쩡히 살아 있으면서도 가업에 거의 신경 쓰지 않았을 동안에도 회사를 관리해 줘서 고맙다고 인사하자 완전히 당황했다.

스텍스는 돌아온 다음 날부터 집의 잔해를 치우고 잔디를 청소하고 자작나무 그루터기와 잡초를 없앴다. 그리고 뒷마당 굴에 들어찬 물을 빼내고 광산 지붕을 수리했다.

하지만 스텍스는 섬록암과 화강암으로 만든 언덕 위 커다란 집은 다시 짓지 않기로 했다. 그 대신 언덕 꼭대기에 흩어진 돌 조각들을 치우고, 고장 난 분수에 물을 채우고, 부서진 계단을 없앴다. 따라서 방문객들은 초록색 언덕에 작은 호수와 관리가 잘된 가족 묘지를 마주할 수 있었다.

스텍스가 다시 지은 것은 배 창고였다. 최대한 기억을 떠올려 예전 모습으로 복구했다. 아담했지만, 침대와 보관함, 책장, 화로, 작업대를 둘 정도는 되었다. 창문으로는 바다가 내다보였다. 할머니의 돌 곡괭이와 검도 나란히 벽에 걸었다.

선착장도 다시 만들었다. 이곳으로 도착하는 방문객들은 햇볕 아래 조는 고양이들과 함께 선착장 탁자에 앉아 채굴에 관한 책을 읽거나 아버지의 지도를 살피는 스텍스를 볼 수 있었다.

스텍스는 방문객들을 반갑게 맞이했다. 이제는 고양이와 꽃 이야기 말고 다른 대화도 꽤 잘 나누었다. 방문객들은 스텍스가 여전히 간혹 고양이들에게 말을 걸고 때로는 혼잣말도 한다는 것을 눈치챘지만 말이다.

몇 주 아니, 몇 달간 스텍스는 행복했다. 하지만 시간이 지나자 어떤 초조함이 슬며시 마음속에 자리 잡았다. 어느새 그는 스톤커터 반도에서 황폐의 만까지, 그리고 황폐의 만에서 텀블스 항구, 자가텔 밀림, 파탄노스 마을, 카람헤스 카라반 마을까지 가는 경로를 되짚어 보고 있었다. 하지만 가장 자주 따라가는 경로는 친구의 손이 동그라미를 친 곳이었다.

어느 날 아침, 스텍스는 배고파 하는 고양이 세 마리는 안중에도 없이 지도를 챙기고, 갑옷을 입고, 보관함에 있는 물건을 정리했다.

그러고 나서야 스텍스는 대구 몇 마리를 잡아 주었다. 고양이들이 허겁지겁 식사를 마치자 스텍스는 고양이들이 따뜻한 햇볕 아래에서 졸게 두는 대신, 배에 태웠다.

고양이들은 어리둥절했지만, 적극적으로 항의하기에는 너무나도 배가 부르고 졸렸다. 무슨 일이 벌어지는지 미처 파악하기도 전에, 스텍스는 노를 저어 배를 선착장에서 떨어뜨렸다. 그러고는 해와 아버지의 나침반을 번갈아 쳐다봤다.

"자, 애들아. 우리 세계를 탐험하러 가자."

스텍스는 고양이들을 보며 미소를 지었다.

옮긴이 **손영인**

연세대학교에서 영어영문학을 전공하고 글밥 아카데미 출판 및 영상 번역 과정을 수료했다. 현재 '바른번역'
에서 번역가로 활동하고 있다. 좋은 책이 주는 긍정적인 영향을 전파하기 위해 오늘도 즐겁게 노력한다. 옮긴
책으로는 《마인크래프트: 수수께끼의 수중 도시》, 《마인크래프트 던전스: 우민 왕 아칠리저》, 《마인크래프트:
저주받은 바다로의 항해》, 《마인크래프트: 엔더월드의 최후》, 《마인크래프트: 네더로 가는 지옥문》, 《마인크
래프트: 엔더 드래곤과의 대결》, 《마인크래프트: 좀비 섬의 비밀》, 《어덜팅》, 《나의 오늘을 기억해 준다면》 등
이 있다.

마인크래프트: 저주받은 바다로의 항해

1판 1쇄 발행 2020년 12월 14일
2판 1쇄 발행 2025년 2월 19일

지은이 제이슨 프라이
옮긴이 손영인
발행인 오영진 김진갑
발행처 제제의숲

책임편집 홍혜미 편집팀장 이희자
디자인팀 김현주 안윤민 강재준
마케팅 박시현 박준서 김승겸 김수연 박가영

출판등록 2013년 1월 25일 제2013-000028호
주소 서울시 마포구 월드컵북로5가길 12 서교빌딩 2층
원고 투고 및 독자 문의 midnightbookstore@naver.com
전화 02-332-7706 팩스 02-332-7741
블로그 blog.naver.com/midnightbookstore
페이스북 www.facebook.com/tornadobook

ISBN 979-11-5873-329-2 74840
ISBN 979-11-5873-096-3 세트

MINECRAFT
마인크래프트

마인크래프트 제작사와
세계적 작가들이 손잡은 초특급 어드벤처 시리즈!

1억 2천만 유저를 가진 마인크래프트 게임 제작사 모장 (MOJANG)의 공식 어린이 소설 시리즈의 한국어판이 마침내 출간되었다. 세상에서 가장 창의적인 게임이 세계적 작가들의 모험에 찬 환상적인 이야기로 펼쳐진다! 이 시리즈는 각 권 도서가 정식 출간되기 전까지 모든 사항이 극비에 부쳐지는 세기의 프로젝트다.

전 세계 1억 2천만 유저들을 열광시킨
마인크래프트 공식 스토리북

마인크래프트: 좀비 섬의 비밀
마인크래프트: 엔더 드래곤과의 대결
마인크래프트: 네더로 가는 지옥문
마인크래프트: 엔더월드의 최후
마인크래프트: 저주받은 바다로의 항해
마인크래프트 던전스: 우민 왕 아칠리저

마인크래프트: 수수께끼의 수중 도시
마인크래프트: 좀비 섬의 생존자
마인크래프트: 엔더 드래곤 길들이기
마인크래프트: 대혼돈의 무법 지대
마인크래프트: 좀비 섬 최후의 날

 ★ ★ ★ ★ ★
아마존·뉴욕 타임스 베스트셀러
20개국 출간 밀리언셀러
마인크래프트 공식 어린이 소설 시리즈